직장 상사 악령 퇴치부

직장 상사 악령 퇴치부

이사구 연작소설집

황금가지

차례

벽간 소음 상호 결별부 —— 7

직장 상사 악령 퇴치부 —— 33

타코야키 장사 재수부 —— 75

한 팀장, 청춘 시대 —— 119

토무당 사업 번영부 —— 123

연극 배우 애정 성사부 —— 151

어느 동생의 관찰기 —— 200

크리스마스이브 이직 성공부 —— 205

명일, 크리스마스 —— 241

운동 선수 소원 성취부 —— 245

디자이너 악귀 퇴치부 —— 285

에필로그 —— 327

작가의 말 —— 333

벽간 소음 상호 결별부

옆집이 시끄러워 미쳐 버릴 것 같다. 돌아 버리기 일보 직전이다. 옆집을 조용하게 만들 수만 있다면 무엇이든 할 수 있다. 저주든, 무엇이든.

나는 서울의 한 5층짜리 빌딩의 원룸에 살고 있다. 1층은 부동산이, 2층부터는 한 층에 세 가구가 있는 건물이다. 나는 1년 전 이곳의 502호에 이사 왔다. 월세가 저렴하지는 않았지만 주변에 깔끔한 산책로가 있고, 직장까지 한번에 가는 지하철 노선이 있는 데다 집주인이 따로 살아 마주칠 일이 없어 선택했다. 살아 보니 만족스러운 곳이었다. 한 달 전까지는.

최근 깨달은 바로, 이 건물은 방음 상태가 썩 좋지 않았다. 원래 내 옆집인 503호에는 인근 대학병원의 간호사가 살고 있었다. 이 사람이 살 때까지는 소음으로 문제를 겪은 적이 없었기에 방음 문제가 존재하리라고는 생각 못 했다.

순진한 생각이었다. 나는 몰랐다. 단지 옆집 간호사가 매일 나이트 근무를 서느라 집에 돌아오지 못해서 조용했을 뿐이라는 사실을. 한 달 전에 새로운 사람이 이사를 온 후, 이 잘못된 믿음이 깨졌다.

새로 온 사람은 인근 대학에 다니는 20대 초반 남자였다. 오며 가며 마주쳤을 때 입고 있던 옷이나 생활 패턴 등을 보면 추리할 수 있었다. 사실 굳이 추리를 하지 않아도 벽을 넘어오는 대화만 들어도 눈치챌 수 있었다. 그의 신상 정보는 매일 밤 얇은 벽을 타고 옆집으로 누출되었다. 나는 원하지 않았지만.

문제는 건물의 방음만이 아니었다. 남자에게는 여자친구가 있었는데, 하루가 멀다고 집에 데려왔다. 두 사람은 밤마다 깊은 이야기를 나누었다. 나는 원룸 벽에 붙은 침대에 누워 그 대화의 흐름을 온전히 느껴야 했다. 그래, 여자가 연상이구나. 길거리에서 우연히 만났구나. 여자는 가족과 살아서 허구한 날 여기에 오는 거구나. 홀로 그들의 사정을 읊조리며.

대화는 귀여운 축에 속했다. 가장 최악인 순간은 두 사람이 사랑을 나눌 때였다. 끙끙대는 소리가 들릴 때까지만 해도 그들이 방에서 운동이라도 하나 생각했다. 그러나 달뜬 숨소리가 연속해서 울렸을 때, 나는 깨닫고 말았다.

이 인간들은 지금, 섹스를 하고 있다. 이 좁아터진 침대 위에서.

그래, 할 수 있지. 얼마든지 할 수 있다. 하지만 얇은 벽 너머에서 이 소리를 함께 들어야 하는 나는 무슨 죄란 말인가? 그들의 성적 자유권이 나의 수면권 위에 있다고 단언할 수 있는가?

이런 생각을 하자 울분이 터져 침대에 누운 채로 벽을 쾅쾅 쳤다. 그러나 나의 화는 그들의 격렬함에 묻힌 채, 서글프게 울릴 뿐이었다.

* * *

출근길, 피로로 인해 생긴 두통에 머리를 짓누르며 생각했다. 이제는 정말 무엇이든 해야 한다고. 어떻게 해서든 그들의 소음을 멈추고 나의 수면을 되찾아야 한다. 어떻게 해서든.

처음에는 물리적인 방법을 시도했다. 다이소에서 작은 고무망치를 사 와서 시도 때도 없이 벽을 두드렸다. 옆집이 시끄럽게 굴 때는 물론이고, 내 고통을 느껴 보라고 아무 때

나. 문제는 503호가 시끄럽지 않은 순간이 거의 없다는 사실이었다. 남자는 여자친구와 집에 오면 반드시 떠들었고, 같이 있지 않으면 전화 통화를 하며 소음을 발생시켰다. 옆집이 시끄러울 때는 망치를 두드려 봐야 큰 효과를 내지 못한다. 다른 방법을 강구해야 했다.

가장 먼저 집주인에게 연락을 해 보았다. 건물에 소음이 심한 것 같다고 에둘러 말을 꺼내자 집주인은 예민하게 반응하며 "원래 사람이 살아가는 데는 소음이 발생한다"는 답으로 내 말을 묵살했다. 계약할 때부터 말이 잘 통하지 않는 노인네였다. 나는 한숨을 쉬며 전화를 끊었다.

어쩔 수 없이 인터넷에서 각종 방법을 찾아 모두 시도해 보았다. 경고 포스트잇 붙이기, 스피커로 귀신 소리를 틀어서 벽에 붙이고 있기, 블루투스 마이크로 조용히 하라고 소리 지르기 등. 하지만 옆집은 견고했다. 잠깐 조용해지는 척해도 몇 시간 후면 원래 하던 대로 돌아올 뿐이었다.

미쳐 가던 나는 새로운 방법을 하나 떠올렸다. 바로 '부적'을 쓰는 것이었다. 대체 어떻게 이러한 사고 흐름으로 흘러갈 수 있는지 묻지 말라. 누구에게나 사연 하나쯤은 있는 법이니까.

유튜브에서 '부적 쓰는 법'을 검색했다. 검색 결과에 다양한 종류의 부적이 주르륵 떴다. 검색어 앞에 '이별'을 붙이고 다시 엔터를 쳤다. 최상단에 '얄미운 커플 부적 써서 헤어지게 함…… 효과 실화?'라는 섬네일의 동영상이 있었다. 채널 이름은 '무당언니', 조회수는 18만. 클릭했다.

유치한 문구와 다르게 채널 주인으로 보이는 사람의 설명은 간결하고 신뢰감 있었다. 심지어 가끔씩 던지는 농담에서는 위트가 느껴졌다. 나는 그 자리에서 영상을 다섯 번 정도 돌려 보았다. 그리고 결심했다. 당장 부적 작성에 돌입하자고. 준비물과 작성법은 이미 머릿속에 있다. 남은 것은 행동뿐이다. 비장한 각오로 결심했다.

문제는 '부적을 어떻게 옆집에 건네느냐'였다. 무당언니의 말에 의하면, 부적은 대상이 되는 사람이 소지하거나 거주지에 두어야 좋은 효과를 발휘한다고 했다. 하지만 옆집 남자와는 마주친 적은 있어도 말 한마디 나눠 본 적이 없다. 우리가 나눈 유일한 의사소통이래 봐야 그가 소음을 내고, 나는 벽을 쳤던 것뿐. 그런데 어떻게 부적을(심지어 자신의 여자친구와 헤어지게 하는) 주고 소지하게 할 수 있겠는가. 그때, 한 가지 아이디어가 떠올랐다.

* * *

나는 현재 IT 기업에서 UX/UI 디자이너로 일하고 있다.

UX는 User Experience(사용자 경험), UI는 User Interface(사용자 인터페이스)의 준말인데, 우리 회사에서는 아무거나 디자인 하는 잡부나 다름없었다. 그 때문에 웬만한 디자인은 다 할 줄 알았다.

그러니 전단지를 만들어서 503호 현관문에 붙인다면? 남자가 흥미를 품을 만한 내용이라면 전단지를 떼어 집에 가져갈 것이다. 이 밖에도 가스 검침 안내 종이, 수도세 고지서 등을 후보로 고려해 보았으나 법에 저촉될 위험이 있어 전단지로 결정했다.

남자에게 흥미를 불러일으킬 주제를 정하기는 어렵지 않았다. 벽을 타고 들리는 대화에 의하면, 남자는 요즘 헬스클럽에 다닐까 고민 중이었다. 구글에 헬스클럽을 검색했다. 포토샵을 켜고, 검색해서 나온 것 중 적절해 보이는 이미지를 갖다 붙였다. 트레이너인 양 보디빌더의 사진도 넣고 '석 달에 99,000원'이라는 파격적인 가격을 큰 문구로 강조했다. 여기에 적당한 가공을 더하니, 정말 동네 어귀에 위치한 헬스클럽 전단지 같았다. 전화가 오면 대강 둘러댈 작정으로 연락처 난에는 내 휴대폰 번호를 적어 놓았다. 그렇게 하고 나니 전화번호가 연동되는 메신저 앱이 신경 쓰여, 앱에 등록된 이름을 이니셜로 바꾸고 프로필 사진도 보디빌더의 것으로 변경해 두었다. 회사 사람들이 조금 이상하게 생각할지도 모르겠지만 요즘 몸 좋은 남자가 끌린다며 핑계를 대면 그만이다. 그만큼 나에겐 이 문제를 해결하는 것이 중요했다.

며칠 후, 인터넷으로 주문했던 전단지 100장이 배송되었다. 내 디자인 경력 6년, 회심의 역작이었다. 나는 준비해 둔 레몬즙과 붓을 꺼냈다. 레몬즙으로 글씨를 쓰면 보이지는 않지만 불에 종이를 그슬렸을 때 글씨가 나타난다고 《어린이 과학동아》에서 읽은 적이 있다. 이 방법으로 눈에 보이지 않는 비밀 부적을 만들어 낼 것이다. 전단지 한 장을 뒤집어 붓을 댔다. 이미 여러 차례 연습을 거친 터라 어렵지 않게 글씨를 써 나갈 수 있었다. 그리고 마지막 획. 붓을 떼자 온몸에 전율이 일었다.

됐다, 완성했어. 광택지에 레몬즙으로 작성한 부적이 얼마나 효과 있을진 모르겠지만 어쨌거나 나의 첫 작품이었다.

테이프를 잘라 전단지 세 장에 붙였다. 현관문을 열고 사람이 있는지 살폈다. 아무도 없었다. 우리 층 세 가구의 문에 모두 전단지를 붙이고 돌아왔다. 자신의 집 앞에만 붙어 있으면 옆집 남자가 수상하게 여길 것 같았기 때문이다. 501호 사람은 운동에 관심이 없기를 빌었다.

밤 10시쯤 옆집 남자가 들어오는 기척이 들렸다. 문을 쾅 닫는 소리에 참지 못하고 밖으로 나가 확인해 보았다. 붙여

놓았던 전단지가 없어져 있었다. 계획이 성공했다. 혹여 버리지는 않았나 싶어 문 주위를 살펴보았지만 깨끗했다. 나는 한결 산뜻해진 기분으로 방에 들어갔다.

그날도 옆집 남자는 밤새 통화를 했다. 이미 새벽 2시였지만, 내일은 아침 8시까지 출근해야 했지만, 그럼에도 나는 웃으며 잠들 수 있었다. 내일은 새로운 희망이 있기 때문에.

* * *

다음 날부터 놀라운 변화가 나타났다. 거의 매일같이 벽 너머로 들려오던 여자의 목소리가 더는 들리지 않았다. 그 대신, 남자의 울음소리가 울려 퍼졌다.

남자는 매일 울었다, 매일. 꼭 혼자 울지 않고 친구와 통화를 하면서 소리 내어 울었다. 변심한 여자와 자신의 처량한 신세에 대해 한탄하면서. 말의 높낮이가 제멋대로인 것으로 보아 술도 진탕 마신 듯했다.

나는 다시 옆집의 소음에 잠들지 못하면서 생각했다. 이 것은 나로 말미암아 생긴 비극일까. 옆집 남자가 저렇게 서럽게 우는 이유는, 내가 쓴 부적이 기적적인 성능을 발휘했기 때문일까. 효과를 바라지 않았다면 거짓말이겠지만, 이렇게 잘 작동하리라고는 예상치 못했다. 옆집 남자가 망가진

16

꼴이 낱낱이 전해지자, 마음속에서 죄책감이 피어났다.

그리고 무엇보다 내 목적은 옆집 남자가 연인과 결별함으로써 더 이상 소음을 내지 않게 하는 것이었다. 하지만 현재 그의 울부짖음은 평소의 데시벨을 능가했다. 비속어도 잔뜩 뒤섞였다. 이럴 바엔 신음 소리가 낫지. 나는 몸을 뒤척이며 중얼거렸다.

출퇴근 시간마다 옆집을 지나치며 고민에 빠졌다. 부적을 회수해야 할까? 회수한다면 어떻게? 어지러운 머릿속에는 '현관에 소형 CCTV를 달아 비밀번호를 습득, 남자가 집을 비웠을 때 잠입해 전단지를 가지고 나온다'와 같은 아이디어만 떠올랐다. 말할 것도 없이 범법자가 되는 길이었다. 아무리 급해도 선은 넘지 말자. 나 자신을 세뇌하듯 되뇌었다.

한편으로는 의심이 들었다. 이 현상이 정말 부적 때문일까? 애초에 부적에 진짜로 효능이 있긴 한가? 과학적으로 증명된 바도 전혀 없잖아? 나는 신나서 부적을 썼던 과거를 잊은 사람처럼, 민속 신앙의 신빙성을 회의했다. 사실은 알고 있었다. 이 이중성은 내가 어떤 사건을 저질렀다는 죄책감에서 나오는 것임을.

더는 혼자 고민만 할 수 없어서 결심했다. 무당언니에게 물어보자고. 다시 유튜브를 켜고 해당 채널을 찾았다. 뒤져 보니 프로필에 비즈니스 이메일 주소가 있었다. "비즈니스는 아니지만."이라 중얼대며 메일을 작성했다.

무당언니님께

안녕하세요, 저는 무당언니 채널을 잘 보고 있는 구독자입니다.
언제나 양질의 부적 작성법 및 굿하는 법을 올려 주셔서
감사하게 생각하고 있습니다.
다름이 아니오라, 최근에 무당언니님이 올리신
부적 작성법 영상 중 하나를 따라 해 보았습니다.
'얄미운 커플 부적 써서 헤어지게 함…… 효과 실화?'라는 제목의
동영상입니다.
옆집 커플이 소음공해를 일으켜 큰 불편함을 겪고 있던 터라,
영상을 찾자마자 반색하여 부적을 작성했습니다.
그 후 며칠이 지났는데 놀랍게도 옆집 커플이 정말 헤어졌습니다.
문제는 실연의 슬픔에 빠진 옆집 남성이 밤마다 울부짖는다는 점입니다.
연인을 헤어지게 한 데에 죄책감이 생기기도 하고, 차라리 그때의 소음이
나은 수준이라 더 고통스러운 나날을 보내고 있습니다.
그러니 괜찮으시다면

1. 정말 부적의 효과가 이들을 헤어지게 한 것인지
2. 맞는다면 이 효과를 지울 방법은 없는지

여쭤보고 싶습니다.
언제나 구독과 좋아요로 응원하겠다는 말을 덧붙이며,

이만 줄이겠습니다.

구독자 김하용 올림

    다음 날, 회사에서 일하던 중에 메일이 왔다는 알림이 울렸다. 나는 황급히 화장실에 들어가 확인했다.

김하용 님께

안녕하세요 무당언니입니다.
보내 주신 메일 잘 읽어 보았습니다.
옆집 소음으로 인해 고통을 겪고 계신다니 안타까울 따름입니다.
그런데 결론부터 말씀드리자면, 제가 유튜브에 작성법을 게시한 부적은
효과가 없습니다.
모든 사람이 쉽게 부적을 쓸 수 있다면 많은 문제가 생길 것입니다.
또한 여타 업계 종사자들을 위해서라도 업계 비밀을 누출하면 안 되겠죠.
그렇기에 저는 유튜브 채널을 엔터테인먼트 및 제 브랜드 홍보용으로만
사용합니다.
영상 속 부적 역시 제목처럼 강한 효과가 아니라 잡귀를 쫓는
기본적인 부적이며, 그마저도 일반인이 써서는 큰 효과가 없습니다.
때문에 김하용 님의 옆집 연인이 헤어지게 된 것은 우연의 일치일 테니,
너무 염려 마시길 바랍니다.
덧붙여, 물어보셨으니 답해 드리자면 부적 효과를 상쇄하기 위해서는
찢어서 버리는 것으로 충분합니다.

언제나 영상을 시청해 주셔서 감사합니다.

무당언니 드림

(P.S. 효험이 있는 부적을 원하신다면 네이버에 '부적언니'를 검색하신 뒤 알맞은 종류를 주문해 주시면 됩니다.)

변기에 앉은 채로 넋을 잃었다. 이 현상이 모두 우연이란 말인가? 그렇게 사이가 좋던 커플이 내가 부적을 쓴 다음 날 바로 헤어졌는데도?

휴대폰을 끄고 밖으로 나가 손을 씻었다. 차가운 물이 손등에 닿자 정신이 깨었다. 그래, 얼마든지 우연일 수 있다. 부적이 통해서 커플이 깨졌다는 것보다, 하룻밤 사이 변심했다는 주장이 더 말이 된다. 무당도 아니라고 하는데 부적이 통했을 리가 없지 않은가. 그러니 더는 내가 신경 쓸 일도, 죄책감을 느낄 일도 아니다.

수도꼭지를 잠그고 이에 대한 생각을 날려 버리듯이 강하게 손을 털었다. 그러나 찝찝한 감정은 내 몸 어딘가에 남아 떨어지지 않았다.

* * *

마음이 답답하든 개운하든 일은 해야 했고, 어느덧 퇴근 시간이 찾아왔다. 평소처럼 집 건물에 도착해 걸어 올라갔다. 5층에 도착해 발을 내디뎠지만 센서등이 켜지지 않았다. 전에 집주인에게 말했는데도 아직 고쳐 놓지 않은 모양이었다. 어둠을 뚫으며 복도로 향하던 찰나, 옆에서 사람의 기척이 느껴졌다. 옥상으로 올라가는 계단에 누군가 앉아 있었다. 후드를 뒤집어쓴 남성이었다. 그 남자는 성큼성큼 걸어오더니 내 팔을 붙잡고 거칠게 말을 내뱉었다.

"당신, 뭐야?"

갑작스러운 상황에 나는 온몸이 얼어붙었다. 당장 소리를 질러야 할지, 계단을 뛰어 내려가야 할지 갈등이 되었다. 그런데 조금씩 눈이 어둠에 익으며 남자의 얼굴이 보이기 시작했다. 복도에서 몇 번 스쳤던 얼굴이 기억났다. 영락없이 제정신이 아니라고 생각했던 이 사람은, 옆집 남자였다.

"503호?"

"이거 당신이 붙였지."

남자는 다짜고짜 말을 막고는 종이 한 장을 내 눈앞에 들이밀었다. 내가 만들었던 헬스클럽 전단지, 아니 부적이었다. 예기치 못한 때와 장소에서 내 작품을 만나니 혼란스럽기 짝이 없었다.

"아니, 아닌데요?"

순간적으로 잡아뗐다. 심증이 있어도 정말 내가 붙였는지는 알아내기 힘들 것이다. 돌연 남자가 휴대폰을 꺼내 들어 전화를 걸었다. 무슨 상황인지 내가 미처 파악하기도 전에, 손에 쥔 휴대폰에서 진동이 울렸다. 모르는 번호로 전화가 오고 있었다.

"맞잖아, 당신 번호."

남자는 전단지 속 번호를 가리키더니 내 팔을 붙들었다. 내가 입력했던, 내 번호였다. '들켰다'는 생각에 나는 완전히 말문이 막혀 버렸다.

"당신, 대체 뭔 짓을 한 거야?"

"그냥 홍보용 전단지인데요? 사실은 제가 헬스클럽을 운영해서……."

"아니잖아. 뭔가 했잖아. 아니면 그렇게 매정하게 굴 리가 없는데."

남자는 여전히 내 팔을 부여잡고 있었는데, 손에 점점 힘이 강하게 들어가 아픔이 느껴졌다. 나는 잡히지 않은 팔을 휘둘러 남자의 손목을 내리쳐서 손을 놓게 했다.

"무슨 말을 하시는지 전혀 이해가 안 돼요. 일단 설명을 좀 해 주세요."

나를 노려보던 남자는 숨을 몇 번 크게 내쉬더니 자기 이야기를 털어놓았다. 며칠 전 함께 온 여자친구가 집 앞에서 갑자기 돌아가더니 그 뒤에 전화로 이별을 고했다. 충격받은 남자가 이유를 물었지만 여자는 쉽게 대답해 주지 않았다. 한참을 매달리자 '누군가 남자의 집을 이상하게 했다'는 수수께끼 같은 말만 겨우 남겼을 뿐이었다.

남자는 한참을 슬퍼한 끝에, 문제를 해결하고 여자를 돌아오게 하겠다는 강한 열망에 사로잡혔다. '집', '이상하게 했다', '누군가'. 여자가 남긴 말을 지겹도록 되뇌다 남자는 이웃인 나의 존재를 생각해 냈다. 시끄럽다고 벽을 치고 현관문에 포스트잇을 붙이기도 했던 사람. 혹시 그 사람이 복수를 위해 '무엇인가'를 했다면?

남자는 내 정보를 모으기 위해 주변을 맴돌다 우리 집 앞에 놓인 택배 상자에서 내 이름과 휴대폰 번호를 알게 되었다. 그러고는 그 번호를 저장해 메신저에서 사진을 확인했다. 공교롭게도 그때 내 프로필에는 웃고 있는 몸 좋은 보디빌더의 사진이 걸려 있었고, 그것을 보자마자 남자는 기시감을 강하게 느꼈다. 냉장고에 붙여 놓은 헬스클럽 전단지. 똑같은 전단지 속의 얼굴과 나의 전화번호.

확실히는 모르겠지만 남자는 이웃이 원흉이라는 결론을 내리고, 분노에 가득 차서 나를 기다렸던 것이다.

남자의 횡설수설한 말을 정리하자면 이와 같았다.

"당신이 뭘 한 거잖아. 맞지? 대체 뭘 한 거야."

"제가 뭘……."

"돌려놔, 돌려놔, 돌려놓으라고."

남자가 두 손으로 내 어깨를 잡고 흔들었다. 남자의 눈은 빨갰고, 표정은 거의 울고 있는 듯했다. 제정신이 아닌 것처럼 보였다. 나는 남자의 손길에 맥없이 흔들리며 이 상황에 대해 생각했다.

그래, 내가 부적을 붙이긴 했다. 하지만 무당이 효과가 없다잖아. 그럼 본인 문제로 차였다고 보는 것이 가장 타당하지 않을까? 그런데 얘는 왜 나한테 이러는 것일까? 사실은 그저 화풀이 상대가 필요한 것이 아닐까?

피로한 두뇌가 갖가지 생각으로 난잡했다. 동시에 점점 분노가 차올랐다. 평소대로라면 이 시간에는 침대에 누워 유튜브나 보고 있어야 했다. 그런데 옆집 남자한테 붙들려 분노를 받아 내는 꼴이라니. 그리고 얘는 나보다 훨씬 어려 보이는데 왜 반말이지? 내가 만만한가? 애초에 조용히 했으면 됐잖아. 수면 부족으로 먼저 사람 미치게 한 게 누군데. 너무 피곤하다. 왜 나한테, 왜 나한테 이러는 건데?

"왜 나한테 지랄이야!"

소리를 지르며 남자의 어깨를 퍽, 하고 밀어 버렸다. 남자는 주춤하며 뒤로 물러났다. 그 틈에 가지고 있던 전단지를 잡아채 박박 찢어 버렸다. 이런 가짜 부적, 없애버리기만 하면 그만이다. 전단지는 산산조각이 나서 바닥에 흩뿌려졌다. 남자는 멍하니 그 꼴을 바라보고만 있었다.

　그때, 계단을 올라오는 발소리가 들렸다. 복도 조명이 켜지자 그 밑에 한 여자가 보였다. 큰 키에 마른 몸, 핏기 없는 안색이 위태로운 인상을 주는 여자가.

　"그만해."

　"화영아……."

　남자의 반응으로 보아, 그토록 죽고 못 살던 여자친구인 듯했다. 여자는 나에게 눈인사를 하더니 남자를 데리고 집 안으로 들어가 버렸다. 나만 홀로 복도에 남고 말았다.

　이 황당한 상황에 어찌할 줄을 모르고 옆집 현관문만 쳐다보았다. 그러고 있으니 지금 상황에 적절한 속담이 떠올랐다. 닭 쫓던 개 지붕만 쳐다본다. 여기서 '닭 쫓던 개'는 나고 '지붕'은 현관문이겠군. 아니, 나는 개에게 쫓기던 닭 신세에 더 가깝나? 하하하, 소리 내어 웃었다. 이제 집에 가자. 일단 쉬자. 도어록을 풀고 집 안으로 들어갔다.

　샤워를 마치고 침대에 누웠다. 방금 겪었던 혼란스러운 상황을 잊으려 휴대폰으로 시끄러운 동영상을 틀었다. 정신없는 화면 전환이 신경을 자극했다. 그러다가도 불쑥, 다른 생각이 튀어 올랐다. 방금 겪었던 일에 대해서 말이다. 걔는 뭔데 나한테 화풀이한 거지? 나는 왜 커플 싸움에 낀 새우가 되었나? 정작 나는 벽간 소음에 한 달간 잠을 못 이뤘던 피해자인데도.

옆집에서 또다시 쿵쿵거리는 소음이 들려왔다. 분노가 차올라 눈앞의 휴대폰 화면을 가렸다. 한마디라도 해 줘야 이 화가 풀릴 것 같았다. 제발 조용히 좀 해! 외투 하나를 걸치고 현관문을 열었다.

복도는 썰렁했다. 차가운 공기를 뚫고 옆집 문 앞에 섰다. 그런데 이상하게도 문이 닫혀 있지 않았다. 이중으로 문을 잠그기 위한 안전고리가 걸리지 않고 펴진 채로 조그만 틈을 남기고 열려 있는 상태였다. 문을 두드리려다 갑작스레 실내가 조용해져서, 나는 하려던 행동을 멈추고 안을 들여다보았다. 문틈으로 아까 마주쳤던 '화영'이라는 여자의 모습이 보였다. 서 있는 여자는 한 손을 높게 뻗어 무언가를 쥐고 있었다. 제대로 보이지 않아 옆으로 비켜섰다.

그러자 펼쳐진 광경은, 눈으로 보고도 쉽게 믿을 수 없는 것이었다. 여자의 손이 옆집 남자의 목을 틀어쥐어 조르고 있었다. 그것도 한 손으로, 마치 인형을 쥔 것처럼 매우 가볍게. 남자의 얼굴은 붉었고 눈은 뒤집어져 흰자만을 노출하고 있었다. 팔다리는 반항할 힘을 잃은 듯 축 늘어졌다. 그런데도 여자가 더 강하게 힘을 주고 있는지, 당장이라도 죽을 듯이 남자의 입에 거품이 고였다. 나는 머릿속이 새하얘져서 차마 비명도 나오지 않았다. 그렇다고 그 광경에서 눈을 떼지도 못한 채 계속 멍하니 주시할 뿐이었다.

그때 쩍, 하는 소리가 들리더니 남자의 머리가 터졌다. 사방으로 후두둑 피가 튀었고 바닥으로도 피와 함께 뇌수인지 뭔지 모를 것이 흘렀다. 눈 한번 깜빡하지 않고 얼굴에 묻은 피를 닦은 여자는 몸을 숙여 남자의 윗옷을 가슴까지 끌어올렸다. 그러고는 손톱을 세워 남자의 명치에 올려 두더니 순간적으로 강한 힘을 줘 배를 뚫어 버리는 것이 아닌가. 그 상태로 몸속에 손을 넣어 헤집어, 심장으로 보이는 것을 꺼내들고 우적우적 먹기 시작했다.

눈앞에 펼쳐진 비현실적인 상황에 토기가 올라왔다. 입을 틀어막았지만 헛구역질이 올라와서 참을 수가 없었다. 우욱, 하는 소리가 내 입에서 새어 나가자 등을 보이고 있던 여자가 고개를 뒤로 돌렸다. 여자와 나의 눈이 마주쳤다.

죽을지도 모른다. 그런 생각이 머리를 스쳐서야 굳었던 다리가 어떻게든 움직였다. 집 앞에 도착하자마자 덜덜 떨리는 손으로 문을 열려 했다. 매일 눌렀던 비밀번호였지만 초조함에 도어록의 번호가 연거푸 잘못 눌리고 말았다. 뒤에서 뚜벅뚜벅 다가오는 소리가 들렸다. 분명 그 여자, 아니 괴물이었다. 발걸음 소리가 거의 바로 뒤에서 들리듯 가까워졌을 때 드디어 도어록이 풀렸다. 황급히 문을 열고 들어갔는데, 도어록이 잠기는 소리가 들리지 않았다.

돌아보니 문을 잡고 있는 피 묻은 손 하나가 보였다. 다리에 힘이 풀린 나는 그대로 엉덩방아를 찧었다. 현관문이 활짝 열리고 여자의 모습이 드러났다. 뚫어져라 쳐다보는 붉게 빛나는 눈이 금방이라도 나를 집어 삼켜 버릴 것 같았다. 나는 벌벌 떨면서 웅크려 있을 수밖에 없었다.

그런데 이상했다. 여자에게서 아무 반응이 없었다. 고개를 살짝 들어 팔 틈으로 올려다보았다. 여자는 이쪽을 잠자코 지켜보다, 휙 돌아서 걸어가 버렸다. 자동으로 문이 잠기는 소리가 들려왔다. 나는 그대로 기절했다.

* * *

며칠 뒤, 집주인에게서 전화가 왔다. 집주인은 옆집 남자가 죽었는데 이에 대해 뭔가 아는 바 없느냐는 질문을 조심스럽게 했다. 건물 입구에 하나 있는 CCTV마저 남자의 사망일 이후로는 아무것도 찍히지 않았다며, 귀신이 곡할 노릇이라 덧붙이고는. 나는 조금 고민하다 옆집과는 별다른 교류가 없었을뿐더러 며칠 전부터 본가에 와 있기에 아는 바가 없다고 답했다. 실제로 그때 정신을 차리자마자 경기도에 있는 본가로 도망쳤다. 정체를 알 수 없는 그 괴물을 마주친 곳에 더는 있고 싶지 않았기 때문이다. 집주인은 알았다고 답하고는 전화를 끊었다.

얼마 안 있어 경찰이 나를 찾아왔다. 사고가 일어난 곳 바로 옆집에 살았으니 피할 수 없는 과정이었다. 나는 거짓말을 했다. 집주인에게서 옆집 남자의 사망 소식을 전해들었을 뿐, 남자가 죽은 날 밤에는 피곤해 일찍 잠에 들어 전혀 눈치채지 못했다고. 경찰은 석연치 않아 보였지만 나를 크게 의심하진 않았다. 나와 연관시킬 이렇다 할 증거도 없을 뿐더러, 시체가 젊은 여자 한 사람이 한 짓이라고는 믿을 수 없을 정도로 괴이하게 손상되었기 때문일 것이다.

한동안 폐인처럼 지냈다. 멍하니 있으면 자꾸 그때의 일이 눈앞에 재생되었다. 머리가 터지는 남자, 흘러나오는 내장, 훅 끼쳐 오는 피 냄새. 이 장면을 잊기 위해 일에만 매달렸다. 매일 야근을 하고 집에서까지 잔업을 처리했다. 직장 상사는 요즘 왜 이렇게 성실해졌냐며 농담을 던졌다. 나는 그저 웃을 뿐, 아무 말도 하지 못했다. 그렇게 일로 회피했음에도 잠에 들 무렵이면 다시 그때의 일이 떠올랐다. 정신은 눌러 놓은 불안을 귀신같이 감지해 악몽을 만들어 냈다. 언제부터인가 꿈속에서 목이 졸리는 사람은 내가 되었다. 나의 머리가 터졌고, 여자는 심장을 꺼내 먹었다. 이 모든 상황을 지켜보고 있는 또 다른 나와 여자의 눈이 마주치고, 여자가 날 잡으려 달려올 때 나는 꿈에서 깬다.

점점 피폐해지는 나를 본 어머니는 아예 자취방을 빼고 다시 본가에 들어오라고 하셨다. 이 꼴로 돌아가 봤자 제대로 먹고 살지도 못할 것 같아 걱정되셨기 때문일 것이다. 방 계약 기간이 몇 달 남아 있었지만 그러기로 결심했다. 다시 그 자취방으로 돌아가기는 불가능했다.

　　다만 남아 있는 짐을 정리해야 했기에 한번은 자취방에 들러야 했다. 급히 방을 빼기로 한 날, 하필 가족들은 바쁘고 혼자 짐을 나를 수는 없어서 이삿짐센터를 불렀다. 1년 남짓한 생활에 워낙 좁은 방이었기에 짐은 많지 않았다. 내 생활의 흔적들은 금세 상자에 분리되어 트럭에 실렸다.

　　이삿짐 센터 직원들은 마지막으로 빠진 것이 없는지 점검해 달라고 말하곤 먼저 내려갔다. 나는 빈방 안을 죽 둘러보았다. 언제 사람이 살았나 싶게 깨끗했다. 이제 정말 떠나야지. 슬슬 나갈 준비를 했다.

　　돌아서다 문득, 원룸에 딸려 있는 책상 밑 구석에 종이 한 장이 떨어져 있는 것을 발견했다. 주워 보니 이전에 만들었던 가짜 전단지였다. 부적을 쓸 때 연습용으로 몇 장 꺼내 놓았는데, 그중 하나를 떨어뜨린 모양이었다. 별생각 없이 종이를 뒤집어 보았다.

　　분명 뒤편에는 아무것도 보이지 않아야 했다. 일부러 레몬즙으로 글씨를 썼기 때문이다. 하지만 그곳에는 태운 듯

한 색으로 뚜렷하게 부적이 그려져 있었다. 마치 효력을 발휘한 것처럼.

그때 무당언니의 메일에 적혀 있던 말이 떠올랐다. 내가 작성한 부적은 잡귀를 쫓는 역할을 한다는 것.

그와 동시에 머릿속에 장면들이 떠올랐다. 인간이라고는 볼 수 없었던 여자의 모습. 내가 옆집에 부적을 붙이자 다시 그곳에 오지 않았던 여자. 그리고 우리 집에 들어오지 않았던, 혹은 들어오지 못했던 여자.

퍼즐 조각이 한번에 맞춰지는 듯했다. 내가 무슨 일을 했는지, 누구를 지키고 다시 죽게 했는지가 선명하게 인식되었다.

직장 상사 악령 퇴치부

직장 상사가 이상하다. 누군가는 이 말을 두고 동의어 반복이라고 할 수도 있다. 직장 상사는 본디 이상한 존재인 것을 또 말할 필요가 있느냐고. 그럼에도 확실히 단언할 수 있다. 요즘 내 직장 상사는 정말로 이상하다.

나는 중소 IT 기업에서 일하는 UX/UI 디자이너다. 이 회사로 이직한 지는 5년쯤 됐다. 원래는 광고 에이전시에서 콘텐츠 디자인을 하다가 인격 모독을 일삼는 팀장과 나를 노예로 여기는 클라이언트로 인해 공황장애가 올 법했을 때이직 준비를 해서 바로 IT 기업으로 옮기는 데 성공했다.

IT, 혁신, 개방! 평등한 문화와 자유분방한 토론, 능력에 따른 스톡옵션과 귀여운 대표 캐릭터! 이런 것들이 IT 기업을 대표하는 이미지였으니까. 특히 TV에서 흔히 나오는, 영어 닉네임을 쓰고 회사에서 보드를 타고 다니던 직원들의 모습에 꽂혔는지도 모른다.

하지만 현실은 달랐다. TV에서 나온 그 회사들은 그럴지 몰라도 여기는 아니었다. 나를 반긴 것은 평등한 야근과 자유분방한 업무 체계, 능력에 따른 사내 정치와 귀여운 월급뿐이었다.

많고 많은 싫은 점 중에서도 가장 나를 괴롭게 한 것은 바로, 나의 직장 상사인 한 팀장이었다. 한 팀장은 분명 디자인팀 팀장인데도 디자인을 못했다. 이 회사에 오고서 처음 알게 되었다. 디자이너여도 일러스트레이터는 고사하고 포토샵도 다루지 못할 수 있다는 사실을. 차라리 포토샵을 만지작거리던 초등학생 때의 내가 한 팀장보다 디자인을 잘할 것 같았다.

그래도 팀장이니 관리만 잘하면 된다 생각한 적도 있었다. 하지만 한 팀장은 그마저도 아니었다. 관리는 무슨, 온통 간섭뿐이었다. 나 안 보이니까 폰트 크기 좀 키워라, 어두운 색은 복 나가니까 밝은색으로 바꿔라, 고객층이 여자니까 구석에 꽃 사진 좀 넣어라, 이유는 모르겠고 그냥 내 말대로 해라. 이 정도는 팀장이 내뱉는 어이없는 간섭질의 100분의 1도 되지 않았다. 도통 납득이 안 돼서, 죄송하지만 말씀하신 수정 방향에 대한 근거를 알려 주실 수 있느냐고 물으면 대답은 항상 '그냥'이었다. 어떠한 이론이나 테스트 따위도 없이, 그냥.

그렇게 눈물을 참으며 내 디자인을 구리게 만들기를 몇 개월, 이 회사를 나보다 오래 다닌 후임에게서 충격적인 조언을 듣게 된다.

"그거 안 고쳐 가도 돼요. 어차피 한 팀장 몰라요."

그랬다. 한 팀장의 지능은 닭 수준이어서 자기가 어떤 부분을 고치라고 말했는지 기억도 하지 못했다. 몇 시간을 끙끙대는 척하다 똑같은 디자인을 그대로 보여 주어도,

"그래, 내가 진작 이렇게 고치라 했잖아!"

라며 아무것도 기여하지 않은 자신의 미감에 감탄하곤 했다.

그 밖에도 본인 업무 나에게 떠맡기기, 잘되면 공적 가로 채기, 업무 시간에 일 안 하고 안마의자에서 퍼질러 자기 등의 행태가 끝없이 이어졌고, 나는 스트레스에 머리털이 빠질 지경이 되었다.

그러다 보름 전, 내가 탈모에 좋다는 샴푸를 수소문할 때쯤부터 한 팀장이 변했다. 마치 개과천선이라도 한 것처럼.

우선 짜증 나는 지적질이 사라졌다. 한 팀장은 더 이상 팀원들에게 자신의 의견을 강요하지 않았다. 오히려 우리의 디자인을 잘 수용하고 긍정적인 평가를 내렸다. 항상 멈추지

않고 떠들어 대던 입도 잠잠해졌다. 원래 한 팀장은 안마의 자에서 낮잠 잘 때를 빼고는 항상 자기 자랑이나 훈계를 늘어놓았다. 그러나 변하고 나서는 자기 얘기를 하는 대신 침묵으로 일관하며 팀원들의 말을 들었다. 점심을 먹을 때, 일을 할 때, 회식을 할 때에도 묵묵히 우리의 대화를 들을 뿐이었다.

정말로 문제투성이 한 팀장이 마음을 고쳐먹고 새사람이 된 것 같았다. 팀원들은 모두 이게 무슨 일이냐며 축제 분위기였다.

하지만 나는 홀로, 미심쩍음을 느꼈다.

원래 한 팀장은 무능할지언정 회사 일에는 지대한 관심이 있었다. 그런데 지금은 정렬이 안 맞는 데다 한쪽 여백만 더 크고 휘황찬란한 배경화면 색상 때문에 글씨가 가려지는 개떡 같은 디자인을 보고도, 태양열 인형처럼 멍청하게 고개를 끄덕였다.

더구나 한 팀장의 침묵은 어쩌면 대화를 '엿듣고' 있는 것처럼 보이기도 했다. 특히 사적인 이야기를. 우리가 지난 주말이나 휴가 계획에 대해 대화하고 있으면 행동을 멈추고 슬쩍 이쪽을 쳐다보았다. 그러다 눈이 마주치면 황급히 고개를 돌렸다.

그래도 이 정도는 크게 문제 삼을 일이 아니었다. 무엇보다 예의 불쾌한 언행을 하지 않아서 좋았으니까.

그러다 일주일쯤 지났을 때였을까, 한 팀장과 엘리베이터에 함께 탄 일이 있었다. 타자마자 한 팀장이 내게 말을 걸어왔고, 나는 그를 싫어하는 기색을 꾹꾹 눌러 담은 채 웃으며 답했다.

"김 대리는 혼자 산다 했지?"

"최근에 다시 본가에 들어갔습니다."

"왜? 혼자 사는 게 좋지 않아?"

"그렇긴 한데, 갑자기 좀 무서워져서요."

"은근 겁쟁이라니까."

"하하하……. 그런데 팀장님도 부모님 모시고 살지 않으셨어요?"

"아, 그렇지. 이 나이에 부모님이랑 사는 것도 쉬운 게 아닌 것 같아."

"챙겨 드릴 일이 많죠?"

"그렇기도 하고. 이 나이에도 잔소리 듣는다니까."

"어머님한테서요?"

"그렇지. 어제도 한소리 들었어."

어색한 대화를 하다 보니 띵, 하고 엘리베이터가 도착했다는 소리가 들렸다. 곧 문이 열리고 한 팀장이 먼저 내렸다. 나도 내리려 발을 내딛던 찰나, 잊고 있던 사실이 떠올랐다.

한 팀장네 어머니, 돌아가시지 않았나?

분명 들었다. 박 차장님이 장례식에도 참여하셨다고. 그런데 어제, 어머니가 잔소리를?

당황하던 중, 엘리베이터 문이 닫히더니 내려가기 시작했다. 엘리베이터 안에서 나는 한 팀장의 말을 되뇌어 볼 뿐이었다.

* * *

이 일에 대한 의문이 해결되기도 전, 또 다른 사건을 목격하고 말았다. 며칠 전에 벌어진 일이었다.

출출한 오후, 과자를 가져오려 탕비실로 향했다. 혹시 몰라 들여다보니 안에는 한 팀장이 있었다. 마주치면 또 귀찮게 하겠지 싶어 문가에서 기다렸다. 들어갈 타이밍을 맞추기 위해 탕비실 안을 훔쳐보면서.

그때, 탕비실 서랍 밑에서 작은 바퀴벌레가 기어 나왔다. 혐오스러워 소리를 지르고 싶었지만 나는 입을 꾹 막았다. 문가에 서 있는 것을 한 팀장에게 들키고 싶지 않았기 때문이다. 거기다 한 팀장의 반응이 조금 궁금하기도 했다. 한 팀장은 벌레를 매우 싫어한다. 겁 많은 나조차 한 팀장 때문에 대신 억지로 잡아 준 적이 있을 정도로.

바퀴벌레는 서랍을 기어 올라가 한 팀장의 커피잔이 있는 곳으로 향했다. 곧 뒤집어지겠네. 나는 흥미진진하게 상황을 지켜보았다.

그러나 내가 상상한 반응은 나오지 않았다. 한 팀장은 바퀴벌레를 뚫어져라 쳐다보기만 할 뿐이었다. 공포심에 얼어 버렸나 싶었지만 얼굴에는 아무 기색도 나타나지 않았다. 그런데 갑자기 한 팀장이 벌레 쪽으로 두 손을 뻗었다. 그러고는 순식간에 바퀴벌레를 손안에 가두어 올려 드는 것이 아닌가.

예상 밖의 전개에 내가 넋을 잃고 쳐다보는 사이, 이어서 충격적인 광경이 펼쳐졌다. 한 팀장이 손을 입으로 가져가서는 '후룹' 하고 들이마셔 버린 것이다. 무엇을? 바퀴벌레를. 확인 사살이라도 하듯 그가 입을 움직이는 순간, 번데기 씹히는 것과 비슷한 소리가 들려왔다.

토할 것 같아 입을 막았다. 그때, 한 팀장이 고개를 홱하니 돌렸다. 나는 황급히 문에서 멀어졌다. 급한 발걸음으로 사무실 문을 열고 들어가서 자리에 앉아, 모니터 화면을 켜고 일하는 척을 했다.

곧 사무실에 돌아온 한 팀장이 큰 목소리로 팀원들에게 물었다.

"혹시 방금 탕비실 온 사람 있나~?"

모두 자신은 아니라는 듯 고개를 돌렸다. 나도 눈을 마주치지 않은 채 비슷한 태도를 취했다. 다행히 내가 나갔다 온 것을 눈치챈 사람은 없었다.

이와 같은 일련의 사건을 겪었지만 회사 사람들에게는 털어놓을 수 없었다. 그도 그럴 것이, 너무 이상했기 때문이다. 적당히 이상한 행동이면 뒷말을 할 텐데, 지금 이 상황은 괴상망측하기 그지없었다. 마치 한 팀장이 한 팀장이 아닌 것처럼.

답답함에 혼자 속앓이만 했다. 그러다 술을 한잔 걸치고 들어온 날, 나는 결심했다. 인터넷 커뮤니티에 글을 써 보자고. 자주 가는 커뮤니티가 있었다. 세상의 온갖 기구하고 흥미로운 사연이 올라오는 곳. 나는 그곳에 들어가 '글쓰기' 버튼을 눌렀다.

[카테고리] **직장 하소연**
[제목] **갑자기 착해진 또라이 직장 상사. 그런데 뭔가 이상합니다.**

안녕하세요, 저는 한 중소기업에서 디자이너로 일하고 있습니다.
저희 팀장님은 정말 멍청합니다. 별명이 새대가리일 정도로요.
그런데 요즘…….

최근 나타난 한 팀장의 문제 행동과 기행을 나열해 적었다. 이후 5분 정도 휴대폰을 더 잡고 있다가, 밀려오는 술기운에 기절하듯 잠들었다.

* * *

다음 날, 숙취가 심했다. 온종일 속이 안 좋고 머리가 아파 밤이 되어서야 침대를 벗어날 수 있었다. 저녁으로 죽을 먹고 있을 때 문득, 어제 커뮤니티에 글을 올렸다는 사실이 떠올랐다. 까마득히 잊고 있었다. 나는 바로 커뮤니티의 애플리케이션을 켰다.

들어가자마자 알림 이모티콘에 떠 있는 숫자가 내 눈을 의심하게 했다. 56개? 클릭해 보니 내가 쓴 글에 달린 댓글 알림이었다. 더욱 놀라운 사실은 내 글이 '투데이 베스트'에 올라가 있다는 것이었다. 바로 댓글창을 클릭해 빠르게 읽어 내렸다.

초반 댓글은 자신의 직장 상사에 대한 욕과, '사람이 바퀴벌레를 먹을 수 있다 vs 못 먹는다'에 대한 핀트 나간 논쟁이 주를 이뤘다. 뭐야, 글을 읽긴 읽은 거야? 네티즌의 독해 수준에 실망하며 댓글을 계속 읽어 나갔다.

그런데 중간쯤에 엄청나게 추천수가 높은 장문의 댓글이 하나 있었다.

거두절미하고, 글쓴 분이 처하신 상황은 매우 위험해 보입니다.

아주 걱정이 될 정도로요.

어떤 사람이 자신의 원래 모습과는 다른 말과 행동을 할 때가 있습니다.

그런데 이 정도가 지나칠 때가, 아주 간혹 존재합니다.

심지어는 기존에는 상상치도 못하는 일을 하기도 하죠.

높은 확률로 그 사람은 다른 존재에 씌었을 수 있습니다.

다른 존재라 하면…… 악귀 같은 거죠.

사람을 갉아먹는 귀신.

기생충처럼 그 사람의 몸을 빼앗은 겁니다.

이 상황에서는 어쩌면, 악귀에 씐 본인보다도 주변 사람들이

더 위험할 수 있습니다.

귀신은 자신이 움직이고 살아남기 위해선 당사자를 죽일 수 없어요.

숙주 같은 거죠.

하지만 주변 사람들은?

얼마든지 죽일 수 있습니다.

악귀가 노리는 것은 생명을 최대한 많이 먹어 치우는 것이기 때문입니다.

혹시 상사가 이상하게 변한 후로 글쓴 분과 다른 직원들의 사생활을

물어보거나 친한 척하지는 않습니까?

혼자 살지 않는지, 퇴근할 때 집에 혼자 가지는 않는지 묻는 등 말입니다.

만약 그렇다면, 당장 도망치세요.

당신과 주변 동료들의 목숨을 노리고 있을 수도 있습니다.

그냥 도망치세요. 부탁입니다.

(추천수) 216

소름이 돋았다. 전부 사실이었다. 한 팀장이 팀원들의 사생활에 관심을 가진 것, 나에게 혼자 사는지 물은 것. 글에 쓴 내용이 아닌데 이 사람은 어떻게 안 거지? 악귀, 악귀라고? 한 팀장이 악귀에 씌어?

이후 댓글들은 모두 이 장문 댓글의 영향을 받았는지 '무섭다', '소름 돋는다'는 반응이 대부분이었다. 내가 걱정된다는 내용과 당장 회사를 그만두라는 글까지.

아니, 아무리 그래도 회사를 어떻게 그만둬? 말도 안 된다. 모두 거짓말이다. 오컬트에 심취한 네티즌 한 명이 우연히 상황을 끼워 맞춘 것일 뿐이다. 말이 안 되잖아, 귀신 같은 거.

그렇게 믿고 싶었지만, 예전이었다면 정말 그렇게 믿었겠지만, 나는 사실 알고 있었다. 그런 존재가 실제로 있다는 것을. 직접 본 적이 있다. 사람 머리를 쉽게 터뜨리던 괴물 같은 힘과 마주치기만 해도 몸을 얼게 했던 섬뜩한 기운을.

속이 어지럽던 그때, 알림 하나가 도착했다. 쪽지였다.

[tomorrow9]
글을 읽고 걱정이 되어 쪽지 드립니다.
이 문제를 해결할 수 있는 최적의 무당을 압니다.
혹시 도움이 필요하신가요?

* * *

그렇게 난생처음으로 점집을 찾아갔다. 일월장군. 장문의 댓글을 달고 내게 쪽지를 보낸 'tomorrow9'라는 사람이 추천해 준 무당이다.

'점집'에 대한 나의 인상과는 다르게, 그곳은 세련된 상가 건물의 1층에 있었다. '일월장군'이라 붙은 곳을 찾아 문앞에 섰다. 심호흡을 하고 마음을 가다듬었다. 사실 조금 겁을 먹긴 했다. '이런 곳'에 와 보는 것은 처음이니까. 하지만 이겨 내야 했다. 회사를 그만둘 수는 없다. 그렇게 결심하고 힘차게 문을 열었다.

그러나 들어가자마자 내가 마주친 건, 거꾸로 걸려 있는 사람의 몸뚱어리였다. 뒤집혀 흘러내리는 산발한 머리칼, 맥없이 떠 있는 팔, 그리고 아래에서 나를 뚫어져라 쳐다보는 두 눈.

"악!"

비명을 지르며 얼굴을 가리고 주저앉았다. 저건 귀신이다. 난 귀신의 품에 제 발로 걸어 들어온 것이 틀림없다. 귀신이다, 귀신이야!

"깜짝이야."

그때, 뒤집혀 있던 사람의 상체가 천천히 올라가서 곧 수

평이 되더니 반대쪽으로 넘어가서 뒤통수 일부만 보이게 되었다.

나는 눈을 똑바로 뜨고 재차 살펴보았다. 거꾸리였다, 귀신이 아니라. 주로 산책로와 헬스클럽에서 흔히 볼 수 있는, 거꾸로 매달리는 운동기구 말이다. 기구에서 내려온 여자가 말했다.

"뭐 해, 저기 가서 앉아."

"저게 왜 여기에……."

"혈액 순환에 좋아."

나는 맥이 빠져 잠자코 서 있었다. 점집에 거꾸리가 왜 있지? 그리고 저 사람은 왜 저기에 매달려 있던 거지? 멍한 상태로 주저앉아 있는데 그 여자, 즉 무당이 내 얼굴 앞에서 손가락으로 딱, 하는 소리를 냈다. 그 소리에 정신을 차려 겨우 몸을 일으키고 여자를 따라갔다.

안쪽으로 들어가니 한쪽 벽면에 꾸며 놓은 신당에 먼저 눈이 갔다. 벽에는 서양화풍의 장군 그림이 붙어 있었고 그 앞에 촛불과 불상, 꽃 등이 다채롭게 놓여 있었다. 화려함에 시선을 빼앗겨 쳐다보고 있는데, 나를 부르는 소리가 들렸다.

"앞에 앉아."

뒤를 돌아보니 무당은 중앙에 있는 큼지막한 책상 너머

가죽 의자에 앉아 있었고 그 맞은편에 내 자리로 보이는 빈 의자가 있었다. 나는 무당이 시킨 대로 의자에 앉았다.

"그래서, 무슨 일로 왔다고?"

"아, 직장 상사 때문에……."

내게 정보를 물으며 무당은 산발이었던 머리를 한 갈래로 묶었다. 마치 옛날 장군처럼 깔끔해진 헤어스타일과 금방이라도 사람을 꿰뚫어 볼 듯한 매서운 눈빛. 단정하게 입은 흰 셔츠와 앉아 있어도 느껴지는 큰 키. 그 모습을 보고 있자니 어디서 본 듯한 익숙함이 몰려왔다. 고등학교 동창? 전 직장 클라이언트? 그러다 한순간 머릿속을 뚫고 가듯 떠오르는 장면이 있었다.

"무당언니!"

내가 이웃집 커플의 소음으로 부적을 쓸 때 참고한 동영상의 주인. 구독자 18만의 유튜버 '무당언니'였다. 동영상을 여러 번 돌려 보며 부적을 썼기에 얼굴을 기억하고 있었다.

"구독자야? 반갑네."

연예인을 만난 듯한 기분도 잠시, 나는 참혹했던 지난 부적의 결말을 떠올렸다. 어쩌면 내가 처음으로 인간이 아닌 존재를 보는 계기가 된 그 부적을.

그리고 지금 눈앞에는 그 부적을 쓰는 법을 알려 준 사람이 있었다. 엄청난 우연에 흥분한 나는 그때의 이야기를 줄 줄 꺼내기 시작했다.

"사실 제가 부적을 쓴 적이 있는데요……."

무당언니는 진지하게 이야기를 들었다. 어쩌면 심각해 보이기도 하는 표정으로. 내 말이 끝나자 무당언니는 물었다.

"혹시 그때 쓴 부적, 아직 남아 있어?"

"버렸죠, 불길해서. 사진 찍은 게 있긴 해요."

나는 휴대폰을 꺼내 무당언니에게 이전에 쓴 부적 사진을 보여 주었다. 무당언니는 사진을 확대해 뚫어져라 살피더니, 잠시 후 휴대폰을 돌려주며 내 얼굴을 빤히 보았다.

"오늘은 이 일 때문에 온 거야? 아니잖아."

역시 무당이라 내가 온 이유를 이미 파악한 모양이었다. 나는 거두절미하고 본론을 꺼냈다.

"직장 상사 때문에 고민이 있어서요."

무당언니에게 한 팀장이 변한 후의 일들을 모조리 이야기했다. 특히 돌아가신 어머니가 살아 계신 것처럼 말한 것과 바퀴벌레를 잡아먹은 일을 강조해서. 내 말을 다 들은 무당언니의 표정은 자못 심각했다. 내 마음 깊은 곳에서 불안감이 퍼져 나갔다. 무당언니는 조금 깊게 고민하는 듯하더니 입을 열었다.

"조금 위험할 수도 있겠는데."

"진짜요? 뭐가, 어떻게요?"

무당언니는 뜸을 들이더니 말을 이어 갔다.

"일단, 네 직장 상사는 지금 악귀에 씌었어. 확실해."

"악귀요?"

어디선가 들어 본 듯한 표현. 내 글에 달렸던 장문의 댓글에서 한 팀장을 가리켰던 바로 그 단어였다.

"사람이 아닌 존재, 귀신. 인간의 몸에 침입해 그 몸을 빼앗고 다른 사람을 해치는 애들이지. 전과는 전혀 다른 말과 행동을 보인다며. 악귀의 특성이 딱 그렇거든."

댓글과 비슷한 설명이었다. 그 글만 읽었을 때는 썩 받아들이기가 쉽지 않았지만, 비슷한 말을 반복해서 들으니 지금까지 몰랐던 거대한 개념에 다가가게 되었다는 느낌이 들었다. 내가 심각한 생각에 빠져 있을 때, 무당언니가 다시 말을 던졌다.

"그리고 저번에 부적을 썼을 때 마주친 옆집 여자, 그 사람도 악귀였을 거야."

"그 사람도요?"

"인간의 힘이 아니었고 또 심장을 먹었다며. 우리가 밥을 먹는 것처럼 악귀는 심장을 먹어 치우거든. 그래야 정기를 채우고 힘이 강해져서."

역시 그 힘은 인간의 것이 아니었다. 나는 손쉽게 남자를 죽이고 짐승처럼 장기를 씹어 먹던 여자의 모습을 떠올려

보다 무서운 사실을 깨달았다. 여자와 한 팀장이 똑같이 악귀에 씌었다면.

"그럼 저희 팀장님도……."

"주변 사람을 죽이고 심장을 먹으려 하겠지."

옆집 남자처럼 죽는 것은 내가 될 수도 있다.

머리가 아파 왔다. 하필 내 직장 상사가 악귀에 씌다니. 도망치자니 이직도 쉬운 일이 아닐뿐더러 동료들을 두고 혼자 갈 수도 없는 노릇이었다. 이도 저도 못 하는 진퇴양난의 상황. 나는 마지막 지푸라기라도 잡는 심정으로 무당언니에게 물었다.

"그럼 저는 이제 어떻게 하죠……?"

"퇴마해야지."

무당언니가 뱉은 '퇴마해야지'라는 말이 아프다는 환자에게 '치료해야죠'라고 하는 의사의 어조와 비슷해서, 순간 '퇴마'가 매우 일상적인 행위라는 착각이 들었다.

"죽으면 안 되잖아. 그 전에 퇴마해야지."

"퇴마를 어떻게……?"

"나한테 맡겨."

"아하, 그럼 비용은……."

무당언니는 펜으로 종이에 뭔가를 끄적이더니, 내 쪽으로 내밀었다.

일십백천만십만백만……백만? 숫자를 읽다 입이 떡하니 벌어졌다. 아니, 한 팀장 따위를 위해 이런 돈을 내라고? 그냥 악귀랑 계속 회사를 다니고 말지.

악귀와의 공존을 내가 진지하게 고민하고 있을 때 무당언니가 다시 말을 꺼냈다.

"가격이 너무 세다면, 좀 싸게 해 줄 수 있는데 한 가지 조건이 있어."

"그게 뭐죠?"

"네가 퇴마를 도와주면 돼. 그럼 할인이 들어가서."

무당언니는 다시 종이에 새로운 금액을 썼다. 이십팔만 구천원. 무려 칠십 퍼센트의 할인율이었다. 이거 완전 거저잖아?

"할게요, 퇴마."

그렇게 난 계약서를 작성하고(이제 생각해 보니 퇴마 실패 시 금액은 반환하지 않는다고 적혀 있었던 것 같기도 하다.), 일시불로 카드결제를 한 뒤 돌아왔다.

그날은 상쾌한 기분으로 잠자리에 들 수 있었다. 곧 퇴마가 시작될 테니까.

* * *

평소보다 늦은 아침, 회사 앞. 나는 다소 피곤하고 긴장한 상태였다. 오늘 해결해야 할 책무가 있기 때문이었다.

"잘 들어. 포인트는 들키지 않는 거야. 제대로 대응하기도 힘든 상황에서 '네가 악귀인 것을 알고 있다'는 뉘앙스를 풍겨 봐야 위험하기만 해. 우선은 은밀하게, 들키지 않게 숨통을 조여야 한다고."

퇴마 계약을 하며 무당언니에게서 들은 설명이었다. 계약을 마치면서 봉투 하나를 건네받았는데, 열어 보니 안에 소량의 팥과 가는 나뭇가지 몇 개가 있었다.

"이건 그냥 팥이 아냐. 내가 특수 가공을 한 귀신 퇴치용 특제 팥이야. 이걸 네 상사에게 먹여."

"어떻게요?"

"그건 알아서 해야지."

이날 집에 돌아가서 한 팀장에게 팥을 먹일 가장 자연스러운 방법을 궁리해 보았다. 그때 뇌리를 스치고 간 것이 하나 있었다.

붕어빵이었다. 팥이 든 음식 중에 가장 대중적이고 쌀쌀한 날씨에도 어울리며 회사에서 나누어 주어도 이상하지 않은 음식.

바로 인터넷에서 빵틀과 팥 앙금, 그리고 붕어빵을 담을 종이봉투를 주문했다.

배송은 다음 날 도착했다. 그리고 하루 종일, 나는 붕어빵을 만들었다. 처음에는 반죽이 너무 질게 되거나 팥이 튀어나와서 먹을 수 없는 상태가 대부분이었다. 하지만 시간을 투자할수록 작업이 손에 익어, 새벽 2시 무렵에는 시중에서 판매하는 것과 비슷한 붕어빵을 만들 수 있었다.

이제 끝이다, 그렇게 생각하며 나는 마지막 붕어빵에 무당언니가 준 팥을 삶아 만든 앙금을 넣었다. 그리고 다른 붕어빵과 함께 밀봉해 냉동실에 넣어 두었다.

그렇게 새벽까지 완성한 붕어빵을 오늘 회사에 들고 온 것이다. 나는 몰래 탕비실에 들어가 붕어빵을 전자레인지로 해동하고, 마치 갓 사 온 것처럼 종이봉투에 담아 넣었다. 이제 내 일은 끝났다. 종이봉투를 든 채 우리 사무실 출입문을 힘차게 열었다.

"다들 붕어빵 드세요."

평소 출근 시각보다 조금 늦게 도착했더니 모든 팀원이 사무실에 있었다. 간식거리가 있다는 소리에 사람들이 득달같이 달려들었다. 한 팀장도 물론.

"김 대리님이 사 오신 거예요? 저희 회사 주변에는 붕어빵 안 팔던데, 어디서 사셨어요?"

"저기 길 건너 반대편까지 가서 사 왔어요. 너무 먹고 싶어서."

팀원의 날카로운 질문에 나는 답을 얼버무리며 붕어빵을

나누어 주었다. 한 팀장에게는 몰래 표식을 해 둔 무당언니 표 특제 팥 붕어빵을 건넸다. 한 팀장은 아무 의심도 없이 받아들었다. 먹는다, 먹는다……!

"에잉, 슈크림 아니네."

이 말과 함께 한 팀장은 봉투에 붕어빵을 도로 담았다. 상상치도 못한 전개였다.

"어…… 지금 팥 붕어빵이라 안 드시는 거예요?"

"응, 나는 슈크림만 먹어."

"그치만…… 팥 붕어빵이 더 맛있지 않아요?"

"슈크림이 더 맛있는데."

"그럴지도 모르지만 이 팥 붕어빵은 진짜 맛있어요. 한번 드셔 보시는 것도 좋지 않을까요?"

"에이, 난 팥 싫어."

"그치만……."

"김 대리, 팥 붕어빵 안 드신다는데 왜 그래."

나의 이상 반응에 옆에 있던 박 차장님이 눈치를 보며 말리려 했다. 하지만 소중한 주말 하루를 바치고, 잠까지 줄인 노력이 물거품 될 상황에서 동료의 말은 내 귀에 들어오지 않았다.

"팥이 더 맛있잖아요. 한번 드셔 보세요."

"난 슈크림만 먹는다고."

"팥도 맛있어요. 진짜 한 번만 먹어 보세요, 한 번만!"

"안 먹어!"

여기서 멈췄어야 했다. 하지만 잠을 제대로 자지 못해 사고는 마비되었고, 충동은 폭주했다. 머릿속에는 어떻게든 한 팀장에게 이 붕어빵을 먹여야 한다는 생각밖에 없었다. 내가 붕어빵을 들고 달려들자, 한 팀장은 겁에 질린 눈빛으로 도망가기 시작했다.

"왜 안 드시는 건데요!"

"안 먹어, 팥 싫다고!"

"제발 한 번만 드세요, 제발!"

"싫어! 김 대리나 먹어! 난 죽어도 안 먹을 거야!"

사무실 책상을 사이에 두고 뺑뺑 돌며 추격전을 계속했다. 마치 나는 사냥꾼, 한 팀장은 야생 동물이 된 것처럼. 그렇게 세 바퀴 정도를 돌았을 때였다.

"다들 그만! 그만하세요!"

박 차장님의 외침이었다. 나는 그 목소리에 정신이 깨어 제자리에 섰다.

"이건 제가 먹도록 하겠습니다. 두 분 다 진정 좀 하세요."

그러더니 차장님은 내 손에서 흐물거리는 붕어빵을 뺏어 입에 넣어 버렸다. 그와 동시에 팀원들이 다가와 내 팔을 잡고는 쉬어야겠다며 나를 끌고 나갔다.

* * *

망했다. 팀원들에게 "미쳤어요?"라는 말을 듣고, 상황을 목격한 옆 팀의 박 차장님에게도 혼났다. 이후 한 팀장은 그 일을 다시는 언급하지 않았지만, 내게 말을 거는 횟수가 부쩍 줄어들었다.

가장 최악인 것은 내가 팥 붕어빵에 미친 애로 소문이 났다는 점이다. 함께 회식을 하던 날 박 차장님이 길가에 있는 붕어빵 노점상을 보고는,

"김 대리 저거 엄청 좋아하지 않아? 몇 개 사 줄까? 당연히 팥 붕어빵으로."

하며 낄낄대는 식이었다.

며칠간 자책과 후회에 빠져 살다, '다 망했다'며 무당언니에게 한탄하는 메시지를 보냈다. 금방 답장이 도착했다.

두 번째 방법으로 바로 가. 내가 준 거 있지? 그걸로 딱 열 번이야.

한탄은 무시하고 핵심만 전달한 메시지였다. 그 말에 나 역시 지나간 일은 잠시 잊은 채, 무당언니가 준 나뭇가지를 꺼내 보았다. 팥과 함께 받았던 복숭아 나뭇가지였다. 무당언니는 팥을 못 먹이겠으면 이걸로 한 팀장의 머리를 딱 열

번만 후려치라고 했었다. 타격은 가장 효과적인 퇴마법 중 하나라고 덧붙이며.

　그런데 말이야 쉽지, 어떻게 상사의 머리를 열 번이나 때린단 말인가. 심지어 팥 붕어빵 사건까지 있었는데. 잠자리에 누워 수백 가지 상황을 시뮬레이션해 보았지만, 그 어느 방법도 자연스럽지 않았다.

* * *

　일주일 정도 자숙 기간을 가졌다. 그리고 오늘 아침, 새로운 결심과 함께 회사에 도착했다.

　'그 일'을 실행하기로 결정했다. 이번에는 정말 괜찮은 계획이 떠올랐기 때문이다. 저번과 같이 문제를 일으키지 않고 깔끔하게 끝낼 수 있는 계획이. 가방에 복숭아 나뭇가지를 넣어 둔 채로 조용히 사무실에 들어갔다.

　온종일 일하는 시늉을 하며 눈치를 보았다. 팀원이 모두 경계가 느슨해지고 잡담을 시작하는 그 순간을 기다렸다. 그리고 4시 40분경. 때가 되었다. 나는 자연스럽게 나뭇가지를 꺼내 들었다.

　"아이고, 시원하다."

　나뭇가지 몇 개를 뭉쳐 내 어깨를 두드렸다. 안마를 하는 척하면서 말이다. 옆자리에 있던 최 대리님이 나를 흘끔 쳐다보았을 뿐, 다른 사람들은 아무도 내게 관심을 갖지 않았다. 계획대로였다.

나는 일어나 서성서성 걸어 다니며 어깨와 목을 두드리다가 한 팀장의 뒤쪽에 섰다.

"팀장님, 안마 좀 해 드릴까요?"

안마하는 척하면서 머리 두들기기. 잠 못 이루어 가며 떠올린 수백 가지 시나리오 중 최선의 방책이었다.

"됐어."

"저희 어머니가 지리산에서 구해 오신 소나무 가지인데 진짜 시원해요. 팀장님 어깨가 너무 뭉쳐 있어서 안 그래도 한번 안마해 드리고 싶었거든요."

팀원 모두의 시선이 내게 향했다. 평소에 안 하던 아부를 갑작스레 하고 있으니 이상해 보였나 보다. 하지만 나도 급했다.

"그러면 한번 해 봐."

"진짜 시원하게 해 드릴게요."

뭉친 나뭇가지로 열심히 한 팀장의 어깨와 목을 두드렸다. 한 팀장은 별 반응을 보이지 않았다. 진짜 안마용이 아니라 시원할 일도 없으니 당연하겠지만.

슬슬 어깨와 목에 타격이 익숙해진 지금이 바로 기회였다.

"이게 머리에 해도 진짜 좋아요."

타격 부위를 슬슬 올리다가 마침내 머리를 겨냥해 톡톡 두들겼다. 동료들은 '지금 뭐 하는 거지?' 싶은 눈빛으로 나를 쳐다보았다. 이상한 상황인지 정상적인 일인지 구분이 되지 않는다는 듯한 표정으로. 나는 개의치 않고 타격을 계속했다. 셋, 넷. 이건 안마일 뿐이야. 다섯, 여섯. 몇 개 안 남았어. 일곱…….

그때, 손에 전해지는 감각이 달라졌다. 검은 형체가 나뭇가지 끝에 붙어 흔들리는 것이 느껴졌다.

가발이었다.

한 팀장의 가발이 가지의 튀어나온 부분에 걸려 휘날리고 있었다. 당황한 나머지 나는 가발을 원래 자리로 되돌려 놓으려 다시 가지를 휘둘렀다. 그러나 조준을 잘못했는지 가발은 한 팀장의 머리에 안착하는 대신, 포물선을 그리며 날아가 최 대리님의 책상 안쪽에 놓여 있던 탁상 미니 난로에 턱 걸쳐졌다.

최 대리님의 자리로 급히 달려갔다. 한 팀장의 가발은 난로의 안전 그릴 안까지 들어가 뜨거운 열기를 내뿜는 중앙에 닿고 있었다. 의자에 앉아 당황한 얼굴로 나를 올려다보는 최 대리님을 옆으로 밀어 버리고, 팔을 뻗어 바들거리는 손으로 가발의 끝부분을 잡아 들어 올렸다. 살펴보니 한쪽 끝이 검게 오그라들었고 탄내가 풀풀 풍겼다. 큰일이다. 탔어. 다급한 마음에 후후 불며 탄 부분을 쳐내고 있는데, 누군가 다가오는 기척이 느껴졌다. 한 팀장이었다. 한 팀장은 내 손에 있던 가발을 가지곤 조용히 밖으로 나갔다. 그가 떠난 사무실에는 침묵만이 가득했다.

* * *

"김 대리, 다른 곳을 알아보는 게 좋겠어."

'그 사건'이 있고 며칠 뒤, 나는 인사팀장님께 불려가 충격적인 소식을 듣게 되었다. 잘린 것이다. 회사에서.

"가발…… 가발 때문인가요?"

겨우 힘을 쥐어짜서 물었다. 짐작 가는 원인은 그것뿐이었으니까.

"그건 아니고, 인터넷에 글 썼다며. 한 팀장 관련해서."

심장이 철렁 가라앉았다. 김씨로 성도 바꿨는데, 그렇게 이용자가 많은 커뮤니티도 아닌데, 어떻게 퍼진 거지?

"마케팅팀 이 차장이 페이스북 '무서운 이야기' 페이지에서 읽었대. 원래 한 팀장이랑 친하던 사람이라 글 읽자마자 눈치챘고. 한 팀장이 그거 알고 엄청 화났어. 있지도 않은 일을 써서 사람을 이상하게 만드냐고, 명예훼손으로 고소하겠다는 거 겨우 진정시켰어."

페이스북에 불펌당했구나. 그랬구나. 충분히 가능한 일이었다. 그것도 예상하지 못하고 글을 쓰다니, 나 자신이 미웠다. 하지만 화가 날 수는 있어도 모두 실제로 일어난 일이 아니었던가? 있지도 않은 일이라니, 명예훼손이라니. 그건 아니잖아.

"정리할 시간은 충분히 줄게. 이직할 곳 구해 봐."

인사팀장님의 말은 내 귀를 그대로 스치고 지나갔다. 나는 마치 사형선고를 받은 사람처럼 넋이 나가 땅을 쳐다보기만 했다.

* * *

"말도 안 되잖아요. 가발 좀 태웠다고 해고라니."

회사 근처 카페, 나와 가장 친한 최 대리님이 소식을 듣자마자 나를 이곳으로 데려왔다. 그러고는 회사에 실망했다며 한참 욕을 쏟아 냈다.

"나가라는데 나가야죠."

"나쁜 의도도 아니고 안마하려다 그런 거잖아요. 잘못을 따지면 머리털 관리를 소홀히 했던 한 팀장 잘못이죠."

"그건 좀……."

"한 팀장 다혈질인 거 알잖아요. 차라리 찾아가서 빌어요.

좋아하는 단 음식이라도 선물하면서요. 어차피 화났던 일
도 잘 기억 못 해요."

최 대리님은 신신당부를 하고는, 화장실을 다녀오겠다며
잠시 자리를 비웠다. 대부분의 직원은 내가 인터넷에 올린
게시물의 존재를 모르는 모양이었다. 과연 최 대리님은 내가
쓴 글을 읽으면 어떤 반응을 보일까?

그때, 뒤 테이블에서 수군대는 소리가 들려왔다.

"그 사람이다. 가발……."

기분이 이상해서 뒤를 돌아보았더니 수군거리던 사람들
이 황급히 고개를 돌렸다.

내 얘기다. 내가 소문의 주인공이 된 거야.

이제 또라이는 나라는 생각이 들었다. '또라이 질량보존
의 법칙'이라는 말이 있지 않은가. 한 조직에서는 언제나 일
정한 양의 또라이가 있다고. 이전에 한 팀장이 맡았던 그 역
할을, 이제는 내가 맡게 되어 버린 것이 아닌가 싶었다. 다
른 사람들이 보기에 한 팀장은 개과천선한 상사이고, 나는
상사에게 이상한 짓을 벌이다 잘린 부하 직원일 테니까.

하지만 정말 이상한 건 한 팀장이었는데. 바퀴벌레를 씹어
먹기까지 했는데. 내가 잘못된 것일까. 이상한 미신에 넘어
가지 말았어야 했을까. 어디서부터 잘못된 것인지, 미궁 속
에 빠진 것 같았다.

* * *

늦은 저녁, 놀이터에 도착했다. 한 팀장에게 사과를 하기 위해 슈를 박스로 포장하여 그의 집 주변 놀이터까지 온 것이다. 그냥 카페나 식당에서 만나면 될 것을 무슨 한겨울에 놀이터냐 싶지만 한 팀장의 의견이었다. 유난히 인적이 드물고 외딴 놀이터였다.

9시 정각이 되자 한 팀장이 도착했다. 평소와는 다른 편한 복장이었다. 한 팀장은 벤치에 앉았다. 나는 한 팀장 앞에 서서 90도로 고개를 숙였다.

"팀장님, 정말 죄송합니다. 제가 오해를 했던 것 같습니다."

이어서 어쩌다 그런 오해가 생겼는지, 요즘 내 상태가 얼마나 안 좋았는지를 구구절절 설명했다. 한 팀장은 미묘한 표정으로 듣다, 내 얘기가 끝나자 고개를 끄덕였다. 무슨 생각을 하고 있는지 알기 힘든 얼굴이었다.

"사죄의 뜻을 담아, 팀장님이 제일 좋아하시는 드래곤 제과점의 슈를 사 왔습니다. 정말 좋아하시는데 용인에만 팔아서 잘 못 사 드셨잖아요."

한 팀장에게 슈 상자가 담긴 갈색빛의 종이봉투를 건네며 덧붙였다.

"너무 좋아하셔서서 그 자리에서 여섯 개 다 먹어 버리신 것, 기억하고 있습니다."

"그래, 그렇지."

한 팀장은 봉투에서 상자를 꺼내 열고 슈를 하나 집어 들었다. 나는 그저 서서 한 팀장이 먹는 모습을 지켜볼 뿐이었다. 한 팀장은 순식간에 두 개, 세 개를 꺼내 먹었다. 그 모습이 꼭 게걸스러운 짐승처럼 보이기도 했다.

"맛있으세요?"

"맛있지."

"정말요? 그러면 안 될 텐데."

그 말에 한 팀장이 슈를 먹다 말고 고개를 들어 나를 보았다. 그러더니 갑자기 숨이 막히는지 강하게 기침을 하며 자신의 목을 붙잡았다.

한동안 괴로워하던 한 팀장의 눈동자가 붉은빛으로 바뀌었다. 푸른 실핏줄이 목 아래에서부터 벼락을 맞은 무늬로 얼굴에 퍼져 나가더니, 곧 얼굴에 우글우글 기포가 일어났다. 사람의 형체로는 볼 수 없는 몰골이었다.

진짜다, 진짜였어! 한 팀장은 악귀가 맞았다. 회사의 윗선과 내 글을 일러바친 마케팅팀 사람에게 이 광경을 보여 주고 싶어 미칠 것 같았다. 한 팀장은, 아니 악귀의 얼굴은 다소 가라앉았지만 여전히 목에 무엇인가 걸린 듯 괴로운 모습이었다.

그럴 만하지. 드래곤 제과점은 무슨, 한 팀장이 먹은 슈의 파티셰는 나니까. 무당언니표 팥을 듬뿍 갈아 넣은 특별 제조 슈였다.

* * *

며칠 전 해고 통보를 받은 날, 나는 무당언니를 찾아갔었다. 충격에 정신을 못 차리고 술을 몇 잔 걸친 채로.

"저 이제 어떡해요, 진짜. 회사도 잘리고 퇴마도 안 되고, 이게 다 무당언니 때문이에요."

무당언니는 술냄새 나는 한탄을 잠자코 듣다 입을 열었다.

"잘 생각해 봐. 처음에 내가 준 팥 어쨌어? 못 먹였지. 두 번째, 복숭아 가지로 때리는 건? 열 번 못 때렸지. 하란 거 다 안 했는데 퇴마가 될 리가 있나. 그리고 가발 태우고 인터넷에 글 올린 건 누구? 너지. 네가 잘못해서 잘린 거잖아."

맞는 말이었지만 억울해서 계속 울부짖으며 징징대었다.

"해 준다면서요, 퇴마. 끝까지 책임져 줘요."

"누가 안 해 준대? 해 보자, 마지막으로."

무당언니는 노란 부적용지와 붓을 꺼내 들었다. 술기운 때문인지, 무당언니의 등 뒤에 후광이 비친 것 같았다.

자, 그럼 이제 무당언니가 작성한 마무리 부적을 쓰면 된다. 근데…… 어디 있더라? 주머니와 가방을 뒤졌는데 부적이 보이지 않았다. 어디에 뒀지? 물건을 제자리에 두지 않는 버릇이 또 말썽이었다.

우왕좌왕하며 놓친 데가 없는지 곳곳을 뒤지는데, 쥐어짜내는 듯한 괴성이 들려왔다. 고개를 들어 보니 악귀가 몸을 비틀며 움직이려 하고 있었다. 내 쪽으로 다가오고 있다. 안 돼.

본능적으로 도망치기 시작했다. 악귀는 괴로워 보이면서도 내게 매우 화가 많이 났는지 죽기 살기로 쫓아 달려왔다. 부적 어딨어, 부적! 주머니와 가방을 미친 듯이 들쑤셨다.

여기 있다. 코트 안주머니에서 접어 둔 부적을 발견했다. 이제 이걸 쓰면…….

부적을 쓰기 위해 뒤돌아본 순간, 악귀의 입이 내 손을 물어뜯으려는 듯 다가왔다. 놀라서 피하다 나는 부적을 놓쳐 버리고 말았다. 내 손을 떠난 부적은 때마침 불어온 바람을 타고 멀리멀리 날아갔다. 다시 달릴 수밖에 없었다. 망했다, 망했어. 이제 저것밖에 없는데 날아가면 어떻게 해. 완전 망했다고!

눈앞에 미끄럼틀과 연결된 나무 구조물이 눈에 띄었다. 나는 최대한의 힘을 내어 단숨에 미끄럼틀을 뛰어 올라갔다. 악귀는 나를 따라 미끄럼틀 위를 달려 왔지만 구조물 입구에 머리를 부딪히고는 다시 밑으로 떨어져 내려갔다. 저 녀석은 이 안에 들어오지 못할 것이다. 두 시간 전, 여기에 미리 온 내가 놀이터의 모든 기구에 부적을 샅샅이 붙여 놓았기 때문이다. 무당언니가 시키길래 뭐 하는 짓인가 했지만, 이렇게 쓸모가 있을 줄이야.

몸을 일으킨 악귀는 미끄럼틀을 포기하고 옆으로 달려왔다. 나는 식겁해 주저앉으며 몸을 뒤로 뺐다. 다행히 기구에 세워진 펜스와 부적이 '방어벽' 역할을 해서 악귀는 나를 잡지 못했다. 먹잇감을 놓친 짐승처럼 씩씩대며 펜스에 머리를 연거푸 들이받는 악귀. 그 모습을 보며 안도하는 한편으로 생각했다. 이제 어떻게 한단 말인가. 도망은 쳤지만 실상 구조물 위에 갇힌 꼴이고, 뒤쪽에 사다리가 있지만 내려가 봤자 지옥의 술래잡기가 다시 시작될 뿐이다. 공격할 부적은 잃어버렸지, 난 갇혔지, 저 괴물은 분노에 가득 차 있지. 빠져나갈 길이 없었다.

무당언니는 한 팀장 몸에 들어간 악귀는 약해 보이니 나 혼자만의 힘으로 잡을 수 있을 것이라 했다. 하지만 다 개소리였다. 부적은 잃어버렸고, 난 여기에 갇혀 아무것도 하지 못한 채 공포에 떨고 있었다. 무당언니는 대체 어디에서 뭘 하는 걸까? 아무리 그래도 일반인을 혼자 보내는 게 어딨어. 무서워. 무서워 죽겠다고, 무당 이 자식아!

그때, 누군가가 악귀의 대가리를 발로 날아 차며 나타났다.

"무당언니!"

방금까지 속으로 욕한 사실을 잊은 채 나는 신나서 미끄럼틀을 타고 내려갔다. 기쁨에 눈물이 흐를 지경이었다.

"이런 것도 혼자 못 잡아?"

점집에서 봤을 때와 다르게 라이더 재킷 차림에 가죽장갑을 끼고 나타난 무당언니는, 무속인이라기보다 마치 싸움꾼처럼 보였다.

"진짜 죽을 뻔했다고요!"

나의 호소에도 아랑곳하지 않고, 무당언니는 쓰러진 악귀의 상체를 들어 이곳저곳 살피고 있었다. 그때, 악귀가 갑자기 괴성을 내며 무당언니의 얼굴을 향해 입을 쩌억 벌렸다.

무당언니는 뒤로 피하며 일어나더니 주머니에서 무언가를 꺼냈다. 부적이었다. 그러고는 악어 묘기를 부리는 조련사처럼 순식간에 악귀의 입안에 부적을 넣더니 턱 하고 입을 다물렸다. 악귀는 못 먹을 음식을 입에 넣은 아이같이 몸을 뒤흔들며 고통스러워했다. 하지만 무당언니는 악귀의 턱을 단단히 잡은 채 놓아주지 않았다.

점점 얼굴을 뒤덮은 기포와 실핏줄이 사라지고 한 팀장의 본모습이 돌아왔다. 그와 동시에 한 팀장이 기침을 엄청나게 하기 시작했다. 곧 죽을 환자처럼.

"이러다 죽는 거 아니에요?"

"기다려 봐."

연신 쿨럭거리던 한 팀장이 돌연 "억!" 하고 숨넘어가는 소리를 내더니 뭔가를 뱉어 냈다. 무당언니가 땅에 떨어진 그것을 재빠르게 주웠다.

"구슬?"

동그란 모양의 작은 구슬이었다. 무당언니는 그 구슬을 외투 주머니에 집어넣었다.

그때, 한 팀장이 정신을 차렸는지 앓는 소리를 내었다. 무당언니는 재빨리 한 팀장의 멱살을 잡고 얼굴을 한 대 퍽 때렸다.

"깨면 귀찮아져."

맞아서 다시 기절하긴 했지만, 어쨌거나 악귀는 사라지고 한 팀장이 돌아왔다. 너무 싫어서 매일 불행을 기도했던 한 팀장이 이렇게 반가운 순간이 또 있을까. 내 복직의 열쇠를 쥐고 있는 인물, 빌어먹을 한 팀장.

"그럼 저 이제 다시 회사 돌아갈 수 있겠죠? 한 팀장도 돌아왔고, 지금까지 귀신에 씌었다는 게 밝혀질 거 아니에요."

"글쎄, 과연 그럴까?"

무당언니는 짐을 챙기다 멈추고 나를 쳐다보았다.

"지금도 악귀를 눈치챈 사람이 너밖에 없는데 뭐가 달라질까? 한 팀장 본인이 이상하다 느끼더라도 회사에서는 티 내지 않을걸. 특히 팀장 정도의 위치에 있는 사람이라면 더욱이. 아니, 네 상사는 둔하고 멍청하다 했으니 이상한 점을 눈치 못 챌 수도 있겠다. 결론적으로, 대리 하나 잘린 것 따위는 신경도 안 쓸 거라는 말이지."

절망스러웠다. 복귀할 수 있다는 희망만 믿고 악귀한테 도망치면서, 오줌 지릴 것 같은 공포를 이겨 내면서 퇴마를 해냈는데. 그럼 이제 나는 어떻게 해야 하는 걸까. 다시 이직 준비를 해야 할까. 요즘 같은 불경기에 새 직장을 못 구하면 어떡하지. 엄마한테는 대체, 뭐라 해야 하지?

얼굴에서 핏기가 가시는 느낌이 들던 그때, 무당언니가 뜻밖의 말을 건넸다.

"내 밑으로 오는 건 어때?"

"예?"

"디자이너라며. 여기서 할 일은 유튜브 관련 콘텐츠 제작, 부적 디자인, 그 외 기타 퇴마 관련 업무. 돈은 지금 받는 것보다 더 줄게. 내 밑으로 와."

무당언니는 안주머니를 뒤지더니, 몇 번 접힌 종이 하나를 꺼냈다. 근로계약서였다.

스카우트 제의에 심장이 급격히 뛰기 시작했지만, 나는 겨우 평온을 가장하며 계약서를 읽어 보았다. 업무는 조금 이상하지만 나쁘지 않았다. 일관성 없는 잡무가 대부분이었으나 어차피 지금도 똑같은 처지인 것을.

"혹시 다른 직원 있나요?"

"없어. 내가 사장이고 너는 직원, 끝."

원수가 가도 뜯어말린다는 5인 미만 사업장이었다. 하지만 지금보다 돈을 더 받을 수 있다. 그리고 무엇보다, 다시 구직을 하지 않아도 된다. 이력서를 쓰고, 포트폴리오를 다듬고, 면접을 보고, 떨어지고 슬퍼하고 울고불고. 이 고통스러운 나날을 다시 반복하지 않아도 된다는 말이었다.

"가겠습니다."

"좋아, 거기에 지장 찍어."

무당언니가 휴대용 인주를 내밀자, 나는 군말 없이 엄지손가락에 인주를 묻혀 계약서에 찍었다.

"다음 주 월요일부터 나와."

"네, 알겠습니다!"

그렇게 나는 한 달 만에 직장 상사에게 씐 악귀를 눈치채고, 회사에서 쫓겨나고, 악귀를 퇴마하고, 무당에게 스카우트되는 일을 겪게 되었다. 생각지도 못했던 방향의 커리어

전환이지만 어찌 됐든 더 나빠지지는 않을 거라고, 나는 조금 무책임하면서도 낙관적으로 생각했다.

* * *

명일은 집에 돌아와 방의 불을 켰다. 정리되지 않은 물건들로 바닥이 어지러웠다. 요즘 신경 써야 할 일이 많아 청소할 시간이 없었다고, 속으로 변명을 외며 소파에 앉았다. 조금만 쉬고 씻어야겠다. 쏟아지는 피로에 명일이 잠시 눈을 감았을 때, 휴대폰에서 진동이 울렸다.

[hidragon] tomorrow9님 덕분에 일이 잘 해결됐어요. 무당 소개해 주셔서 감사합니다!

홍보 삼아 종종 들르던 커뮤니티에서 온 쪽지였다. 명일은 방금까지 함께 있던 사람을 떠올렸다. 멍해 보이는 인상, 열심히 하지만 어딘가 허술한 일 처리. 하지만 그 모든 것을 상쇄할 만한 집념과 몇 가지 요소들. 분명 자신의 보는 눈은 틀리지 않았을 것이라고, 명일은 그렇게 생각하며 휴대폰을 껐다.

타코야키 장사 재수부

무당언니 밑에서 일한 지도 벌써 3개월이 지났다.

처음 스카우트 제의를 받았을 때야 구직을 하지 않아도 된다는 생각에 신이 났지만 막상 집에 도착하고 보니 걱정이 밀려왔다. 직원이 나 하나뿐이라는 사실은 차치하고도 무당 밑에서 일해야 한다니. 심지어 무당언니는 보통의 무당 같아 보이지도 않아서 더욱 나의 불안한 상상을 자극했다. 결국 출근하기 전날 밤, 며칠 일해 보고 이상한 사람이면 도망치자고 결심하고 나서야 마음을 진정시키고 잠에 들 수 있었다.

그러나 걱정이 무색하게도 무당언니는 생각보다 정상적이었다. 예상 가능한 디자인이나 편집 업무를 맡겼으며 필요한 프로그램과 장비를 턱턱 사 주기도 했고, 이상한 믿음을

강요하지도 않았으며, 갑자기 귀신을 보거나 빙의해서 날 공
포에 떨게 하지도 않았으니까.

그렇다고 무당언니가 평범한 사람이라고는 절대 말할 수
없다. 디자인을 전공하고 회사를 다니며 무난하기 그지없는
삶을 살았던 내게 무당언니는 종잡을 수 없고 대체 무슨 생
각을 하고 있는지도 알 수 없는, 살면서 처음 보는 종류의
인간이었다.

대체 어떻냐고? 몇 마디의 말로는 쉽게 설명할 수 없기에,
그저 3개월 동안 나의 고용주 무당언니를 관찰한 내용을 이
야기해 보고 싶다.

1. 사기꾼?

고용주에게 이런 불순한 마음을 품고 싶지는 않지만, '이
사람 사기꾼 아냐?'라는 생각이 들 때가 종종 있었다. 이 생
각을 심어 주었던 첫 경험은, 이곳에 들어온 지 며칠도 되지
않은 점심시간에 일어났다.

무당언니와 나는 단둘이 근처 식당에서 밥을 먹고 있었
다. 나는 어색한 침묵을 견디기 힘들어 무엇이라도 대화할
거리가 없나 머리를 빠르게 굴렸다. 그러다가 어제 손님을
받을 때 무당언니가 장군신을 모시고 있다는 말을 주워들
은 것이 기억났다.

"그, 장군신 모시는 거 맞죠?"

"응."

"혹시 어떤 장군이세요? 이름이라도 알고 있어야 하지 않나 싶어서……."

한때 오컬트 예능 프로그램을 즐겨 보았기에 무당이 각자의 신을 모신다는 사실쯤은 알고 있었다. 그 신이 운명처럼 찾아온다는 것과, 무당의 몸에 빙의해 점괘를 내려 준다는 것도. 또한 신마다 나름의 급이 있다는 것까지.

그래서 무당언니가 모시는 신은 어떤 장군일까 기대하던 내가 들은 답은 이랬다.

"잔 다르크 장군."

"예?"

"잔 다르크라고."

옛 시대에 한반도 전장을 누볐을 친숙한 이름을 기대하던 내 머릿속이 혼돈에 빠졌다. 잔 다르크? 내가 아는 그 잔 다르크가 맞나?

"진짜 그 잔 다르크예요? 중세 시대 사람?"

"어."

그렇구나, 잔 다르크……. 충분히 그럴 수 있다. 저 멀리 타국에서 돌아가신 장군님도 충분히 한국의 어느 무속인의 몸에 들어올 수 있지.

애써 이해해 보려는 중에, 누를 수 없는 호기심이 피어났다. 그럼 신과 소통할 때는 무슨 언어를 사용하는 것일까? 잔 다르크는 프랑스 출신이니까 프랑스어인가? 사실 무당언니는 프랑스어에도 능통한 엘리트였던 것인가? 그런데 잔 다르크와 대화하려면 중세 프랑스어를 써야 할 텐데?

하지만 나는 고용된 지 일주일도 되지 않은 신입 직원일 뿐. 무례하게 보일 수 있는 어조를 최대한 제거한 채 맞장구용 질문을 던졌다.

"아하, 그럼 잔 다르크 장군님이 사장님 몸에 내려오신 거로군요?"

"아니, 그냥 멋있어서 갖다 쓴 거야."

그러고 나서 무당언니는 밥을 다 먹었으면 나가자며 계산을 하러 갔다. 나는 헛생각을 하다 식은 국을 허망하게 바라본 채, '그럼 잔 다르크는?' 하고 곱씹을 뿐이었다.

2. 장사꾼?

내가 무당언니를 처음 알게 된 것은 유튜브를 통해서였다. 그런데 놀랍게도 무당언니의 행동 범위는 여기서 끝이 아니었다. 몇 년째 이어 온 네이버 블로그부터 페이스북, 인스타그램, 스마트스토어, 중고마켓 등 무수한 플랫폼에 발을 뻗친 소득 파이프라인의 귀재였던 것이다.

나는 회사 생활을 6년 넘게 하면서도 부업 하나 시작해볼 생각은 못 했는데, 무당언니와 비교하니 자괴감이 생길 정도였다.

어쨌거나 무당언니가 얼마나 많은 창구로 소통을 잘하든 간에, 지금은 모두 유일한 직원이 된 내가 관리해야 할 업무의 일부일 뿐이다. 그렇다면 어떤 종류의 업무인가? 이 부분이 바로 무당언니가 극심한 장사꾼이 아닌가 하고 의심하게 된 이유이다.

당신은 아는가? 요즘은 인스타그램에서도, 수공예품 판매 플랫폼에서도, 심지어는 중고 거래 애플리케이션에서도 부적을 주문 제작할 수 있다는 사실을. 무당언니는 그중에서도 꽤 인기 있는 판매자였다.

하지만 당신이 이것은 모르리라 확신한다. 그 부적은, 내가 쓴다. 신기(神氣)라고는 내일 먹을 점심조차 예측하지 못할 정도로 없으며, 신을 모신 적이라고는 어린 시절 떡볶이를 사 주겠다는 엄마의 말에 교회에 따라 갔던 몇 번뿐인데. 이런 내가 출근 첫날부터 부적 쓰기 연습을 해서 지금은 판매용까지 제작한다.

겨우 나 따위가 만든 부적을 사람들에게 팔아도 되는지 믿을 수 없어 무당언니에게 물어보기도 했다. 이게 정말 효과가 있느냐고. 그러자 무당언니는 진심으로 온 마음을 담아 작성하면 효과가 있을 것이라며 입에 침도 바르지 않고 거짓말을 했다. 그러나 나의 의심스러운 눈빛이 떠나질 않자 '이건 일종의 테라피다', '사람들은 효과를 바라고 사는 게 아니다'라며 이런저런 말을 늘어놓았다. 그러고는 갑자기 '네가 디자이너니까 부적을 디자인한다고 생각해라'라고 덧붙이더니, '역시 디자이너라 부적도 예쁘게 잘 뽑지 않느냐'라며 칭찬을 섞어서 내 정신을 혼미하게 했다.

하필 대학생 때 주민센터 문화회관에서 캘리그라피를 배운 적이 있다 보니 내 부적은 누가 봐도 그럴싸했다. 그래서 무당언니의 말이 얼핏 납득되려 했다. 하지만 '부적 디자인'이라니. 미술학원에서 입시 준비를 하던 고등학교 시절에도, 시각디자인을 전공했던 대학교 때도, 현업 UX/UI 디자이너로 일하면서도 단 한 번도 들어 본 적 없는 분야의 디자인이다.

부적 디자인 같은 것을 하다 보면 앞으로 내 커리어는 어떻게 되는 걸까? 토속신앙 및 종교계 디자인이라는 틈새시장으로 진출하게 되는 걸까? 너무 조그마한 틈새에 끼여 죽어 버리는 것은 아닐까?

이런 생각을 하면서도 나는 어쩔 도리 없이 인기 있다는 애정 부적과 재산 부적을 끊임없이 찍어 내고 있다. 무당언니가 아무리 장사꾼이라 하더라도 정작 나는 그 장사꾼의 일개 직원에 불과할 뿐이었으니까.

3. 사냥꾼?

사실 다 상관없었다. 무당언니가 잔 다르크를 모시든 맥아더를 모시든, 부적을 내가 그리든 AI로 찍어 내든. 내 삶의 안녕과 평화를 위협하지 않는다면 말이다. 상기한 두 지점은 날 놀라게 했고 때로는 고민에 빠트리기도 했지만, 딱 그뿐이었다.

하지만 마치 '사냥꾼' 같은 무당언니의 특질은 현 직장에 대한 나의 의문을 증폭시키기에 충분했다.

무엇을 사냥하느냐고? 바로 악귀였다. 옆집 남자를 죽여 내게 엄청난 공포감을 주고, 한 팀장의 몸에 들려 나를 회사에서 잘리게 한 바로 그것 말이다. 무당언니는 쉴 때든 일을 할 때든 악귀와 관련된 아주 조금의 요소라도 발견하면 눈이 돌변했다.

하루는 밥을 먹고 둘이서 사무실로 돌아오는 길이었다. 길 건너편에 사람들이 몰려 있었고 왁자지껄한 소리가 들려왔다. 싸움이라도 났나 싶어 목을 길게 빼내어 살펴보고 있던 순간, 인파의 중심에서 중년 여성의 고함이 들려왔다.

"이 악귀!"

방금까지는 눈길도 주지 않던 무당언니가 그 외침을 듣자마자 곧장 뛰어가기 시작했다. 나는 사무실로 혼자 돌아갈지 심각하게 고민하다 결국 뒤를 따라갔다. 어느새 인파를 뚫고 들어간 무당언니는 여자에게 묻고 있었다.

"악귀는 어디 있죠?"

"여기 있잖아, 여기!"

여자가 가리킨 곳에는 얼굴에 엉망진창이 된 안경을 걸치고 옷 일부가 찢긴 중년 남자가 바닥을 뒹굴고 있었다.

"이 악귀 같은 놈! 못된 놈!"

무서운 기세로 여자가 찰싹찰싹 때리기에 남자가 손을 들어 막으려 했지만 역부족이었다.

"무슨 일이래요?"

"남자가 다른 여자랑 살림차려서 도망쳤다가 2년 만에 잡혔대요."

뒤에 있는 사람들의 대화가 들려왔다. 진상을 듣자마자 무당언니는 흥미를 잃은 듯 뒤를 돌아 걸어갔다.

이후로도 밴드를 하는 친구와 내가 전화하다 "저번에 네가 산 악기 있잖아."라는 말을 하자 "뭐, 악귀?"라고 외치며 들이닥치거나, 뉴스에서 '악귀'라는 단어가 들려 득달같이 반응하면 백이면 백 새로 만들어진 영화나 드라마 이야기였던 일이 여러 번 반복되었다.

그래, 여기까지도 상관없었다. 왜 그렇게 집착하는지는 모르겠지만 세상에는 벌레를 열심히 잡는 사람이 있듯이 악귀를 열심히 잡는 사람이 있고, 그것이 나의 직장 상사라고 생각하면 이해가 되지 않는 것도 아니었다.

'그 일'이 시작되기 전까지는.

* * *

평소와 다름없는 평화로운 오후였다. 내 자리가 있는 안쪽 작업실에서 일을 하던 중, 밖에서 무당언니가 날 부르는 소리가 들렸다. 신당으로 가 보니 무당언니가 책상에 앉아 노트북을 바라보고 있었다.

"이거 봐 봐."

무당언니가 가리킨 노트북에 화면에는 뉴스 기사가 떠 있었다.

'직장 내 괴롭힘'으로 인한 보복 살인…… 범인은 같은 회사 직속 부하

"뭐예요, 이게?"

"어제 발생한 사건인데, 이상한 점 못 느끼겠어?"

"딱히 이상하지는……."

무당언니는 또 다른 뉴스 기사를 화면에 띄웠다. 유사한

종류의 살인 사건 기사 두 건이었다.

"고작 몇 주 전에 발생한 사건들이야. 이번까지 따지면 세 번째인데, 비슷한 사건이 너무 연속으로 발생하지 않아?"

"그럴 수도 있지 않아요?"

"더 미심쩍은 점은, 이 부분이야."

무당언니가 기사 일부를 드래그해 하이라이트를 주었다. "피해자의 신체에는 심장이 사라져 있으며, 이로 인해 장기 밀매 조직의 움직임을 의심 중"이라는 내용이었다.

"심장?"

"그래, 심장. 악귀는 심장을 먹는다는 사실 알지?"

원룸에 살던 시절에 목격했던, 옆집 남자의 심장을 우걱 우걱 먹던 여자의 모습이 순간적으로 떠올랐다. 너무나 끔찍한 기억이었기에 잊으려고 머리를 흔들었다.

"의심스럽지 않아? 그래서 조사를 해 봤지."

무당언니가 파일 하나를 열자, 복잡한 관계도가 펼쳐졌다. 중년 남성 예닐곱 명의 사진이 흩어져 있고 그 밑에 작은 글씨로 개인 정보가 빽빽하게 적혀 있었다. 또한 사진끼리 화살표가 그어져 '동문', '이전 동료' 등의 관계가 표현되어 있거나, 서너 명씩 같은 색깔의 그물로 묶여 있기도 했다.

눈을 크게 뜨고 관계도를 보고 있는데, 무당언니가 중앙을 확대했다. '김상일'이라는 이름이 보였다.

"이번에 죽은 게 이 사람이야. 미디어홈의 전략기획부장 김상일. 그리고 몇 주 전에 사망한 사람들이 옆에 있는 AB생명의 상무 조현성과 헬로투어 이사 김주환. 이 셋의 공통점이 뭘까?"

훑어보자 이들은 모두 하늘색의 그물에 들어가 있었다. 그물의 상단을 따라가니 'K 골프클럽'이라는 글씨가 눈에 띄었다.

"모두 같은 골프클럽 출신이야. 굉장히 끈끈한 사이지. 소문으로는 이 사람들이 높은 자리에 오를 수 있었던 데에는 서로 도움을 줬던 점이 컸다고 하더라고. 투자 정보를 자기들끼리 공유해서 경제적인 이익을 취했을 뿐만 아니라, 인맥을 동원해 경쟁자가 될 만한 다른 조직원의 약점을 캐내고 끌어내리는 일도 거들었다고 해. 이 집단에 속한 기업인이 한 명 더 있는데."

무당언니는 마우스 휠을 굴려 화면을 밑으로 내렸다. 그러자 아까의 하늘색 그물 안에 포함된 '양민구'라는 인물이 보였다.

"이석네트웍스의 부장 양민구. 즉, 이 사람이 다음 타깃이 될 가능성이 높다."

그렇구나. 나는 무당언니의 흥미로운 설명에 멍청하게 고개를 끄덕이고 있었다. 내 일이라고는 전혀 생각하지 못했기 때문에.

"이제 우리는 이 악귀를 잡을 거야."

"우리요?"

"응."

"저도요?"

"당연하지."

당황스러웠다. 물론 한 팀장에게 빙의한 악귀를 잡은 적이 있긴 하지만 그때는 계약으로 인한 특수한 상황이라고 생각했다. 누가 잡아 달라고도 하지 않은 악귀를 갑자기 잡으러 가자니.

"어떻게 잡는데요?"

"일단 회사 주변에 차 세워 두고 감시하자."

"감시요? 그보다, 차?"

감시라는 말보다 차를 세워 둔다는 말이 더 신경 쓰였다. 내가 알기로 무당언니에게는 뚜껑이 열리는 새빨간 스포츠카밖에 없기 때문이었다. 스포츠카를 세워 두고 감시하는 행위는 스파이가 꽹과리를 치며 등장하는 것과 다를 바 없지 않나? 그러자 무당언니가 내 생각을 읽은 듯 대답했다.

"하나 살 거야, 네가 쓸 걸로."

예상치 못한 말에 절로 입가가 허물어지는 듯했다. '내 차'라니, 그렇다면 악귀를 감시하는 일도 힘들지 않을지도 모른다. 비록 업무용일지라도 나만의 차를 갖는 것은 오랜 꿈이었다. 내 얼굴이 미소로 환해졌으리란 건 안 봐도 뻔했다.

"그래, 기대하고 있어."

무당언니는 그 말을 내뱉고는 손님이 온다며 자리에서 사라졌다. 과연 무슨 차를 사 줄까? 경차? 중형차? 돈이 많아 보이니 외제차를 뽑아 줄지도 몰랐다. 생각만 해도 설레는 일이었다. 나는 부푼 가슴을 진정시키지 못하고 남은 업무 시간 내내 드림카를 떠올렸다.

* * *

며칠 뒤 이른 아침, 점집 앞에서 무당언니를 기다렸다. 전날 "새 차를 끌고 올 테니까 바로 목적지로 가자."는 연락을 받았기 때문이다. 추운 날씨에 발을 동동거리며 있는데, 금세 익숙한 목소리가 멀리서 들려왔다.

"여기야!"

그런데 목소리가 들려온 방향에 세워진 자동차의 형태가 영 이상했다. 그것은 귀여운 경차도 실용적인 SUV도 아닌, 무당언니 소유의 스포츠카처럼 새빨간…… 타코야키 차량이었다.

믿을 수 없어 나는 저 멀리 다른 차가 있나 살펴보고 반대편 차선까지 확인했다. 하지만 당연하게도 그곳에 무당언니는 없었고, 문어 캐릭터가 그려진 미니밴만 점점 가까워질 뿐이었다.

"여기라니까, 어딜 보는 거야."

마침내 차가 앞에 섰다. 스르르 내려간 창문 너머에는 무당언니가 있었다. 밀려오는 당혹스러움을 애써 숨긴 채 나는 질문을 던졌다.

"진짜 이거 산 거예요? 타코야키?"

"응, 중고마켓에 싸게 나왔더라."

티를 내려 하지 않았지만 얼굴이 급속도로 굳어 가는 것을 느낄 수 있었다. 기대를 너무 크게 한 것이 잘못이라면 잘못이지만, 이 차는 기대를 벗어나도 너무 심각하게 벗어났다. 무당언니는 나의 경직된 반응을 눈치챘는지 다급하게 물었다.

"설마 운전 못 하나? 1종 아니었어?"

"1종이긴 한데요……."

"그럼 됐네. 일단 타."

나는 힘없이 조수석에 올라탔다. 무당언니는 능숙한 솜씨로 수동변속기를 움직였다. 나는 할머니 집에 갔을 때 종종 운전했던 트럭을 떠올리며 머릿속으로 연습해 보다, 너무도 빨리 수긍하는 나 자신에게 진절머리가 나서 그만두었다.

"왜 이번에는 패턴이 있는 걸까?"

"뭐가요?"

"원래 악귀는 말이야, 목적이 없거든. 몸 하나를 차지하면 그 주변 사람들을 닥치는 대로 죽여. 그런데 이번에는 뚜렷한 패턴이 있잖아? 마치 계획한 것처럼."

"글쎄요……. 그런 사람들 심장 맛이 좋나."

"이번에 제대로 파 봐야겠어."

대화를 하며 앞을 보니 광화문에 가까워졌다는 교통표지판이 보였다. 아니나 다를까 주변 풍경이 익숙했다. 이전 회사를 다닐 때 버스를 통해 매일 지나갔던 길이었다. 놀라긴 했지만 워낙 큰 업무 지구이기에 이상할 것은 없다고 생각하며 그리운 광경을 훑었다.

그런데 점차 길목이 좁아질수록 불안감이 커졌다. 가게의 배치, 신호등 위치, 거리에 놓인 패널 디자인까지 심히 눈에 익었다. 어딘가 잘못되었다고 내가 느꼈을 때, 무당언니가 이석네트웍스 앞 갓길에 밴을 주차했다.

나는 차에서 내리자마자 옆 골목으로 달려가 봤다. 그곳엔 한동안 지겹게 다녔던 회사의 건물이 있었다.

"여기 제가 다녔던 데예요."

"이석네트웍스 직원이랑 출장 상담 약속 잡아서 지금 가 봐야 해. 차에서 감시 잘하고 있어."

무당언니는 내 말을 귓등으로도 듣지 않은 채 사라졌다. 나는 잠시 얼떨떨하게 서 있다가, 행여 아는 사람이라도 마주칠까 봐 서둘러 차에 돌아갔다.

그래, 어차피 차에만 틀어박혀 있으면 되는 일이다. 나는 마음을 내려놓고 창밖에 지나가는 사람들을 관찰했다. 근처 커피숍에서 산 음료를 들고 지나가는 사람, 급한 발걸음으로 달려가는 사람, 킥보드를 타고 거리를 활보하는 사람들이 스쳐 지나갔다.

'살인 사건이 세 건이나 벌어져도 출근을 하는구나.'

달라진 점이 없는 거리를 보며 그런 생각을 했다.

해가 저물어 갈 즈음 무당언니가 돌아왔다. 약속한 다섯 명의 사주 상담을 보고 오는 길이라고 했다.

"뭐 좀 알아냈어요?"

"몇 명이 정보통신부 직원이더라고. 양민구가 거기 부장이잖아? 캐낸 게 있지."

무당언니가 목을 가다듬고 말을 이었다.

"양민구가 전체적으로 평이 좋은 편은 아니야. 부서에 사람이 30명 정도 되는데 여기서 양민구한테 원한 없는 사람 찾기가 힘들 정도라고 하네. 각 팀 팀장들은 물론이고 일반 직원들까지 툭하면 괴롭혔다고 해. 누구 몸에 악귀가 숨어 있대도 이상하지 않겠어."

"그럼 어떻게 해요?"

"회사에 들어가기도 힘들 것 같고, 밖에서 부서 전체를 확인해 볼 방법이 필요한데. 이 문제는 좀 더 생각을 해 보자."

무당언니는 시트에 몸을 기대고 눈을 감았다. 지쳐 보이는 기색이었다. 잠시 침묵이 흘렀다. 가만히 눈을 감고 있는 무당언니를 보다가 평소 궁금했던 질문 하나가 불쑥 튀어나왔다.

"왜 그렇게 악귀를 열심히 잡는 거예요?"

눈을 뜬 무당언니가 나를 쳐다보았다.

"갑자기?"

"그냥 궁금해서요. 잡는다고 크게 이익이 생기지도 않는 것 같은데, 혹시 이유가 있나 싶어서……."

무당언니는 곧바로 대답하지 않았다. 침묵이 길어지고 괜한 질문을 했다는 후회가 들 때쯤, 무당언니가 입을 열었다.

"구슬 기억 나? 너희 직장 상사한테 씐 악귀를 잡았을 때 나온 거."

무당언니가 엄지와 검지를 붙여 동그랗게 만들어 구슬의 모양을 나타냈다. 나는 그때를 떠올렸다. 악귀에서 인간으로 돌아온 한 팀장의 입에서 튀어나온 작고 투명한 구슬.

"그게 장난 아니거든."

무당언니는 그 말을 하고는 동그랗게 말고 있던 손을 아래로 뒤집어 흔들었다. 저 손짓의 의미는.

"돈?"

"하나만 해도 엄청난 가격이라고 들었어. 뭐, 꼭 이것 때문만은 아니지만."

그 말을 들은 순간부터 머릿속이 구슬 생각으로 가득 찼다. 보기에는 그냥 평범한 구슬 같았는데 사실 엄청난 기능을 품고 있는 것일까? 엄청난 가격이면 얼마일까. 몇백만 원? 몇천만 원? 무당언니는 이런 값비싼 물건을 손에 넣었는데도 나에게 아무것도 해 주지 않는다는 말인가?

각종 상상이 폭주하는 와중에 무당언니의 말이 들려왔다.

"오늘 양민구 얼굴이라도 봤어?"

"한 번도 못 봤어요. 오늘 회사 나왔는지도 모르겠던데."

"지나갔는데 놓친 거 아냐?"

"아니에요, 진짜 열심히 봤어요. 눈알 빠지는 줄 알았는데."

간간이 휴대폰을 확인한 것은 사실이기에 목소리만 커졌다. 말을 돌려야겠다는 생각에 황급히 다른 화제를 떠올렸다.

"아까 낮에 앉아 있는데 누가 문을 두드리더라고요. 놀라서 창문 내리니까 여기 타코야키 안 파네요. 진짜 어이없지 않아요?"

그냥 웃으라고 한 이야기였다. 하지만 무당언니는 매우 흥미로운 말을 들은 것처럼 웃음기 하나 없이 눈을 반짝였다. 그러고는 나를 훑어보더니 차 내부를 이곳저곳 살펴보곤 골똘히 생각에 빠졌다. 불안감이 엄습했다. 설마 아니겠지, 설마. 애써 모르는 척하려던 찰나, 무당언니가 입을 열었다.

"만들자, 타코야키."

"예?"

"타코야키에 부적을 넣어서 파는 거야. 그럼 양민구 부서 사람들도 사 먹을 테고, 악귀가 있으면 드러날 테니 잡으면 되고."

"악귀가 타코야키를 안 좋아하면 어떡해요? 안 먹으면?"

"악귀들은 식탐이 많아서 먹을 거야. 그런 촉이 와."

촉? 겨우 촉 때문에 그런 수고스러운 일을 벌인다는 사고가 이해되지 않았다. 아니, 무엇보다 그 타코야키는 아마.

"제가…… 만드는 거죠?"

"응."

내가 만들어야 할 것이 뻔했다.

"다른 곳이면 몰라도 전 회사 근처란 말이에요. 회사 사람 만나면 어떻게 해요?"

"얼굴 잘 가리면 몰라. 사람들은 서로 관심이 없다니까? 누가 누군지 몰라요."

끝까지 거부하려 했으나 무당언니는 나를 필사적으로 회유했다. 타코야키 판매 수익 전액과 악귀를 잡을 시 보너스까지 준다고 약속하면서. 싫었지만 어쩔 수 없었다. 새로 산 휴대폰의 할부 금액이 어른거렸으니까.

"난 정보통신부 사람이랑 또 상담이 있어서 카페에 가 볼게. 파이팅해."

장사를 시작하기로 한 오늘 아침, 무당언니는 이 말을 남기고 떠났다. 나는 밴 뒷문을 훤히 열고 손님 받을 준비를 했다. 혹시라도 누가 알아볼까 싶어 두건과 마스크를 장착하고서.

다행히 손님 하나 없이 아침 시간이 지나갔다. 직장인들은 돌연히 등장한 타코야키 밴에 큰 관심을 보이지 않았다. 한번 쳐다보더니 바삐 제 갈 길을 갈 뿐이었다. 그럼 그렇지, 자영업은 쉬운 일이 아니다. 이대로 손님을 하나도 받지 못한 채로 하루를 끝내 타코야키 장사는 쓸모없는 짓이었다는 확신을 주리라.

나의 굳은 다짐은 점심시간이 되자마자 산산조각이 나고 말았다. 손님이 몰려든 것이다. 식사를 안 한 것인지, 아니면 밥을 먹고 타코야키를 또 처먹으려 하는 것인지 인근 회사원들이 계속해서 줄을 섰다. 주문 하나를 처리하면 다음 사람이, 처리하지 않았는데도 다음 사람이 끝없이 주문을 넣었다.

"열 개 주문할게요."

"치즈맛 반반으로 삼십 개 주세요."

"여기 팔십 개만 포장해 주세요."

사방에서 날아오는 주문을 받아 내며 예전 동료 최 대리 님과 나누었던 대화를 떠올렸다. 이 주변은 식당이 많지만 군것질거리를 파는 곳이 없어 장사를 하면 대박 날 것이라 는 요지의 이야기였다. 일이 고단할 때면 우리는 '회사 관두 고 와플 가게 열어야겠다', '붕어빵 팔아야겠다'라는 농담을 주고받고는 했다.

지금, 할 수만 있다면 대리님을 찾아가 외치고 싶었다. 정 말로 잘 팔린다고. 내가 그 우스갯소리를 사실로 입증해 냈 다고 말이다. 물론 결코 할 수 없는 말이었지만.

바쁘게 하루, 이틀, 사흘이 흘러갔다. 타코야키가 무섭게 팔려 나가는 한편, 악귀에 씐 것으로 보이는 사람은 한 명 도 발견하지 못했다. 무당언니에게 말해 봤지만 아직 시간 이 더 필요하다는 반응만 돌아올 뿐이었다.

얼마나 이 짓을 더 해야 할지 생각하니 가슴이 답답해졌 다. 마스크를 벗고 크게 심호흡을 해 보았다. 한가한 오후 시간대, 잠시 숨을 돌릴 기회였다. 온몸이 뻐근해서 스트레 칭을 시작했다. 깍지 낀 손으로 뒤통수를 누르며 목을 주욱

늘이고 있는데, 불쑥 손님이 찾아왔다.

"안녕하세, 어?"

"여기 주문, 어?"

내가 고개를 들자, 가장 마주하고 싶지 않은 얼굴이 눈앞에 있었다.

"김하용 대리?"

한 팀장이었다. 내가 회사에서 잘리게 된 주 요인, 나의 전상사 한 팀장.

"아니, 왜 여기에?"

"……주문하시겠어요?"

"……타코야키 열 개 줘. 치즈맛으로."

밀려오는 수치스러움에 입이 멋대로 움직여 주문을 받았다. 후회했지만 어쩔 수 없었다. 차라리 빨리 만들고 한 팀장을 떠나보내는 편이 나았다. 서둘러 제조를 시작했다. 달구어진 팬에 반죽을 붓고 가문어를 떨어트렸다. 곧 반죽이 지글지글 익어 가자 한 알씩 쇠꼬챙이로 돌려 가며 모양을 잡았다. 한 팀장은 열심히 타코야키를 돌리는 나를, 그리고 타코야키 팬을 번갈아 쳐다보더니 혼자 고개를 주억거렸다.

내가 정말 싫어했던 표정 중 하나였다. 아무것도 모르면서 '다 알겠다'는 듯이 짓는 저 표정. 한동안 잊고 있다 다시 그 표정을 마주하니 전과 비교할 수 없을 정도로 속이 뒤틀렸다. 빨리 눈앞에서 치우고 싶어, 다 익지도 않은 타코야키를 상자에 담아 서둘러 치즈 가루와 가쓰오부시를 뿌리고 건넸다.

"5000원입니다."

한 팀장은 지갑에서 만원을 꺼냈다. 잔돈이 필요해 돈통을 뒤지는데 천원 지폐가 네 장밖에 보이지 않았다. 급한 마음에 허리를 숙여 찾는데 한 팀장이 돈통 옆에 만원짜리 지폐를 턱 하니 올려 두고는,

"됐어, 나머지는 팁이야."

라는 말을 남기며 떠났다. 한쪽 팔을 흔들며 유유자적 멀어지는 뒷모습을 보고 있자니 눈앞이 아득해지고 호흡이 거칠어졌다. 평정을 되찾기 위해 심호흡을 하는데, 얼마 지나지 않아 휴대폰에서 메시지 알림음이 들렸다.

하용 대리.
우리 비록 좋지 않은 끝을 맺었지만은,
요즘 젊은이답지 않은 너에 모습에 감동을 받았다.
앞으로도 궂은 일 마다하지 않고 열정적으로 살아가기를……
이 시대를 먼저 살아간 어른으로서 응원하마.
달려라, 청춘이여!

나는 더 이상 참지 못하고 괴성을 질렀다.

* * *

한 팀장과 조우하고 나자, 마음 한편에서 원망의 감정이 퍼져 나갔다. 장사를 하고 싶지 않다고 했음에도 날 꼬드긴 무당언니를 향한 것이었다. 한참을 속으로 욕하다, 결국 자포자기하는 심정이 되었다. 마스크를 벗은 내가 잘못이지 싶었다. 그렇게 생각하는 것이 마음 편했다.

어지러운 마음을 정리하려 타코야키 팬을 닦는 데 몰두했다. 깨끗이 닦다 보니 조금은 화가 가라앉는 것 같았다. 겨우 안정을 찾았는데 팬 위로 그늘이 졌다. 손님이 온 모양이었다.

고개를 들자 보인 두 명의 손님은 경찰복을 입은…… 경찰이었다.

"안녕하십니까, 신고를 받고 왔습니다."

'신고'라는 말에 여러 가능성이 떠올랐다. 주변에서 사건이라도 발생한 것일까? 악귀가 벌써 나타났는지도 모른다. 무당언니는 왜 연락이 없었지? 그러나 내 예측과는 다르게, 그들의 눈빛은 나에게만 꽂혀 있었다. 뭔가 이상했다.

"여기서 장사하면 안 되는 거 아시죠? 신분증 좀 보여 주세요."

벼락같이 현실이 인식되었다. 경찰들은 나를 찾아온 것이다. 내가 신고를 받았기 때문에. 처음 겪는 상황이었다. 얼굴에 핏기가 싹 가시는 느낌이 들고 몸이 굳었다. 당황스러웠지만 우선 신분증을 보여 줘야 할 것 같아서 지갑을 찾았다. 그런데 보이지 않았다. 차 내부를 아무리 찾아도 지갑이 없었다. 마음이 조급해졌다. 그때, 기어 레버 옆에 놓인 빨간 지갑 하나가 눈에 띄었다. 무당언니의 것이었다. 나는 무엇에 홀린 듯 그 지갑 안에 있는 신분증을 꺼내 내밀었다.

"마스크 내려 보세요."

경찰은 신분증과 내 얼굴을 번갈아 쳐다보았다. 나는 무당언니를 따라 최대한 눈꼬리를 올려 떠 보았지만 경찰의 표정은 구겨질 뿐이었다.

"본인 맞아요? 다른 사람 같은데?"

"사실 저희 사장님 건데요, 그 사람이 팔라고 시켰어요."

"이 사람이, 본인 걸 줘야지……."

결국 좌석 밑 가방에서 지갑을 찾아내 신분증을 건넸다. 경찰들은 내 신분증을 보며 수첩에 글씨를 끄적이더니 몇 마디 주의를 주고는 자리를 떠났다. 그들이 사라지고 남은 자리에는 차가운 공기만 남았다. 살을 에는 듯한 바람을 맞으며 생각했다. 나는 이제 범죄자가 되는 것일까?

한 번도 법규를 어긴 적이 없다면 거짓말이겠지만, 최대한 문제 없이 살기 위해 노력해 왔다. 적어도 경찰에게 개인 정보를 넘길 만한 일은 한 적이 없다고 자부할 수 있다. 그런데 내가 왜 이런 처지가 된 거지?

허망한 심정으로 신분증을 도로 넣었다. 잠시 좌석에 놓아 두었던 무당언니의 것도 회수해 지갑에 넣어 두려 했다. 그러나 별생각 없이 앞을 훑어본 그 순간.

이름, 구명일. 그리고 주민번호가 9…… 뭐지?

나와 주민번호 앞 두 자리가 똑같았다. 그 말인즉슨, 무당언니는 나와 동갑이라는 말이었다. 동갑이라고? 무당언니가, 나와?

무당언니의 나이를 들어 본 적은 없었다. 인터넷상에서는 물론이고 나에게도 공개하지 않았기 때문이다. 하지만 처음부터 반말을 해 왔고, 워낙 세상살이에 능숙해 보여 서너 살은 더 먹었으리라 짐작하고 있었다. 그런데 동갑?

지금껏 무당언니와 있었던 많은 일이 주마등처럼 스쳐 지나갔다. 일은 본인이 벌여 놓고 귀찮은 일은 모두 나한테 미뤘던 것, 커피 내리고 캡슐을 죽어도 치우지 않던 것, 화장실에서 휴지를 쓰고 다시 안 채워 놓는 것, 무엇보다 반말 찍찍하면서 나를 아랫사람처럼 대했던 것. 계약서 쓸 때 내 나이도 봤으면서, 심지어 생일도 나보다 늦으면서!

밴을 잠시 닫아 두고 무당언니가 있다는 카페를 찾아갔다. 통창 너머로 무당언니의 모습이 눈에 띄었다. 상담을 한다고 했던 말과는 다르게 혼자 앉아 휴대폰을 보고 있었다. 그뿐만 아니라 테이블에는 디저트까지 있었다. 딸기생크림 조각케이크와 휘핑크림을 얹은 초코 프라푸치노가 말이다. 나는 카페 문을 박차고 들어가 무당언니가 있는 곳으로 뚜벅뚜벅 걸어갔다.

"왜? 무슨 문제 생겼어?"

나를 본 무당언니는 태연하게 물었다.

"……맛있어 보이네요?"

"이거? 당 떨어져서. 상담하다 보면 금방 피곤해지거든."

그래, 피곤하겠지. 내가 전 회사 상사를 만나 평생 잊지 못할 수치를 겪고 경찰에게 개인 정보마저 넘기는 동안 카페에 앉아서 케이크나 먹고 있었지만 피곤할 수 있지.

그런데, 적어도 본인은 더 열심히 해야 하는 것 아닌가? 내가 누구 때문에 이러고 있는데, 나에게 시킨 것 이상은 하는 모습을 보여 줘야 하지 않나?

"지금 나흘이나 지났는데 뭐 알아낸 거 없어요? 알아내고 있기는 해요?"

"당연히 하고 있지. 갑자기 왜 그래?"

그 와중에 뻔뻔하게 프라푸치노를 한 모금 삼키는 무당새끼…… 아니, 무당언니의 얼굴을 보고 있자니 이성을 잡고 있는 줄 하나가 끊기는 느낌이 들었다. 허리를 숙이고 무당언니에게 얼굴을 들이밀었다.

"이 추위에 사람을 밖에서 일하게 두고 본인은 뭘 그리 여유로워요. 뭐라도 해 봐야겠단 생각 안 들어요?"

평소와 다른 내 기세에 무당언니는 어리둥절한 듯이 보였다. 무당언니가 뭐라 말을 꺼내려 했으나, 내가 가로막았다.

"이렇게 앉아 있으면 뭐가 돼요? 응? 일이 자동으로 해결되냐고?"

어느덧 감정은 나의 통제 범위를 벗어났다. 작은 불씨에 불과했던 화는 이미 마른 장작을 한 아름 삼켜 거세게 타올랐다.

"누구는 개고생을 하고 있는데 말이야, 왜 댁은 아무것도 안 해!"

"알았으니까……."

"저기 들어가서 타코야키를 입에 직접 처넣든지! 뭐라도 해 보라고, 뭐라도 좀!"

"알았어, 진정해! 진정 좀 해!"

정신을 차리고 보니 나는 무당언니의 어깨를 잡고 사정없이 흔들고 있었다. 항상 뻔뻔한 태도를 유지했던 무당언니도 오늘만은 나를 말리지 못한 채 맥없이 흔들리기만 할 뿐이었다.

*　*　*

　명일은 당장 행동하겠다는 약속을 하고서 겨우 하용을 돌려보내고 현 상황을 정리해 보았다. 사주 상담을 빙자해 스무 명이 넘는 직원들을 취조한 결과, 용의자 후보가 세 명으로 압축되었다. 정보통신부의 팀장 두 명과 책임 한 명. 모두 양민구와 심히 사이가 좋지 않거나 원한을 겼을 법한 인물들이었다.

　그런데 이상하게도, 셋 중 누구도 악귀에 씐 기미가 보이지 않았다. 빙의된 사람이라면 무릇 평소와는 다른 행동, 말투, 식성 등을 보이기 마련이다. 하지만 상담에 참여한 직원 누구도 이들에게 달라진 점이 있다고 느끼지 못했다.

　세 사람 외에 다른 인물이 있는 걸까? 아니면 상담에서 놓친 다른 부서 사람? 아니면 보통 악귀와 달리 철두철미한 위장을 하고 있는 것일까? 무엇이든 가능성이 너무 많았다. 어쩌면 하용의 말처럼 모조리 입에 넣어 사실을 확인해 볼 시점인지도 몰랐다. 부딪쳐야 했다.

　"저기요."

　"네?"

　"이것 좀 하루만 빌립시다."

　명일은 근처 건물에서 나오고 있는 사람을 붙잡았다. 얼굴이 드러나는 민트색 헬멧에 배달 업체 브랜드의 이름이 적힌 조끼를 입고 음식 보관용 백팩을 멘 젊은 남자. 어리버리한 인상의 배달원은 팔이 잡히자 경계하는 기색을 잔뜩 풍겼다.

"헬멧이랑, 지금 착용한 거 전부 다요. 오늘 밤에 댁으로 돌려줄게요."

"안 되죠, 아직 일 남았는데."

배달원은 불쾌한 기색을 보이며 자리를 떠나려는 듯 전동 킥보드에 발을 올렸다. 명일은 급하게 킥보드 손잡이를 잡아 떠나지 못하게 막았다.

"하루에 얼마 버는데요?"

"그건 왜요?"

"지금 바로 보내 줄게요, 하루 일당."

배달원은 잠시 눈알을 굴리다 금액을 말했다. 명일은 휴대폰을 만지며 계좌번호를 물었다. 얼마 지나지 않아 배달원의 휴대폰에서 알람이 울렸고, 그는 화면을 확인하자마자 신속히 헬멧을 벗었다.

* * *

명일은 한 손에 타코야키가 잔뜩 든 가방을, 다른 한 손에는 태운 부적을 찢어 넣은 아메리카노가 있는 봉투를 들고 이석네트웍스의 정문으로 향했다. 경비원은 아무 의심 없이 출입 게이트를 열어 주었다. 자연스레 엘리베이터를 타고 정보통신부가 있는 4층에 도착했다.

"배달 왔습니다."

"배달요?"

"양민구 님이 주문하셨습니다."

양민구는 현재 외근이 있어 자리를 비운 상태였다. 직원들은 예고 없는 음식 배달에 놀란 눈치이면서도 익숙한 이름을 대자 의문을 표하지 않았다.

"그냥 두셔도 돼요. 저희가 가져가면 되는데."

"저희 서비스입니다."

직원의 만류에도 명일은 자리마다 타코야키가 든 종이컵과 아메리카노를 차례차례 놓았다. 한 명씩 입에 넣는 모습을 눈으로 보고 확인해야 했기 때문이다. 대부분의 직원이 무의식적으로 타코야키를 입에 가져가거나 커피를 한입 빨아올렸다. 문제는 없었다, 아직까지는.

곧 의심 후보였던 첫 번째 팀장 차례가 다가왔다. 책상에 음식을 두고는 슬쩍 지켜보았다. 팀장은 아이스 커피를 벌컥벌컥 들이켜더니 얼음까지 씹어먹었다. 아니었다. 명일은 다음 자리로 이동했다.

다른 후보였던 책임을 지나, 마지막 줄에 가까워지자 명일의 마음 한구석에 불안이 싹텄다. 이대로 아무에게도 반응이 없다면?

"무슨 일이래?"

"어제 난리 치고 미안했나 보지."

분위기가 풀렸는지 군데군데 잡담을 하는 소리가 들려왔다. 맞은편 직원들도 목소리를 낮춘 채 양민구의 이야기를 하기 시작했다. 명일은 행동을 느리게 하고 그들의 대화에 귀를 기울였다.

"아냐, 내가 볼 땐 그거야. 미디어홈에서 누구 살해당한 거 알지?"

"직장 내 괴롭힘?"

"거기 죽은 사람이 부장 친구래. 본인도 무섭지 않겠어? 똑같이 칼 맞을까 봐."

"그거 장기 밀매 사건 아니었어? 심장 없어졌다며."

"다른 사건은 맞는데 미디어홈은 아니야. 과도로 찔린 건데 기사가 잘못 났어. 지인이 미디어홈 다니거든."

머릿속 퍼즐이 재조립되는 소리가 명일에게 들렸다. 가정부터 잘못되었던 것이다. 악귀에게 살해당한 것은 세 사람이 아니라 두 사람이었다.

명일은 문을 열고 나가 휴대폰으로 관계도를 다시 열어

보았다. AB생명 조현성과 헬로투어 김주환만이 속해 있고, 살인을 감행할 정도로 어느 쪽에는 위협이 될 만한 이익 집단. 두 사람이 꾸준히 진행해 왔던 투자 모임. 그리고 여기에서 새롭게 이어진 인물이 있었다. 한명증권의 임영수.

한명증권은 어디에 있지? 지도 애플리케이션에 입력해 보았다. 현 위치와 멀지 않은 곳, 도로 맞은편 골목에 푸른색 화살표가 반짝이고 있었다.

* * *

건너편에 주차해 둔 차를 다시 옮겨야 했다. 뭔가 해 보겠다며 어디서 구한 건지 모를 배달원 차림을 하고 타코야키를 무려 100개나 포장해 간 무당언니가, 언제 악귀가 튀어나올지 모르니 이석네트웍스 앞에서 대기하라고 했기 때문이다. 100개 값은 반드시 받아 내리라 결심하며 차에 올라타려던 그때, 나를 부르는 소리가 들렸다.

"저기요, 타코야키 안 팔아요?"

돌아보니 40대 초반 정도로 보이는 남자가 있었다. 그 뒤편에 한층 중후해 보이는 중년 남성이 조금 멀찍이 서 있었는데, 아마도 상사인 듯싶었다. 보다 연배가 높아 보이는 그 사람은 팔짱을 끼고 멀뚱하게 우리를 지켜보고 있었다.

"오늘은 영업 종료했어요."

"조금만 만들어 주시면 안 될까요?"

"빨리 가 봐야 해서요."

그 말에 부하로 보이는 남자는 상사에게 쪼르르 달려가 뭐라뭐라 얘기했다. 상사는 곧 못마땅한 표정으로 남자에게 쏘아붙였다. 거리가 있어서 무슨 말인지는 들리지 않았지만 내용은 짐작이 갔다.

"정말 조금만 만들어 주시면 안 될까요? 돈은 더 드릴 수 있으니……."

다시 내 앞으로 온 남자가 재차 부탁했다. 난감한 상황이었다. 남자의 얼굴 표정이 심히 좋지 않아 동정심이 일기는 했지만 무당언니의 지시가 우선이었다. 잠시 고민하다 마음을 정했다.

"이번만 해 드리는 겁니다?"

타코야키 차량에 올라타 화구에 불을 켰다. 이제 조리에 능숙해진 터라 몇 개쯤은 빠르게 만들 수 있으리란 자신이 있었다. 또 한편으로는 우쭐한 기분이 들었기 때문이기도 했다. 회사 임원 정도 되어 보이는 사람이 내 타코야키에 사족을 못 써서 길바닥에서 기다리고 있다니, 맛을 한번 보여 주고 싶다는 생각이 들었다.

"따로 네 개만 더 만들어 주실 수 있나요?"

"해 드리죠."

부하인 남자가 기뻐하는 표정을 지었다. 본인도 먹고 싶었던 모양이다. 나는 내심 뿌듯해하며 타코야키 열두 개를 금세 만들어 냈다. 각각 다른 상자에 나눠 담아 남자에게 건네자, 그는 곧 하나를 뒤에 있는 상사에게 전달했다. 나의 소임을 다했으니 이제 가야 할 때였다. 정리를 하기 위해 트렁크를 닫았다.

그때였다. 뒤에서 목이 막힌 듯 컥컥대는 소리가 들려왔다. 돌아보니 부하인 남자가 숨을 제대로 쉬지 못하며 괴로워하고 있었다.

"김 부장, 괜찮아? 김 부장!"

음식물이 기도에 걸린 듯했다. 내 타코야키 때문에 사람이 죽을 위기에 처하다니. 나는 우왕좌왕하다 달려가서 남자의 등을 쳐 봤다. 그러나 그는 나아지기는커녕 더욱 고통을 호소할 뿐이었다. 이럴 땐 어떻게 해야 하더라? 기도에 음식물이 걸렸을 때는⋯⋯.

고등학교 때, 응급 처치 교육 시간이 있었다. 심폐소생술이나 제세동기 사용법 등을 가르쳐 주는 수업이었다. 그때 딴짓을 하다 선생님에게 걸려 앞으로 불려 나간 기억이 있다. 비슷한 이유로 불려 나온 친구의 뒤에 붙어서, 기도가 폐쇄되었을 때의 응급 처치 시범을 따라 해야 했다.

'뭐랬어, 주먹 배에 붙이고 다른 손으로 감싸야지. 그리고 밀어 올려!'

엉거주춤한 내 자세에 친구들이 깔깔대며 웃었다. 보건 선생님은 신경 쓰지 않고 자세를 교정해 주었다.

'자, 따라 해 봐. 하임리히!'

그때의 기억을 끄집어냈다.

"하임리히! 하임리히!"

뒤에서 남자의 복부를 감싸 안아 구호를 외치며 강하게 밀어 올렸다. 반복하기를 몇 번, 남자의 몸부림이 멎었다. 됐다, 역시 응급 처치를 배우길 잘했어. 안도감에 호흡을 고르는데 어딘가 이상했다. 남자는 이물질을 뱉지도, 기침을 하지도 않은 채 우뚝 서 있을 뿐이었다.

괴상한 일이 벌어졌다. 남자의 목 밑부분부터 검보랏빛이 올라오더니 곧 얼굴 전체가 어둡게 변하는 것이 아닌가. 그러고는 얼굴이 터질 것처럼 기포가 울긋불긋하게 일어났다.

동시에 남자는 괴성을 지르며 달아났다.

나는 멍하니 그 뒷모습을 바라봤다. 응급 처치를 돕기는커녕 아무것도 안 하고 상황을 지켜보기만 하던 상사 역시 마찬가지였다. 때마침 전화벨이 울렸다. 받아 보니 무당언니였다.

"사장님, 악귀 찾은 것 같아요."

그러자 전화기 너머에서 무당언니의 다급한 목소리가 들렸다.

* * *

나는 급하게 타코야키 밴에 시동을 걸고 악귀의 뒤를 따라갔다.

"계속 쫓아가면서 위치 말해. 나도 바로 갈 테니까."

무당언니는 전화를 끊지 않은 채 거듭 위치를 확인했다. 악귀는 지나치게 빠른 데다가 야생동물처럼 방향을 이리저리 바꿨기에, 차로도 따라잡기가 쉽지 않았다.

"광장, 광화문 광장 쪽으로 가고 있어요!"

악귀는 방향을 틀어서 광화문 광장으로 달렸다. 그 안으로 들어간다면 밴으로 따라붙기 쉽지 않을 터인데 난처할 따름이었다. 우려대로 악귀는 광장을 가로질렀다. 어쩔 수 없이 차를 옆에 대고 남자를 어떻게 쫓아야 할지 가늠해 보았다.

그때 민트색 헬멧을 쓰고 검은색 조끼를 입은 음식 배달원이 킥보드를 탄 채 엄청난 속도로 나를 지나쳤다. 무당언니였다. 그대로 악귀 쪽으로 달려간 무당언니는 내리꽂듯이 그에게 부딪쳤다. 악귀는 옆으로 굴러가고, 무당언니 역시 충격을 이기지 못하고 킥보드에서 날아가 근처에 고꾸라지고 말았다.

나는 급히 차를 세우고 달려 나와 사고 현장 앞에 섰다. 설마 죽었나? 떨리는 마음으로 다가가 반쯤 벗겨져 얼굴을 덮은 헬멧을 들어 올리자, 눈을 번쩍 치켜뜬 무당언니와 시선이 마주쳤다.

"뭐 해, 빨리 잡아!"

난데없는 호통에 정신이 돌아온 나는 외투를 벗어 악귀의 팔에 칭칭 감아 묶었다. 무당언니는 비틀거리며 일어나 악귀의 배에 올라탔다. 그러고는 품에서 부적을 꺼내 악귀의 목에 쑤셔 넣고는 입을 막았다. 상대는 당연히 발버둥 치며 발악했지만 무당언니는 흔들리지 않았다. 악귀의 얼굴은 터질 것처럼 부풀었다.

무당언니는 꿈틀대는 악귀에게 질세라 복부를 가격했다. 한 번, 두 번, 세 번…… 곧 악귀의 숨이 가빠지더니 기침이 터져 나왔다. 폐가 찢어질 것처럼 거센 기침이 이어지다 그 입에서 퐁, 하고 구슬이 튀어 올랐다.

이윽고 바닥에 떨어져 또르르 굴러가던 구슬은 내 발에 가로막혀 마침내 멈췄다. 나는 그것을 주워 들어 살펴보았다. 햇빛이 부딪혀 반사되며 영롱하게 빛났다.

"으 으……."

악귀에 씌었던 남자가 정신이 돌아왔는지 신음 소리를 흘렸다. 얼굴은 원래 형태와 빛깔이 돌아온 후였다. 여전히 비틀거리며 남자의 몸에서 일어난 무당언니는 근처에 쓰러져 있던 킥보드를 챙겼다. 주위를 둘러보니 몇몇 사람이 우리를 둘러싸고 있었다. 동시에 짝짝짝, 하고 박수 소리가 울려 퍼졌다.

* * *

"A사 직원의 목숨을 구한 타코야키 판매자와 배달원이 화제입니다. 이들은 기도에 음식물이 걸린 A씨를 살려내고 자취를 감춘 것으로 추정되는데요."

평화로운 오후의 점집. 흘러나오는 뉴스의 내용이 어쩐지 귀에 익어 돌아보지 않고서는 배길 수가 없었다. 무당언니는 이미 TV 앞 소파에 앉은 지 오래였다. 나 역시 조용히 그 옆에 앉았다.

"타코야키 청년이 우리 직원을 살렸습니다. 뭐더라, 하임리히법이던가⋯⋯."

악귀에 씌었던 남자의 상사였다. 허공을 바라보고 있는 그의 표정은 여전히 믿을 수 없다는 듯 얼떨떨해 보였다.

"A씨의 상사 B씨의 증언입니다. 또한 광화문 광장에서 A씨의 복부를 밀어 올려 이물질을 빼내려는 배달원의 영상이 촬영되기도 했는데요. A씨는 이들을 찾아 사례하고 싶다는 의사를 표하고 있습니다."

화면에서 재생되는 동영상에는 악귀가 들린 남자의 배를 가격하는 무당언니의 모습이 찍혀 있었다.

"저게 이물질 빼내려는 모습으로 보이나? 아무리 봐도 패는 거 아니에요?"

"악귀를 빼냈으니 결과적으로는 맞잖아?"

내 말에 무당언니는 말장난 같은 대답을 늘어놓았다. 뭐, 목적이 어찌 되었든 나 역시 좋은 일로 뉴스에 출연해 기분이 나쁘지는 않았다. 오히려 좋았지.

"그런데 죽은 사람 중 한 명은 진짜 살해당한 거네요?"

문득 사건이 끝나고 무당언니에게서 들은 말이 떠올랐다. 사망한 세 사람 중 한 명은 악귀에 의해서가 아니라, 실제로 부하에게 살해당한 것이었다는 사실을. 뉴스에 났던 대로 정말 직장 내 괴롭힘에 의한 보복으로 말이다.

"그것 때문에 시간 날렸지. 진짜 칼로 찌른 건지 누가 알았겠어."

"어지간히 괴롭힘을 당했나 보네요, 그 사람도. 얼마나 상사가 괴롭혔으면 그랬을까. 얼마나 화가 났으면 칼로 사람을……."

나는 스윽 고개를 돌려 무당언니를 쳐다보았다. 무당언니는 눈을 피하더니 배가 고프다며 일어나 방을 나가 버렸다. '너도 조심해.'라고 말하는 내 눈빛이 전해진 것일까. 나는 작은 승리감을 느끼며 고요히 웃었다.

* * *

며칠 뒤, 나는 작업실 소파에 앉아 있는 무당언니를 흘끗 훔쳐보며 입을 달싹였다. 따지고 싶었기 때문이다. 우리가 사실 동갑이지 않느냐고, 호칭 정리를 다시 해야 하지 않느냐고 말이다. 하지만 불편한 이야기인 만큼 입 밖으로 쉽게 나오지 않았다. 한참을 끙끙대며 옆모습만 뚫어져라 쳐다보고 있을 때, 나를 돌아본 무당언니와 눈이 마주쳤다.

"왜?"

내가 말을 꺼내지 못하고 우물쭈물대자 무당언니가 몸을 일으키고 성큼성큼 걸어오더니, 내 책상에 손을 짚고 상체를 살짝 숙였다.

"무슨 할 말 있어?"

가까워지자 무당언니의 날카로운 눈빛이 한층 부담스러워졌다. 나는 눈을 피한 채 속으로 되뇌었다. 말하는 거야, 외치는 거야. 나한테 반말하지 말라고! 금방이라도 터져 나올 것처럼 목구멍에 걸려 있는 그 말을.

"……옷이 참 잘 어울리네요."

막상 나온 말은 내 마음과 전혀 달랐다.

"이게? 고마워."

어리둥절한 표정을 짓더니 곧바로 돌아서서 방을 나가는 무당언니. 무당언니가 입고 있는 옷은 흔하디흔한 흰 셔츠였다.

기운이 빠져 털썩, 책상 위로 엎어졌다. 결국 말하지 못했다. 오늘 실패했으니 아마 내일도, 그다음 날도 안 되겠지. 나는 내 성격을 너무 잘 알고 있었다.

하지만 언젠가는 기회가 찾아올 것이다. 무당언니에게 쌓여 왔던 불만을 쏟아 낼 순간이. 언젠간 찾아올 그날만을 노리며, 오늘은 일단 한숨과 함께 단념했다.

한 팀장, 청춘 시대

나는 어느 건실한 IT 강소기업의 팀장이다. 젊을 때부터 유수 회사의 브랜드를 디자인하곤 했으며, 그 경력과 능력을 인정받아 현재 디자인팀 팀장으로 일하고 있다.

내가 회사에서 맡고 있는 일은 셀 수 없지만, 그중 가장 중요한 일은 역시 리더로서 팀원을 관리하는 것 아닐까. 아직 솜털이 뽀송뽀송한 아기새들을 가르쳐 훌륭한 사회의 일원으로 길러 내는 것, 그것이 나의 큰 책임이자 즐거움이다.

그러나 세월이 지나긴 했는지 요즘 아이들은 다루기가 영 쉽지 않다. 10여 년 전처럼 눈을 반짝이며 내 말을 경청하거나 빠릿빠릿하게 일을 하려 들지를 않는다. 몇 달 전에 뽑은 우리 팀 신입 남자만 봐도 그렇다. 오랜만에 들인 신입이고 좋은 대학을 나와 기대를 많이 했으나, 막상 데려와 보니 무슨 말을 해도 그저 동태눈을 하고 있고, 뭘 물어보면 두 번에 한 번이나 대답을 할까 말까에 일도 제대로 안 하고 만날 휴게실에서만 시간을 보내고 있다. 뿐만 아니라 행동이 영 굼떠 간단한 복사 일을 시켜도 세월아 네월아 기다리게 하는 것도 참으로 속 터지는 일이다.

이럴 때마다 회사를 떠난 김 대리 생각이 난다. 말귀도 찰떡같이 알아먹고 시키는 일은 따박따박 잘했더랬다. 나에게 큰 잘못을 해서 회사를 나가게 되었다는데, 이상한 말이지만 나는 사실 그때가 잘 기억이 나지 않는다. 직원들도 눈치를 보느라 무슨 일이 있었는지 잘 얘기해 주지 않고 나도 남들이 보면 이상하게 생각할까 차마 말을 못 했는데, 그때 일은 안개에 싸인 것처럼 희뿌옇게 떠오를 뿐이다. 그러니 김 대리가 나간 것이 더욱 안타깝게 느껴지는 것이다.

사실 회사에 있을 때는 김 대리를 그저 평범한 부하 직원으로 여겼다. 특출난 곳도 없지만 모난 곳도 없는 그저 그런 직원 중 하나. 그런데 최근 평가가 바뀌게 된 계기가 있었으니. 며칠 전, 보고 만 것이다. 회사 앞에서 열심히 타코야키를 굽고 있는 김 대리의 모습을.

요즘 청년들은 힘든 일은 피하고 쉬운 일만 하려 한다는데, 회사에서 잘린 후에도 좌절하지 않고 새로운 길을 개척하는 모습이라니. 그런 김 대리를 보니 타코야키를 사 주지 않을 수 없었다. 나를 본 김 대리는 일견 당황하는 듯했지만, 한편으로는 그리움을 감출 수 없는 기색이 역력한 눈빛을 했다. 그럴 것이다. 이 회사에 들어왔을 때부터 팀장으로서 몇 년을 함께한 나는, 김 대리에게 사회의 스승이나 마찬가지였을 테니까.

날개를 펼치는 아기새를 응원하는 마음으로 팁을 남기고 사무실에 돌아와, 김 대리의 타코야키를 한 알 집어 들었다. 입에 넣자마자 물컹, 하고 퍼지는 반죽의 식감. 젊은 시절 일본 출장을 갔을 때 오사카에서 먹었던 바로 그 맛이 아닌가.

김 대리의 실력과 근성에 감동이 몰려와 문자를 보내려 휴대폰을 찾았다. 내가 몰라봤다고, 당장 자리를 만들어 줄 테니 우리 회사로 돌아오라는 말을 하기 위해.

하지만 메시지를 보내려는 순간 망설여졌다. 지금처럼 도전을 하고 험난한 세상을 헤쳐 나가는 것도 김 대리의 뜻이 아닐까 싶었기에. 이런 헤맴도 묵묵히 지켜볼 줄 아는 것이 훌륭한 어른의 모습이리라. 결국 썼던 내용을 지우고 응원의 메시지를 써 보내는 것으로 내 마음을 대신 전했다.

아쉽지만 언젠가 다시 만나는 날이 오겠지. 그때까지 힘들기도 하고, 눈물을 흘리는 날도 있겠지만 충분히 만끽하기를 바란다. 너의 청춘 시대를!

토무당 사업 번영부

시작은 정말이지, 별게 없었다. 늘 그랬듯이 침대에 누워 SNS 피드를 내리고 있었다. 그날따라 뜬 게시물이 평소와 달랐을 뿐.

대학 시절 같은 과 동기의 게시물이었다. 당시에도 친하지 않았고 지금도 서로 연락은 하지 않지만 SNS 친구 관계로는 맺어 있어 꾸준히 근황을 알 수 있는 이상하고도 흔한 사이. 하지만 글의 내용은 전혀 흔하지 않았는데, 그 친구가 취미 삼아 만든 캐릭터가 대기업과 컬래버레이션한다는 소식이었다.

댓글란을 눌렀다. 지인과 팬의 축하 인사가 끝없이 이어지고 있었다. 나는 눈을 떼지 못한 채 댓글을 한 줄 한 줄 읽어 내렸다. 그리고 생각했다.

같은 대학을 나와서 비슷한 회사에 다녔는데도 어째서 저 친구는 대기업과 협업을 하고, 나는 자랑할 것 하나 없는 인생을 살고 있을까? 대학 때는 그림도, 디자인도 내가 더 뛰어났던 것으로 기억하는데. 그런 생각을 하자니 누워 있는 나 자신이 한없이 작고 작아져, 저 토끼 캐릭터의 픽셀 하나만도 못한 존재가 된 기분이 들었다. 겨우 그 글을 벗어나 유행하는 예능 프로그램의 짧은 동영상을 틀었지만, 웃음기 하나 띠지 못한 채로 옛 동기의 경사를 곱씹고 있었다.

* * *

다음 날 점집. 무당언니는 외근을 나가고 할 일이래 봐야 주문이 들어온 부적만 작성하면 되는 한가한 때, 나는 밖에서 사 온 버블티를 한입 쭈욱 빨아들였다.

당분과 카페인이 온몸에 퍼져 나가자 기분이 고양되고 의욕이 솟아올랐다. 동시에 떠오르는 생각 하나. 어제는 부러움에 눈이 멀어 질투를 하고 말았으나 어쩌면 나도 할 수 있지 않을까? 지금까지 일로 바쁘다는 핑계를 댔지만 대학 동기도 회사를 다니면서 해낸 일이었다. 무엇보다 나의 고용주 무당언니를 보라. 본업인 무당 일 외에도 유튜브와 블로그를 넘어 각종 판매 플랫폼에까지 손을 뻗고 있는 진정한

N잡의 귀감이었다. 나도 본받을 필요가 있다.

그렇다면, 대체 무엇으로? 곧바로 떠오른 아이디어는 동기처럼 캐릭터를 만드는 것이었다. 나 역시 어렸을 때부터 귀여운 캐릭터를 좋아해 종종 그려 보곤 했다. 따라 그리는 것뿐만 아니라 창작하는 것도 좋아해서, 고등학교 시절에는 담임선생님을 똑 닮은 캐릭터를 만들어 친구들을 웃게 하고 선생님을 불쾌하게 했던 일도 있었다. 그래, 캐릭터를 만들자.

이제 콘셉트를 정할 단계였다. 지금은 바야흐로 대(大)캐릭터 시대. 거의 모든 종류의 콘셉트가 다 나와 있다고 할 수 있었다. 이런 와중에 틈새시장을 비집고 사람들의 이목을 이끌 만한 주제가 무엇이 있을까.

한참을 종이에 끄적여 보았지만 마땅한 것이 떠오르지 않아서 의자에 등을 기대어 한숨을 쉬었다. 대학교 때 한 교수님은 '탁월한 아이디어는 주변에 있다'고 항상 말씀하셨다. 하지만 난 그 말을 들을 때마다 내 주변은 평범할 뿐이라는 생각에 반발심이 일곤 했다. 그런 말은 특별한 인생을 살고 있는 사람에게나 해당할 것이라고. 지금도 나는 평범한 직장인에 불과했다.

아니, 평범……한가? 작업실 책상에는 그리다 만 부적이 뒹굴고 있었고, 뒤를 돌아보니 캐비닛 손잡이에는 무복이

걸려 있었다. 그때 신의 계시처럼 착상 하나가 번뜩였다. 역시 교수님의 말이 맞았다. 탁월한 아이디어는 내 주변에 있었다.

퇴근하여 집에 돌아오자마자 내 방 책상에 앉아서 드로잉을 했다. 이름은 토무당. 내가 좋아하는 토끼를 동화풍으로 그려 고깔을 씌우고 무복을 입힌 캐릭터였다. 그림 몇 장을 완성해 SNS에 업로드해 보았다. 몇 시간 뒤, 귀엽다는 친구들의 댓글이 달리고 '좋아요'의 수가 급격하게 늘어났다. 해시태그를 타고 왔는지 외국인도 많았다. 잘 시간이 한참 지났음에도 나는 시시각각 바뀌는 반응을 맹렬하게 쫓았다. 긴 시간 동안 사용하지 않은 마음속 근육 하나가 꿈틀대는 것 같았다.

이후 한 달간, SNS 계정을 새로 만들어 매일 일러스트를 올렸다. 집에 돌아오면 밥을 대충 때우고 그림만 그렸기에 가능한 일이었다. 예전의 나였으면 상상도 못 했을 것이다. 퇴근 후에는 종잇장처럼 늘어져 있을 뿐이었으니까.

하지만 지금은 달랐다. 피로에 지쳐도 마음만은 개운했다. 무엇보다 즐거웠다. 몇 년간 디자인 일만 기계적으로 하며 잊고 있었지만, 사실 나는 이런 일을 좋아했다. 내가 만들어 낸 결과물을 사람들이 보고, 사용하고, 좋아해 주는 것.

그러던 중에 팔로워에게서 메시지 하나를 받았다. 갖고

싶으니 부디 토무당의 캐릭터 상품을 만들어 달라는 내용의. 새로운 욕망이 꿈틀대기 시작했다.

* * *

27,019,000원. 숫자를 보면서도 믿을 수 없어 여러 번 되풀이해 읽었다. 이천칠백일만구천원, 이천칠백일만구천원……. 토무당 캐릭터 상품을 제작하는 크라우드 펀딩 프로젝트에 모인 후원 금액이었다.

크라우드 펀딩은 사람들에게 먼저 후원금을 받은 뒤 제품을 만들어 제공하는 방식이다. 신생 캐릭터인 토무당의 제품을 사람들이 얼마나 구매할지 확신이 없었기에 위험 부담이 낮은 이 방법을 택했다. 많이 팔리지 않더라도 결과물은 만들 수 있어서 어느 정도 자기만족을 위한 선택이기도 했다. 그런데 결과는 말했다시피 약 이천칠백만원이 모였다. 후원자는 1022명, 성공도는 900퍼센트. 한마디로 '대박'이었다.

웃음을 감출 수 없었다. 틈만 나면 후원 페이지를 열어 후원자가 얼마나 늘었는지 확인했다. 이 정도면 본업은 그만두고, 토무당 제작자로서 인생을 살아 보는 것은 어떨까 싶은 망상에 빠지기도 했다.

하지만 너무 들떠 있던 것이 문제였을까. 부업을 하는 직장인이라면 가장 경계해야 할 초보적인 실수를 저지르고 만다.

"컴퓨터 잠깐 쓴다."

화장실 변기에 앉아 있는데, 무당언니가 아까 스쳐 가며 했던 말이 떠올랐다. 내가 무슨 창을 열어 놓고 있었더라? 수도 없이 들락거리는 토무당 상품 페이지였다. 다급히 자리로 달려갔다.

"뭐야, 이거?"

아니나 다를까 무당언니는 그 페이지를 보고 있었다. 못 보고 지나가길 바랐지만, 무당이라는 단어가 한가득 쓰인 페이지를 흘려 넘기기는 힘들었나 보다.

"소원을 이뤄 주는 토무당 키링? '밤길 조심해요' 토무당 저주인형?"

"그게, 시장 조사차 보고 있었어요. 요즘 업계 관련해서 뭐 특이한 것 좀 있나 둘러보려고……."

"이름이 왜 이래? 무당엄마?"

내 닉네임이었다. 토무당을 마음으로 낳았다는 감각으로 지은 이름이지만, 작명 시 무당언니를 전혀 의식하지 않았다고 말할 수는 없었다.

"세상에, 표절한 거 아니에요? 제가 당장 알아볼게요."

나는 그렇게 말하며 무당언니를 쫓아내듯 일으켜 세웠다. 꺼림칙한 표정으로 일어나는 무당언니를 뒤로한 채, 우선 들키지 않았다는 사실에 안도했다.

* * *

무사히 상품을 제작하고 배송을 완료한 지 보름이 지났다. 나의 요즘 일과는 포털 사이트에 '토무당'을 검색하고, 펀딩 상품의 후기를 읽는 것으로 채워졌다. 그날도 후기를 찾아보던 도중, 어느 커뮤니티에서 눈에 띄는 게시글 하나를 발견했다.

'토OO 저주인형 사용 후, 제가 저주 받았습니다'

심장 소리가 커졌다. 떨리는 손으로 글을 확인해 보았더니 내용은 이랬다. 글쓴이는 학생인데, 싫어하는 반 친구를 생각하며 저주인형을 구입해 사용했다고 한다. 육상을 하는 아이였기에 다리가 다치기를 빌며 인형의 오른쪽 다리에 못을 박았다고 했다. 그리고 다음 날 체육 시간, 친구는 달리기를 하던 도중에 오른쪽 발을 접질렀다. 글쓴이는 놀랐지만 한편으로 조금 실망했다고 한다. 저주인형의 효과가 겨우 이 정도인가 싶었기 때문이다.

그런데 당일 하교길에 글쓴이가 교통사고를 당했다. 매일

다니던 길에서 갑작스레 차가 튀어나왔고, 그로 인해 정확히 오른쪽 다리가 골절되었다. 글쓴이는 이 모든 결과가 저주 때문이라 확신한다고 하며, 의심하는 사람들을 위해 자기가 구매한 저주인형과 깁스를 한 다리 사진까지 덧붙였다.

댓글을 읽어 보았다. 대체로 글쓴이의 악한 행동을 질책하는 내용이 이어졌지만, 그중에는 효과가 놀랍다면서 저주인형 자체에 주목하는 사람도 있었다.

일부 모자이크가 되어 있긴 하지만 해당 저주인형은 토무당 제품이 확실했다. 불안감이 커졌다. 정말 토무당 인형 때문에 발생한 사고일까? 사실이라면 비슷한 사건이 연이어 발생할지도 몰랐다. 나의 양심에도, 토무당의 이미지에도 전혀 좋을 것이 없을 미래였다.

종일 속을 썩이다 결심했다. 가장 가까이 있는 무속신앙 전문가, 무당언니에게 털어놓기로 말이다. 펀딩을 시작한 경과부터 밝혀야 했기에 민망했지만 홀로 괴로워하는 것보다는 나았다.

"'무당엄마'라니, 어쩐지 이상하더라."

"그보다 제가 말한 문제를……."

"알았어. 네 인형 때문에 다친 것 같다고?"

"네, 정확히 그 부분을 다쳤다는 게 꺼림칙해요."

무당언니는 내가 보여 준 글을 반복해서 읽더니 말했다.

"저주인형이라 이름만 붙인 거지 그냥 공장제 인형 같은데. 어, 그런데 부적도 있네?"

"네, 일찍 구입한 분들한테 선물로 드렸어요. 혹시 문제가 있나요?"

"이거 내용이······."

"건강 부적인데요. 분위기만 내려고."

"그럼 건강해지겠지, 저주는 무슨."

무당언니는 그렇게 일축하더니 별문제 없을 것이라 하곤 자리를 떴다. 조금은 안심되었지만 여전히 불안한 마음이 있었다. 사실이 어떠하든 이 글은 사람들에게 뜨거운 반응을 얻고 있었다. 인터넷상에 더 퍼지기라도 한다면 토무당의 브랜드 가치는 손상을 입을 것이다. 진실을 찾아야 했다. 이대로 나의 소중한 토무당을 잃을 수는 없으니까.

실마리는 의외로 빠르게 잡혔다. '토무당 저주인형'의 후기를 샅샅이 뒤지던 중, 어떤 글에서 익숙한 사진을 발견했다. 한 온라인 커뮤니티에 올라온 후기였는데, 그중 올라온 사진 하나가 논란의 글에 첨부된 사진과 같았다. 앞서 글을 쓴 사람과 동일 인물인가 싶었지만, 이 후기의 주인공은 성인이었으며 말투가 현저하게 달랐다.

의심할 바 없이 사진 도용이었다. 혹시 몰라서 함께 있던 깁스 사진을 이미지 검색 사이트에 돌려 보았다. 결과 상단에 한 SNS 게시물이 떴다. 같은 사진이었고 그 밑에는 "축구를 하다 다쳤다."라는 문장이 자리하고 있었다. 모든 것이 거짓이었다.

나는 인터넷에서 모은 내용을 캡처해, 저주를 받아 교통사고를 당했다는 게시글이 올라왔던 커뮤니티에 반박글을 게재했다. 얼마 지나지 않아 문제의 게시글은 삭제되었다. 내가 쓴 반박글에는 원래 믿지 않았다는 댓글이 이어지는 한편, '공포방에서 유명한 개 아니냐'는 반응도 있었다. 알고 보니 해당 커뮤니티에 상습적으로 공포스러운 글을 꾸며내는 거짓말쟁이가 있던 모양이었다.

진실을 알게 되자 허무하고 화도 났지만, 문제를 해결했다는 안도감이 한층 컸다. 나는 무당언니에게 달려가 사건의 전말을 전달했다. 이야기를 다 들은 무당언니는 예의 자신만만한 표정을 지었다.

"그래, 그게 통했을 리가 없지."

"별문제 없어서 다행이에요. 토무당 망할까 걱정했는데."

"잘됐네, 이제 나랑 컬래버레이션 하자."

"예?"

"네 캐릭터 보니까 특색 있고 좋던데. 내 채널이랑 컬래버해서 상품 제작하면 시너지를 낼 수 있을 것 같아서."

예상치 못한 말에 눈이 동그래졌다. 놀랐지만 결코 나쁘지 않은 제안이었다. 크라우드 펀딩에서 성공을 거두긴 했지만, 토무당의 SNS 팔로워는 아직 1000명 남짓이었다. 매니아 층을 넘어 대중적으로 이름이 알려지기에는 한참 먼 상태였다. 그런 캐릭터가 20만 명에 육박하는 구독자를 지닌 유튜버와 협업을 할 수 있다니, 어느 방향으로 봐도 긍정적인 일이었다.

"어때?"

"당연히 좋죠."

"좋아, 그럼 제품 개발은 전적으로 너한테 맡길게."

원래 하던 업무에 신제품 기획 및 개발까지 더해졌지만 괜찮았다. 이전에는 무당언니만을 위해 하는 일이었다면, 이제는 나를 위한 일이기도 하니까. 잘되면 잘될수록 내 브랜드의 가치도 함께 올라갈 터였다. 신입 시절로 돌아간 것처럼 의욕이 솟았다. 새 문서를 열고 기획서를 한 자 한 자 적어 내려갔다.

신제품의 콘셉트를 확정하고 한 달이라는 시간이 흘러, 첫 컬래버레이션을 발표했다. 바깥에는 귀여운 토무당 그림과 무당언니 채널의 로고가, 안쪽에는 거친 글씨로 부적이 새겨진 '겉과 속이 다른 휴대폰 케이스'였다. 반응은 뜨거웠다. 적은 물량으로 판매를 시작했음에도 주문이 폭주해 곧바로 추가 제작을 했을 정도였다.

자연스럽게 토무당의 인지도 역시 상승했다. 팔로워는 벌써 2000명을 넘어섰고, 때로는 하루에 100명씩 오르는 등 급격한 성장세를 보이기도 했다. 나의 캐릭터가, 제품이 많은 사람들에게 쓰이고 사랑받고 있다. 좋은 일이었다. 이보다 더 행복한 일은 없었다.

그런데, 그런데 왜 이렇게 힘들까?

초반에는 열정이 넘쳤다. 하루 종일 유튜브 작업과 상품 디자인을 하고, 집에 돌아와서도 토무당의 그림을 그렸지만 힘들지 않았다. 드디어 그 누구를 위해서도 아닌 '나의 일'을 하고 있다는 고양감에 잠을 자지 않아도 버틸 수 있었다. 하지만 시간이 지날수록 흥분과 열정은 옅어질 수밖에 없었고, 그 자리를 피로와 수면 부족이 대신 채웠다.

물건 포장은 아무리 해도 끝이 없었다. 무당언니는 새로운 컬래버 기획을 내놓으라고 닦달했고, 막상 준비해 가면 상품성이 약하다며 퇴짜를 놓았다. 제품을 담을 택배 상자를 몇백 개씩 접다 보니 지문이 닳을 것 같았다. 무당언니는 처음에는 같이 상자를 접더니 요즘은 계속 외근이 있다면서 도망쳤다. 그 와중에 '내가 예상한 색상과 다르다', '부적 글씨가 번졌다', '그냥 마음에 안 든다' 등의 불만을 퍼붓는 사람들에게도 친절하게 답변해 주어야 했다.

이게 정말 내가 하고 싶었던 일이었나? 오래도록 꿈꿔 왔던 소망은 어느새 잡무와 스트레스가 덕지덕지 들러붙어 더 이상 형체를 알아볼 수 없이 흐트러지고 있었다.

그럼에도 착실히 일을 해야 했다. 새 기획을 준비하여 곧 2차 컬래버레이션 안을 발표했다. 제품명은 '소원은 셀프, DIY 소원 성취 키트'였다. 토무당이 그려진 작은 철제 상자에 부적 용지, 잉크, 양초와 '소원 비는 법'이 작성된 안내문을 동봉한 구성이었다. 뿐만 아니라 한정판으로 '암흑 버전' 도 제작해 판매했다. 패키지 및 내부 구성물을 검은색으로 통일해 어두우면서도 고급스러운 느낌을 주고, 무당언니가 작성한 (척하지만 사실은 내가 쓴) 부적을 함께 동봉한 세트였다. 특히 이 한정판이 가격을 제법 높게 책정했음에도 인기가 좋아, 판매 첫날에는 홈페이지 접속이 힘들 정도였다.

이번에도 성공이다. 그렇게 잠시 기쁨을 느끼고는 쉴 틈도 없이 키트에 물품을 넣고 포장하느라 바쁜 하루하루를 보냈다. 순풍에 돛을 단 배처럼 물건이 팔려 나간 지 2주 정도 되었을까. 내 인생에 순조로운 일은 없다는 듯 또다시 시련이 찾아왔다.

'소원 성취 키트 사용한 이후로 두통이 생겼어요.'

SNS에 올라온 글이었다. 내용은 이랬다. 작성자는 좋아하는 사람이 여자친구와 헤어지기를 바라면서 부적을 쓰고 양초를 태우며 매일 소원을 빌었다고 한다. 그런데 그 이후로 두통이 생겼고, 최근에는 그 강도가 심해져 약을 먹어도 낫질 않는다고 했다.

대수롭지 않은 일이라는 감상이 가장 먼저 들었다. 이 사람은 소원 성취 키트 때문에 두통이 생겼다고 주장하지만 현대 사회에서 두통을 초래할 만한 요인은 상당히 많았다. 스트레스, 수면 부족, 과로, 카페인 중독, 거북목 증후군, 턱관절 장애, 뇌출혈 등. 이와 같은 원인 중 하나로 두통이 생겼는데, 그 기간이 키트를 구매한 날짜와 우연히 겹치는 게 틀림없었다. 어쩌면 저주인형 때처럼 이번에도 거짓말일지도 모르지. 한층 염세적인 태도가 되어 버린 나는 글을 못 본 척 넘겼다.

여기에서 끝이라면 좋았을 텐데. 비극적이게도 하루하루 비슷한 후기가 늘어났다.

 – 저도 이거 쓴 뒤로 두통 생겼어요!
 – 저는 기침이 좀 심해졌어요. 싫어하는 사람이 승진에서 누락되기를 빌었는데, 설마 소원이 그릇돼서일까요?
 – 정말 그런 거 아니에요? 저도 소원이…….

각종 부작용을 겪은 사람들의 수만 해도 벌써 열 명이었다. 이들의 공통점이 있다면 모두 암흑 버전 키트를 구매했고 타인에게 피해를 끼칠 수 있는 소원을 빌었다는 점이었다. 개개인의 주장은 모일수록 몸집이 커지고 형체가 분명해져, 결국 기도에 나쁜 기운이 들어 소원을 빈 당사자에게 돌아왔다는 의견이 기정사실이 되었다.

－ 이게 바로 21세기 흑마법인가.
－ 이거 진짜예요. 저는 우리 강아지 건강하길 빌었는데 하나도 부작용 없었음.

졸지에 나는 평범한 일반인들을 흑마법으로 조종한 대마법사가 되어 있었다. 우려한 상황이었다. 해결책이 필요했다.

* * *

"그러니까 이런 문장을 왜 써."

결국 무당언니를 다시 찾아가서 내가 상황을 설명하고 들은 말은 이랬다. 여기서 '이런'이 가리키는 것은 소원 성취 키트 안내문에 있는 문항이었다.

5. 나쁜 소원을 빌면 무시무시한 일이 일어날지도~?

"저번 일 때문에 겁주려고 쓴 거예요."

"어찌됐든 꼬투리 잡힐 수 있잖아. 난 책임질 여지가 있는 말은 죽어도 안 남겨. 문제 생겨도 나한테는 절대 안 얽히도록. 절대, 죽어도."

이어서 무당언니는 자기가 물건을 팔 때, 또 상담을 할 때 얼마나 말을 신중하게 고르고 책임 회피를 하는지 장광설을 늘어놓았다. 본인은 조언이랍시고 뱉는 말이겠지만, 그렇게 잘 알면 검수라도 제대로 할 것이지 줄곧 모른 척하다 이제야 잘난 체하는 무당언니의 머리통을 한 대 후리고 싶어질 뿐이었다.

"그래서 어떡해요."

무당언니가 잠시 숨을 고르는 사이 말을 끊었다. 그러자 무당언니는 종이와 펜을 가져와 무엇인가 쓰기 시작했다.

"자, 한번 원인을 생각해 보자."

1. 사기

"저번이랑 비슷하게 누가 마음먹고 사기 치는 거지. 일반인이 소원 좀 빌었다고 저주 받는 게 말이 돼?"

나 또한 가장 먼저 떠올린 가능성이었다. 인터넷에 '부작용이 생겼다'는 글을 지어내는 것 정도야 어려운 일이 아니었으니까. 하지만 몇 가지 마음에 걸리는 점이 있었다.

"이번에는 열 명이 넘는데, 이 사람들이 다 속이고 있는 걸까요?"

"그 수가 맞지 않을지도 몰라. 한 명이 계정 여러 개 만들거나, 사람을 끌고 왔을 수도 있지."

그럴듯한 가설이었다. 여론을 조작하는 것쯤이야 인터넷 세계에서는 어렵지 않은 일이었기에. 그러나 여전히 신경 쓰이는 점이 있었다.

"이 사람은 팔로워가 5000명이고 SNS를 한 지 5년이 넘었는데 사기를 칠까요?"

두통이 생겼다고 주장한 사람 중 하나의 계정을 무당언니에게 보여 주었다.

"너한테 원한 있는 사람 아니야? 고등학교 동창이라거나."

"찾아봤는데 서른여덟 살이고 경남 창원에서 카페를 운영하던데요. 만난 적은 당연히 없고, 무엇보다 본인 신상을 다 공개했어요. 이런 사람이 사기를 칠까요?"

"그럼 다음."

무당언니는 잠시 고민하더니 새로운 내용을 적었다.

2. 집단 히스테리

"집단 히스테리?"

"포르투갈에서 10대 아이들이 단체로 비슷한 증상을 호소한 적이 있었어. 현기증, 호흡곤란, 피부 발진 같은. 그런데 알고 보니까, 이게 TV 프로그램에 나온 가짜 바이러스의 증상이었던 거야. 보면서 걱정되니까 진짜 아파지고, 친구가 아프다 하니까 나도 아프고. 그렇게 단체로 퍼진 거지."

"그럼 이것도?"

"처음 겪은 사람은 우연히 두통이 생긴 거야. 생각해 봐, 이런 수상한 키트에 5만원이나 주면서 나쁜 소원을 빌려 하는 사람한테 신경성 두통 정도야 있을 법하지 않아? 그런데 네가 쓴 문구를 보니까 본인이 저주를 받았다는 데 생각이 미치고 그걸 SNS에 올린 거지. 본 사람들은 그 의견에 영향을 받아서 자꾸 신경이 쓰이고, 그러다 보니 정말 아프게 되고. 결과적으로는 집단적인 현상까지."

"기침이 심해졌다는 사람도 있었는데, 이런 정신적인 이유만으로 가능할까요?"

"포르투갈 애들은 호흡이 곤란했다니까? 기침쯤이야."

설득력 있는 이야기였다. 토무당이나 무당언니의 굿즈를 소장하려는 목적이 아니라, 무당의 힘을 빌려 소원을 이루기 위해 키트를 구매한 사람의 수도 적지 않을 터였다. 이들의 특징은 현재 어떤 요인으로 인해 스트레스를 받고 있다는 것, 그리고 미신에 열려 있다는 것. 전자로 인해 각종 병세가 나타났고, 후자로 인해 지금 현상이 '토무당의 저주'라는 의견에 목소리를 모으는 일이 가능했을 것이다.

그렇지만 마음 한구석에서는 여전히 저항하는 목소리가 남아 있었다. 이들은 실제로 고통을 겪었다는데, 내가 그것을 정신적인 문제라 치부하며 지나쳐도 될까.

그리고 믿고 싶지 않았지만 자꾸 떠올라 나를 괴롭게 하는 가능성 하나가 있었다.

"정말 저주일 확률은 하나도 없는 걸까요? 이번에도 한정판은 부적이 들어가니까……."

비웃음을 당할까 걱정하면서 던진 말이었는데, 무당언니는 이렇다 할 반응 없이 펜을 움직였다.

3. '리얼' 토무당의 저주

"키트를 산 사람들이 나쁜 소원, 그러니까 남을 해하는 소원을 빌면서 부적을 쓰고 초를 태웠더니 저주를 받았다. 너의 부적이 어찌어찌 힘을 써서 멀리 있는 누군가에게……."

무당언니는 잠시 미간을 찌푸리고 생각하더니 입을 열었다.

"말도 안 되지?"

"말도 안 되네요."

나는 허무한 마음에 팔로 머리를 받친 채 책상에 엎어졌다. 더는 생각할 힘이 없었다.

"이제 모르겠어요. 뭐가 진짜고 뭐가 가짜인지……."

"분명하지도 않은 일에 너무 고민하지 마. 확실한 일에 집중해."

"확실한 일?"

"응, 네 일을 하라는 거지. 저번 영상 조회수 너무 안 나왔던데 섬네일 잘 좀 뽑아 봐."

무당언니는 내 어깨를 두드리며 자리를 떴다. 머리에 찬물이 쏟아지듯 현실감이 닥쳐들었다. 토무당을 신경 쓰느라 밀린 일이 많았다. 다시 모니터를 켜고 업무를 시작했다. 그러나 떠올리지 않으려 하면 할수록, 토무당은 내 뇌리에 끈질기게 들러붙었다.

* * *

아무리 생각해도 답은 없었다. 그러나 시간이 갈수록 '토무당의 저주'라는 화제도 점차 사그라들었고, 부작용을 겪었다는 사람도 더는 나오지 않았다. 나는 평소 일과로 돌아갔다. 소원 성취 키트의 남은 배송을 끝마치고, 부적 판매 및 유튜브 관리 일을 하고, 무당언니의 압박에 따라 새로운 컬래버레이션 상품을 기획했다. 몸이 세 개라도 바쁜 일상이었다.

그날도 똑같았다. 뉴스를 틀어놓고 듣는 둥 마는 둥 하며 단순 작업을 하고 있었다. 그런데 유난히도 귀에 박히는 소식이 하나 있었으니.

"한 업체가 수입산 양초를 국내산으로 둔갑해 판매했다는 사실이 발각돼 큰 논란이 일고 있습니다. 더군다나 해당 양초는 유해 물질이 포함된 재료로 생산되어 호흡기에 악영향을 미칠 가능성이 있다고 하는데요. 환경부에서는……."

양초. 이 두 글자를 떠올리자 머리가 멈추는 것 같았다. 왜 생각을 못 했을까? 한정판인 암흑 버전 키트에는 부적이 들어갈 뿐만 아니라 양초의 종류도 달랐다. 검은색 양초를 찾지 못해 헤매다가, 결국 일반판과 달리 별개의 업체에서 따로 주문했던 것이다.

황급히 인터넷 창을 켜 기사를 찾아보았다. 해당 업체가 양초를 판매한 시기와 내가 한정판에 사용한 양초를 구매한 시기가 맞물렸다. 구매처 번호를 찾아 전화를 걸어 보았다. 받지 않았다. 열 통을 걸고, 스무 통을 걸어도 전화를 받을 수 없다는 안내음만 울릴 뿐이었다.

다음 날이 되자 확인할 필요도 없었다. 맘카페를 중심으로 업체명이 밝혀져 확산되었기 때문이다. 한정판 양초를 샀던 그곳이 맞았다. 그 와중에 놀랍게도 나보다 한발 빠르게 소원 성취 키트에 들어간 양초가 해당 업체의 것임을 눈치챈 사람이 있었다. 팔로워 5000명에 경남 창원에서 카페를 하던 사람이었다. 직접 구매한 나보다 빠르게 상황을 파악하다니, 정말 대단하기도 했다. 덕분에 토무당의 SNS와 상품 판매 페이지에는 아침 일찍부터 욕이 쏟아지고 있었다.

부인할 길이 없었다. 나 역시 업체에 속았지만 사람들에게 물건을 팔아서 결과적으로 피해를 끼쳤음은 명백한 사실이었다. 보상은 물론, 대중의 비난도 달게 받아들일 생각이었다.

하지만 나의 결의와 달리 사람들의 공격이 향한 곳은 무당언니였다. 인지도 없는 토끼 캐릭터보다는 얼굴을 내놓은 무당 유튜버가 훨씬 눈에 띄었으니까. 사람들은 실질적으로 키트에 넣을 양초 구입을 담당한 사람이 누구인지 몰랐으며 관심도 없었다.

갈수록 비난이 거세지자 무당언니의 유튜브 동영상에도 악플이 달리기 시작했다. 대응하지 말자고 하던 무당언니는 내 자리로 슬쩍 찾아와,

"요즘 욕 너무 먹던데, 유튜브 운영에 문제가……."

라며 말끝을 흐렸다. 결판을 지을 때였다.

* * *

안녕하세요, 무당언니입니다.

최근 '소원은 셀프, DIY 소원 성취 키트'로 인해 피해를 입은 모든 분께,
진심으로 사과의 말씀을 전합니다.
저를 믿고 상품을 구매해 주셨을 텐데 문제를 겪으시게 하여
면목이 없으며 죄송한 마음뿐입니다.
다만 한 가지 오해가 있어 이 부분을 정정하고자 합니다.
해당 컬래버레이션에서는 역할이 명확하게 분담되어 저는 브랜드와
한정판 부적을 제공하고, 상품 전체는 토무당 측에서 관리했기에
문제가 되었던 양초는 토무당 측이 구입하고 결정한 부분입니다.
하지만 기획을 컨펌하는 입장에서 꼼꼼히 확인을 하지 않은 것은
저의 실수가 분명합니다.
앞으로는 이와 같은 실수가 일어나지 않도록 노력하겠습니다.
이로 인해 피해를 입은 많은 분들께 다시 한번 죄송하단 말씀을 드리며,
암흑 버전의 소원 성취 키트를 구매하신 분들께는
전액 환불을 해 드릴 예정입니다.
더불어, 앞으로 토무당 측과의 컬래버레이션 역시
일절 이루어지지 않으리라는 말씀을 드리겠습니다.
죄송하며, 또 감사합니다.

무당언니

　무당언니 채널에 올린, 몇십 번을 지웠다 쓰며 작성한 사
과문이었다. 이어서 토무당의 SNS 계정에도 '모두 내 실수
이고 무당언니는 잘못이 없다'는 내용의 글을 올렸다. 그새
많은 사람들이 읽었는지 '좋아요' 수가 무섭게 올라가고 있

었다. 새 메시지가 도착했다는 알림이 떴지만 나는 확인하지 않은 채 로그아웃 버튼을 눌렀다. 욕일 것이 분명했기 때문이다. 평생 먹을 욕을 다 먹고 있다고 할 수 있을 정도로, 최근 토무당 계정에는 다채로운 욕설이 쏟아졌다. 굳이 하나를 더 봐서 추가적으로 불쾌해질 필요는 없었다.

나의 소중한 브랜드와 관계를 정리하는 글을 직접 쓴 기분은 글쎄, 좋지는 않았다. 하지만 무당언니에게 더 이상 피해를 끼치고 싶지 않았다. 여기서 마무리하는 것이 토무당에게도 최선이라는 판단이 들기도 했고.

몇 개월간 고생하고 잠도 못 자며 쌓아 온 커리어는 어떻게 하느냐고? 당분간은 어쩔 수 없이 안녕이다. 모든 계정은 비활성화를 시켰고 처치 곤란한 휴대폰 케이스와 양초는 점집 창고에 처박아 두었다. 이것들을 다시 꺼낼 날이 과연 올지 모르겠다. 어쩌면 인터넷 계에 사건 하나를 만든 채 역사의 뒤안길로 사라질 수도 있겠지. 나는 크게 한숨을 내쉬며 모니터를 껐다.

하지만 그 숨결에 아주 조금의 후련함이 섞여 있다는 것은, 나 혼자만이 아는 사실이었다.

* * *

도와주세요, 친구가 이상해요.

어제 친구가 놀러 와서 소원 성취 키트를 써 보자고 꺼냈어요.

같이 양초를 켜고 부적을 쓰는데, 갑자기 친구가 몸부림을 치는 거예요.

괴상한 소리를 내며 바닥을 긁고, 눈이 뒤집히고, 침을 흘리고…….

저는 아무것도 하지 못하고 덜덜 떨면서 지켜볼 수밖에 없었어요.

불행인지 다행인지 친구는 금방 정신을 잃어 구급차를 불러

병원에 갔지만 아직도 깨어나질 않고 있어요.

대체 왜 이렇게 된 걸까요?

설마 이유가 저 때문이라면…….

……사실 제가 소원을 빌었어요.

친구가 요즘 성격이 사나워지고 집착이 심해져서

원래대로 돌아오면 좋겠다고.

그런 나쁜 모습 따위는 사라졌으면 좋겠다고…….

정말 저 때문인가요?

이게 나쁜 소원을 빈 제 잘못이라면 저는 더 이상…….

……뭐라도 알면 제발 도와주세요.

제발요…….

연극 배우 애정 성사부

"혹시 하용이니?"

무당언니와 점심 식사를 하고 나오는 길, 우리 뒤에서 계산을 하던 여자가 나를 붙잡았다. 얼굴을 보니 기억 저편에 가라앉아 있던 이름 하나가 수면 위로 떠올랐다.

"설마 주희?"

고등학교 때 같은 미술학원에서 입시를 준비했던 동창 장주희였다. 거의 3년이라는 시간 동안 온갖 고난과 역경을 함께했지만 각자 다른 대학교로 진학한 이후 자연스럽게 연락이 끊기고 만 사이. 지인을 통해 간간이 소식을 전해 듣기만 할 뿐 10년이 넘는 시간 동안 만나지 못했는데, 지금 우연히 마주하게 된 것이다.

흥분해서 서로의 안부를 묻고 떠들다, 문득 내 옆에 서 있는 사람의 존재가 떠올랐다. 나는 급히 수다를 멈추고 주희에게 소개를 하려 했다.

"이분은 나랑 같이 일하시는……."

"무당언니?"

내 말이 끝나기도 전에 주희가 무당언니의 얼굴을 보고는 손으로 입을 틀어막았다.

"맞습니다. 제가 바로 무당언니입니다."

이어진 대답에 주희는 '어머', '어떡해'라는 감탄사를 연신 내뱉더니 유튜브 개설 초창기부터 지켜봤다며 자신이 무당언니의 팬임을 열렬하게 호소했다. 거기에서 그치지 않고 종이를 꺼내 사인을 받더니 나를 시켜 사진까지 찍었다. 나는 한 프레임에 잡히는 직장 상사와 고등학교 동창의 얼굴을 보며 이게 도대체 무슨 상황인지를 정리해 보려 했으나 쉽지 않았다.

"미안. 가 봐야 하는데 내가 너무 오래 잡아 뒀지?"

시계를 보니 슬슬 돌아가야 할 시간이었다. 주희와 인사를 나누고 헤어지려는 순간, 무당언니는 오랜만에 본 친구끼리 이야기를 나누고 오라며 먼저 자리를 떴다. 아닌 척해도 팬을 만나서 기분이 좋아진 모양이었다. 이런 횡재를 놓칠수는 없지, 그런 생각을 하며 나는 주희를 끌고 가까운 카페로 향했다.

* * *

　10년이 넘는 세월 동안 만나지 못했다는 사실이 무색할 정도로 주희와 나누는 대화는 즐거웠고 웃음이 끊이지 않았다. 입시 시절을 함께했던 만큼 추억할 만한 소재는 화수분처럼 차고 넘쳤으니까. 옛날이야기가 한바탕 휩쓸고 지나간 후, 서로의 근황을 물었다. 주희는 최근에 남자친구가 생겼다며 수줍게 웃었다.

　"남자친구 하니까 그때 너 별명 생각난다. '정군부인'이었잖아. 난 네가 진짜 이정군이랑 결혼할 줄 알았어."

　친했던 아이들끼리 모두 별명이 하나씩 있었는데, 주희는 그중에서 '정군부인'을 맡고 있었다. 이정군이라는 남자 배우를 좋아했기 때문이다. 고등학교 때 우연히 연극을 보고 이정군의 팬이 된 주희는 그와 결혼할 것이라고 사방에 공언하고 다니며 애정을 표현했었다. 그러나 당시 주변에서는 왜 그런 무명 연극 배우를 좋아하느냐며 타박을 퍼부을 뿐이었다. 그럴 때마다 주희는 '나만 좋아하니까 더 좋은 것'이라는 비주류적인 지론을 펼치며 이정군을 쫓아다녔고, 심지어 그를 만나겠다는 일념 하나로 무대미술을 진로로 삼겠다고 하기까지 했다.

　지난 10년 사이, 이정군의 위상은 천지 차이라 할 만큼 달라졌다. 우연히 출연한 인터뷰 프로그램에서 깔끔한 외모와 엉뚱한 언행으로 화제가 된 그는 이를 눈여겨 본 유명 작가의 드라마에 조연으로 출연해 이름을 알렸다. 그리고 그 후 첫 주연을 맡은 로맨스코미디 드라마가 대히트를 쳐서 스타의 반열에 올라 계속 승승장구해 왔다. 종종 TV에서 이정군을 볼 때면 나는 주희의 얼굴이 떠올랐더랬다. 이렇게 인기가 많아졌으니 이제 결혼하기는 글렀다는 생각과 함께. 물론 주희에게도 이정군은 학창 시절에 잠시 좋아했던 연예인일 뿐이겠지만 말이다.

"그랬지. 내 남자친구 사진 볼래?"

주희는 별말 없이 휴대폰을 뒤지더니 사진 한 장을 띄웠다. 대수롭지 않게 화면을 보았으나, 사진 속 얼굴을 본 순간 나는 눈이 튀어나올 것 같았다. 입이 떡 벌어졌다. 그 사진에 주희와 다정스레 손 하트를 만들고 있는 이정군이 있었기 때문이다.

놀란 마음을 진정시키지 못하고 주희에게 질문을 퍼부었다. 어떻게 만났는지, 어쩌다 사귀게 되었는지 등을 말이다. 주희는 내 반응에 흐뭇해진 듯 미소를 띠고 입을 열었다.

"정군이가 운영하는 극단이 있는데 몇 년 전에 거길 들어갔어. 나 무대미술 일 하거든. 처음에는 같이 일해도 정군이가 바빠서 얼굴 보기도 힘들었는데 요즘 부쩍 가까워져서 사귀게 됐어."

"세상에, 언제부터?"

"아직 얼마 안 됐어."

"진짜 잘됐다. 너 이정군이랑 사귈 수 있으면 악마한테 영혼이라도 팔겠다고 했었잖아. 엄청 행복하겠다."

"으응, 그치."

주희는 묘한 표정으로 고개를 끄덕였다. 그러고는 다른 화제로 이야기를 이어 가다, 할 말이 떨어진 틈에 주희가 마침 생각이 났다는 듯 말을 꺼냈다.

"그런데 무당언니랑은 무슨 사이야? 같이 일해?"

올 것이 왔다. 나는 잠시 답변을 고민했다. 얼마만큼 솔직해야 할지 망설여졌기 때문이다.

사실 무당언니와 함께한 지 1년이 다 되어 가는 지금도, 친구는 물론 가족에게도 '개인 사업자 밑에서 일한다'고 했을 뿐, 현재 직장에 대해 정확한 사실을 털어놓지 않았다. 잘 다니던 회사를 그만두고 무당 밑에서 일하게 되었다는 사실을 아무도 이해하지 못하리라 직감했기 때문이다. 또래 친구들은 이미 대리를 넘어 과장으로 승진하거나, 높은 연봉을 제안받고 좋은 기업으로 떠나기도 했다. 누구나 삶의 행로는 다르다는 것을 알면서도, 일반적이지 않은 직장을 남들에게 드러내기란 쉽지 않은 일이었다.

그러나 주희는 이제 내가 무당언니와 관계가 있다는 사실을 안다. 어쩌면 식당에서 우리가 나눈 대화를 언뜻 들었을 수도 있다. 얕은 거짓말로 빠져나가기에는 구멍이 좁았다.

　그리고 아주 조금은, 나도 솔직하게 말하고 싶었다. 나의 일과 일상에 대해서.

　"사실 무당언니 밑에서 일하고 있어."

　"근데 너 광고 에이전시 갔다고 들었는데……."

　"거긴 1년 만에 그만뒀고, IT 회사 다니다 이직했어."

　무당언니 밑으로 들어가게 된 사연을 주희에게 간단히 설명했다. 물론 악귀와 관련된 일화는 숨긴 채로 말이다.

　"와, 진짜 너……."

　무모하다, 생각이 없다, 정신 차려라……, 예방 주사를 맞듯 이어질 만한 말들을 미리 떠올렸다. 하지만 이어진 대답은.

　"멋있다."

　"멋있다고?"

　"응, 도전하려고 간 거잖아. 그리고 무당언니 채널 재밌던데? 잘될 것 같아."

　사실 도전이 아니라 이직 준비가 하기 싫어서 간 것이지만 타인이 알아서 긍정적으로 해석해 주니 기분이 꽤 좋아졌다. 더군다나 무당언니 채널의 전망까지 좋게 봐 주니, 꽉 닫힌 것처럼 느껴지던 내 커리어도 뻥 뚫리는 것만 같았다.

"거기서 주로 무슨 일 해?"

"유튜브 관련된 콘텐츠 디자인하고, 영상 편집도 하고, 댓글 관리도 하고, 라이브 방송 하면 보조하고, 심부름 시키면 하고, 청소도 하고, 어디 가자 하면 졸졸 따라다니고……또 뭐 하더라? 아, 부적도 써."

"부적을 쓴다고?"

아차. 인정을 받아 들뜬 나머지 쓸데없는 정보를 누출하고 말았다. 주희는 내가 1인 크리에이터를 보조하는 디자인 일을 하지 무당의 업무까지 분담하고 있다고는 생각하지 않을 터였다. 만회해야 했다.

"그게 아니라……."

"무당언니가 파는 부적, 네가 쓰는 거였어?"

만회할 새도 없이 사실 관계를 파악당하고 말았다. 무당언니의 오랜 팬을 무시해서는 안 됐는데. 당혹스러운 나머지 손이 덜덜 떨리기 시작했다. 이 사실이 알려지면 무당언니한테 피해가 갈 수도 있다는 생각이 들었다. 무슨 말이라도 둘러대려 머릿속을 헤집는데, 주희가 명랑한 목소리로 말을 했다.

"잘됐다, 그럼 나 부적 하나만 써 줘."

이번에도 예상치 못한 종류의.

　　　　　　　　　　　* * *

"정군 씨가 변했다고?"

주희는 걱정 어린 표정으로 고개를 끄덕였다. 사연은 이랬다. 이정군은 본디 무심하고 차가운 사람이었다. 주희가 아무리 살갑게 말을 걸어 보아도 이정군은 무대와 관련된 대화만 짧게 나누고 사라질 뿐이었다. 그런데 한 달 전, 그가 달라졌다.

"친절하고 상냥해졌어. 나한테도 자주 말을 걸었고."

그 직후 둘이 만나는 일이 빈번해졌고, 주희가 맹렬하게 접근한 끝에 결국 사귀는 데 성공했다고 한다.

"그럼 잘된 거 아냐? 왜 부적을 쓰려 하는 거야?"

"문제가 있거든. 나한테만 친절한 게 아니야."

원래 이정군은 만인에게 평등하게 냉담했다. 배우에게도, 연출에게도, 조명 기사에게도, 식당 아주머니에게도. 그렇기에 주희는 돌아오지 않는 애정이 힘들어도 참을 수 있었다고 했다. 하지만 이제 이정군은 극단 사람들에게, 특히 여자들에게 먼저 말을 걸었고 농담을 던지며 웃었다. 주희는 이점이 가장 참기 힘들다고 했다.

"그러니까 부적을 써 줘. 나만 사랑할 수 있도록, 다른 여자는 보이지 않게."

애정 부적. 부적 중에서도 굳건한 판매량 1순위였다. 그렇기에 수십 번 작성해 보았지만 나랑 직접적으로 연결된 친구에게 써 주는 것은 다른 이야기였다.

"차라리 무당언니한테 받는 게 낫지 않겠어? 내가 전문가도 아니고."

에둘러 거절하고자 무당언니 이름을 꺼냈지만, 주희의 눈은 여전히 나를 향하고 있었다.

"너한테 받고 싶어. 고등학교 때 일도 있고."

"고등학교 때?"

"네가 애들한테 장난 삼아 합격 부적 써 줬는데 받은 애들만 대학 붙었잖아. 그때 얼마나 신기했는데."

"우연이지. 정작 나는 수시 다 떨어져서 재수할 뻔했는데."

"잘 아는 사람한테 받고 싶어서 그래. 써 줄 거지?"

고등학교 때는 보지 못했던 진지한 태도에 어쩐지 압박감이 느껴졌다. 꽉 부여잡은 주희의 손은 땀이 날듯 뜨거웠고, 날 바라보는 눈빛은 너무도 맑았다. 나는 결국 어물쩍 고개를 끄덕이고 대화를 마무리 지을 수밖에 없었다.

* * *

"좋은 친구를 뒀더라."

사무실에 돌아오자 무당언니가 그렇게 말했다. 주희의 반응이 썩 마음에 든 모양이었다.

주희를 생각하니 고민에 빠졌다. 내게 들려준 이야기가 영 꺼림칙했기 때문이다. 나는 잠시 뜸을 들이다 무당언니에게 주희의 이야기를 들려주었다. 극단에서 일하다 이정군과 사귀게 되었고, 최근에 이정군의 성격이 바뀌어서 나에게 부적을 써 달라 부탁했다는 이야기까지. 가만히 듣던 무당언니의 눈빛이 날카로워졌다.

"이상한데, 성격이 달라졌다니."

"설마 악귀에 씌었다는 말이에요?"

"그럴 수도 있지."

머리가 복잡해졌다. 우연히 이정군의 성격이 착해진 것일 수도 있지만 만약 악귀가 맞다면. 현재 여자친구인 주희가 위험해지는 것은 불 보듯 뻔한 일이었다.

"부적 써 준다 그래."

고민하던 중 무당언니에게서 예상치 못한 말이 날아왔다.

"부적을요?"

"응, 그리고 써 주지 마."

"네?"

종잡을 수 없는 흐름이었다. 뭐라 반응해야 할지 몰라 정적이 흐르자 무당언니가 덧붙였다.

"아무 말이나 둘러대면서 써 주지 말고 버텨 봐. 부적의 효과를 최대한으로 내려면 대상을 관찰하고 써야 한다고 하든지. 그래서 그 남자랑 만나게 해 달라고 해."

"만나라고요?"

"아니다, 네가 이정군 극단에 들어가. 일하면서 지켜보면 되겠네."

무당언니는 아주 좋은 아이디어를 떠올렸다는 듯 "딱이 네, 딱이야."라는 말에 멜로디를 넣어 흥얼거렸다. 하지만 연극에 대한 지식도 전무한데 갑작스레 극단에 들어가라니. 그저 어리둥절할 뿐이었다.

"그렇게까지 해야 해요? 밖에서 감시하고 퇴마하면……."

"언제 알아내고 언제 퇴마할 건데. 네 친구가 위험해진 다음에?"

그 말에 주희의 심장을 뽑아 먹는 이정군의 모습이 생생하게 그려졌다. 그 상황만은 막아야 했다.

"……잘 도와줘야 돼요? 안 위험하게."

"물론이지."

늘 그렇듯 자신만만한 대답에 조금 안도가 되었다. 전화를 끊고서 주희에게 연락을 취했다. 부적을 써 줄 테니 극단일을 해 보고 싶다고 말하기 위해.

"우리야 항상 일손 부족한데 환영이지!"

어쩔 수 없다. 주희를 지켜야 했다.

* * *

극단에 들어간 지 일주일. 주희가 연극에 대한 지식도 경험도 전무한 나를 환영한 이유를 알게 되었다. 일손이 정말로 심각하게 부족했기 때문이다. 아무리 소극장이라고 해도 무대미술을 담당하는 사람이 주희가 유일했으니. 이정군을 감시하러 들어왔지만 정작 그는 코빼기도 보이지 않았고, 나는 매일매일 주희와 함께 전기톱으로 목재를 자르고 드릴로 못을 박으며 무대장치를 만들어 내야 했다.

일주일간의 각고 끝에 제작을 마무리 지었지만 오늘도 집에 들어갈 수는 없었다. 제작물에 도색을 하는 작화 작업을 진행해야 했기 때문이다. 모두 떠난 극장의 뒤뜰에 무대 바닥에 깔 여러 조각의 바닥판을 늘어놓았다. 손잡이가 긴 롤러를 이용해 고동색 페인트를 깔고 말린 후 나뭇결을 살리기 위해 붓으로 세밀하게 칠했다.

"바닥은 이제 그만해도 될 것 같아."

한참 작업에 몰두해 있다 주희의 말에 몸을 일으키자 뒤뜰을 가득 채운 고동색 바닥판이 한눈에 들어왔다.

"그래도 많이 했다. 언제 다 칠하나 싶었는데."

"다 네가 도와준 덕분이지. 나 혼자서는 이렇게 빨리 못했어."

주희가 웃으며 말했다. 나는 그런 주희를 물끄러미 쳐다보다 그동안 속으로 궁금했던 질문 하나를 던져 보았다.

"궁금해서 그러는데, 혼자서 어떻게 다 하고 있는 거야?"

"어떻게든 해야지. 소규모 극단이라서 정규 단원을 늘리기가 쉽지 않거든."

"이정군 같은 유명 배우가 있어도 어렵구나."

"정군이가 모든 극에 나오는 건 아니니까. 그리고 지금이야 조금씩 투자를 받긴 하지만 거의 정군이가 사비로 운영해 왔거든."

"사비로?"

"응. 여긴 정군이가 오직 연극에 대한 애정만으로 설립한 곳이야. 이제는 드라마 배우로 더 유명하지만 시작은 연극 배우였고 무대에 대한 애정도, 노력도 진심이거든. 나도 그런 정군이를 보면서 힘들어도 버틸 수 있었던 것 같아."

새삼 이정군이 다르게 보였다. 이전까지는 잘생긴 외모 덕에 로맨스 드라마로 쉽게 떠서 인생 편하게 사는 남자 배우라고 생각했는데. 사비를 투자해 극단을 운영할 정도로 자신의 직업에 열정적인 줄은 몰랐다.

그때 주희의 휴대폰이 요란하게 울렸다. 주희는 연출한테서 전화가 왔다고 말하면서 극장 안으로 들어갔다.

나는 잠시 뻐근한 몸을 스트레칭하며 지금까지 작업한 것들을 한눈에 살펴보았다. 땅에 펼쳐진 바닥판과 옆에 세워진 단상, 그리고 계단. 주희에게 전해 듣기로 이번 연극은 드라큘라를 현대적으로 재해석한 창작극이며, 주인공의 고저택 내부가 유일한 무대의 배경이라고 했다. 그렇기에 어두운 나무 바닥을 깔고 뒤편에는 저택의 2층을 표현하기 위해 단상을 설치한 뒤 양옆을 계단으로 연결할 예정이었다. 분위기를 살리기 위해 단상과 계단에는 고딕풍의 난간을 설치할 것이고 단상 뒤쪽 중앙에는 큰 창문을 그린 후 그 위에 붉은 커튼까지.

눈을 감고 완성될 무대의 풍경을 그려 보았다. 악귀의 정보를 모으기 위해 잠입하여 잡일을 돕고 있을 뿐이지만 어느새 나는 이 무대를 기대하고 있었다.

"왁!"

"깜짝이야!"

난데없이 귓가에 울려 퍼진 소리에 경기를 일으키듯 놀랐다. 돌아보니 그곳에는 내가 애타게 찾던 얼굴이 있었다.

"많이 놀랐어요? 하용 씨, 맞죠?"

주희의 남자친구이자 나의 감시 대상인 이정군이었다. 나는 말을 잃고 얼얼한 귀를 한 손으로 감싼 채 이정군을 쳐다볼 뿐이었다.

"주희는 어디 갔어요?"

"연출 감독님한테서 전화 와서 받으러 간다고……."

"그렇구나. 일단 이거 마셔요."

이정군은 한 손에 들고 있던 음료 캐리어에서 종이컵에 담긴 음료 한 잔을 꺼내 내게 건넸다. 내가 얼떨떨하게 음료를 받아드는 사이, 이정군은 소품으로 만든 계단에 냅다 앉고는 나를 보며 옆자리를 팡팡 두드렸다. 나는 잠시 고민하다 그 옆에 앉았다.

그리고 캐리어에서 음료 한 잔을 꺼내 마시는 이정군. 나는 그의 옆 얼굴을 흘끔 보았다. 얇게 진 쌍꺼풀에 깊고 큰 눈, 높은 콧날과 도톰한 입술. 확실히 일반인과는 다른 세계에 산다고 해도 믿을 만큼 뛰어난 외모였다.

"주희 고등학교 친구라면서요?"

이정군이 갑자기 내게 고개를 돌리는 통에 그의 얼굴에 향하던 시선을 급하게 거두고는 맞다고 답했다.

"하용 씨는 여기 오기 전에 무슨 일 했어요?"

나는 잠시 고민했다. 주희에게 내 신상, 특히 무당언니와 관련된 사실은 절대 말하지 말라고 신신당부했지만 비밀이 지켜졌는지 확실히 알 수 없었다. 그저 말실수를 하지 않도록 조심하며 대답할 수밖에 없었다.

"회사에서 디자인 했어요. 평범하게."

"그런데 왜 무대 일을 하게 된 거예요? 안정된 직장을 버리고."

"연극이 좋아서요."

"진짜요?"

"진짜죠."

이정군은 고개를 갸우뚱 기울이고 나를 빤히 보았다. 나는 부담스러워 눈을 피한 채 답했다.

"……원래 호기심이 많은 편이신가 봐요."

"하용 씨한테만요. 저는 하용 씨가 마음에 들거든요."

예상치 못한 말이 갑작스레 치고 들어와서 손에 쥐고 있던 음료를 놓칠 뻔했다. 겨우 진정하고 받아칠 말을 찾았다.

"……직원으로서 맘에 든다는 말이죠?"

"그렇기도 하고."

이정군은 그렇게 말하고 날 보며 환히 웃었다. 팔에 소름이 돋았다. 만난 지 10분도 되지 않은 여자친구의 친구에게 추파를 던지리라고는 생각지도 못했다. 애정 부적에 집착하던 주희가 처음으로 이해가 되었다.

"작업은 잘돼 가요?"

"그럼요. 방금까지 계속 바닥 칠하고 있었는데요."

드디어 화제를 돌릴 수 있다는 생각에 반색하여 바닥판

을 가리키면서 말했다. 그러나 작업물을 본 이정군의 표정이 미묘했다. 턱을 괴더니 고개를 갸우뚱하며 바닥을 미심쩍게 쳐다보고 있었다. 왜인지 불안한 마음이 차오를 때, 그가 입을 열었다.

"저것보다 대리석이 낫지 않아요?"

"대리석이요?"

"현대적으로 재해석했다면서요. 나무 바닥은 올드하니까 대리석 바닥이 세련되고 좋죠."

"고저택이 배경인데 그러면 콘셉트 다 바꿔야 하는 거 아니에요?"

"그래요? 그럼 다 바꿔야겠다. 어떻게 바꾸지?"

그러면서 혼자 골똘히 생각에 빠지는 이정군을 보며 나는 심상치 않은 기운을 느끼고 황급히 물었다.

"이거 연출 감독님이랑 합의된 거예요?"

"저 연출 누나랑 친해요. 제가 말할 테니까 걱정할 필요 없어요."

이정군이 엄지 손가락을 치켜세우며 말했다. 나는 그 엄지 손가락을 아래로 꺾고 싶은 충동을 강하게 느꼈지만 실행하지 못한 채, 말문이 막혀 이정군을 쳐다보기만 했다.

"대리석으로 해 줄 거죠? 전 세련된 스타일이 더 잘 어울린단 말이에요."

실실 웃으며 애교 섞인 말투로 보채는 이정군. 그의 팬들은 외양과 목소리에 넘어가 줄지도 모르지만 그 말 속에 담긴 내용을 생각하면 절대 쉬이 받아들일 수 없었다.

"난 이제 가 봐야겠다. 연출 누나한테는 따로 말해 둘게요. 하용 씨, 파이팅!"

하지만 내 의지와 다르게 이딴 말을 남기고 사라지는 이정군. 나는 그의 뒷모습만 멍하니 쫓았다.

* * *

"이정군은 어때?"

그날 밤, 무당언니에게 전화가 왔다. 나는 이정군과 마주쳤던 일을 떠올리며 대답했다.

"악귀 들린 것 맞아요."

"그래?"

"네, 미친놈이에요."

"나도 몇 번 지켜봤는데 심증은 있지만 물증이 없네. 배후에 누가 있는지도 알고 싶은데 뒤를 밟아도 단서가 안 나오고."

나는 무당언니의 말을 잠자코 듣다 가장 궁금했던 질문 하나를 꺼냈다.

"……그래서 저 언제까지 여기서 일해야 돼요?"

"조금만 더 해 봐. 단서가 필요해."

그 말과 함께 전화가 끊겼다. 이놈이고 저놈이고 왜 자기들 할 말밖에 할 줄 모를까. 이중으로 직장 상사에게 시달리는 괴로움에 두통이 몰려왔다.

하지만 무당언니의 바람과는 다르게 며칠 동안 이정군의 머리털 하나도 볼 수 없었다. 이대로 일만 하다 돌아가는 것만은 피하고 싶어 옆에서 페인트칠을 하고 있는 주희에게 물었다.

"이정군 씨는 여기 또 안 오셔?"

"정군이? 오늘 왔는데?"

주희는 이정군이 극장 연습실에 있는 작은 방에서 자고 있다고 알려 주었다. 진작 물어볼걸, 후회하며 무당언니에게 이 사실을 전했다.

— 이정군 휴대폰에 이 앱 깔아.

무당언니는 그런 메시지와 함께 URL 하나를 보냈다. 링크를 눌러 확인해 보니 위치 추적 및 도청 애플리케이션이었다. 나는 기겁해서 답장을 보냈다.

— 이걸 왜 깔아요.

— 잘 안 온다며. 이렇게라도 확인해야지.

범죄라고, 하기 싫다고 잡아뗐지만 '친구가 위험해질 수도 있다'는 무당언니의 대답에 다시 한번 마음이 흔들렸다.

결국 나는 극장에서 몰래 나와 연습실에 붙어 있는 방으로 향했다. 또 무당언니에게 넘어가고 만 것이다. 하지만 어쩔 수 없었다. 악귀 때문에 친구를 잃고 싶지는 않았으니.

소리를 내지 않으려 애쓰며 문을 열었다. 간이침대에 이정군이 잠들어 있었다. 살금살금 다가가 얼굴 위로 손을 흔들어 보고, 코 밑에 손가락을 대 보기도 했다. 틀림없이 자고 있었다. 머리맡에 있는 휴대폰을 집어 들어 그의 손가락에 갖다댔다. 손쉽게 잠금이 해제되었다.

스토어 앱에 들어가 무당언니가 알려 준 애플리케이션의 이름을 타이핑했는데 파란 버튼에 '설치'가 아니라 '열기'라는 문구가 적혀 있었다. 당황해서 멍하니 보다가 해당 앱이 이미 깔려 있기 때문이란 사실을 깨달았다. 위치 추적 앱을, 대체 왜? 결국 내 휴대폰으로 이정군의 최신 메신저 내역만 몇 장 찍어 놓고는 그의 휴대폰을 내려놓았다.

그때, 바깥에서 발소리가 들렸다. 연습실에 사람이 들어온 모양이었다. 그냥 가기를 바랐지만 불행하게도 발소리는 점점 가까워지고 있었다. 숨어야 했다. 급히 마땅한 장소를 찾아보았지만 방이 너무 좁았다. 결국 간이침대와 벽 사이 바닥에 파고들어 누웠다. 그리 높지 않은 침대라 제대로 가려지지 않을 것 같았지만 방도가 없었다.

문이 열리고 누군가가 들어왔다. 터벅터벅 다가오는 발걸음 소리. 부디 나를 보지 못하기를. 매트에 끼익, 하중이 얹히는 소리가 들렸다. 들어온 사람이 침대에 앉은 것 같았다. 얼굴을 확인하고 싶었지만 몸이 끼여 있어 고개를 들기 어려웠다. 겨우 주머니에서 양손으로 휴대폰을 꺼내 최대한 몸에 붙인 채로 얼굴 쪽으로 끌어올려 간이침대 위 상황이 비치도록 카메라 각도를 맞춰 보았다. 화면에 이정군의 몸뚱아리가 비쳤고, 그 위에 다른 이의 몸이 겹쳐 있었다. 각도를 좀 더 위로 틀었다. 익숙한 옷과 헤어스타일. 주희였다. 이정군의 목덜미에 얼굴을 깊게 파묻은 모습.

주희는 그대로 냄새를 맡기 시작했다. 목에서 시작해 귀, 머리카락까지 한참 냄새를 맡더니 점점 아래로 내려갔다. 그리고 이정군의 셔츠를 살짝 들어 올리곤 배, 옆구리에 순차적으로 코를 박았다. 좁은 방에는 주희가 띄엄띄엄 내쉬는 숨소리만 가득했다.

왜 저래, 왜 저래, 왜 저래. 봐선 안 될 친구의 욕망이 카메라 화면을 통해 눈앞에 실시간으로 펼쳐졌다. 어느새 손에 땀이 심하게 찼다. 땀을 닦으려 휴대폰을 바꿔 쥐려 했을 때, 손이 미끄러지고 말았다.

"억."

떨어진 휴대폰이 얼굴 정중앙에 꽂혔다. 별이 반짝일 것 같은 찌릿한 아픔에 눈물이 찔끔 삐져나왔다. 그리고 눈을 떴을 때, 나는 있어서는 안 되는 것을 보았다는 눈빛을 한 주희와 시선이 마주쳤다.

* * *

"거기서 뭐 하고 있던 거야?"

조용히 밖으로 끌려나가자마자 받은 질문이었다.

그럼 너는 뭐 하고 있던 건데, 라고 되묻고 싶었지만 말문이 막혔다. 상당히 변태 같은 행동을 하긴 했지만 주희는 어쨌거나 표면상 이정군의 애인이었다. 애정 행각이었다고 대수롭지 않게 넘길 수 있다. 하지만 나는? 친구의 애인이 자고 있는 간이침대 옆에 콩벌레처럼 몸을 납작 웅크리고 있던 상황을 어떻게 변명할 수 있을까. 진실은 악귀에 들린 이정군을 감시할 애플리케이션을 설치하기 위해서였지만 그걸 믿어 줄 리 없었다. 내가 차마 말을 꺼내지 못하고 입술만 물어뜯자, 주희는 한숨을 쉬었다.

"내가 생각한 게 맞나 보네. 정군이한테 마음 있는 거지?"

"아니야!"

"그럼 뭐 하고 있던 건데?"

또다시 말문이 막혔다. 도저히 둘러댈 말이 떠오르지 않았다.

"……하용아, 넌 정말 다시 만나서 반가운 친구야."

주희가 목소리를 내리깔며 말했다. 불길한 예감이 들었다.

"그러니까…… 정군이에게 접근하지 말아 줘. 너를 잃고
싶지 않아. 부탁할게."

* * *

다음 날, 휴일인데도 하루 종일 기분이 좋지 않았다. 어제
주희와 다퉜기 때문일 것이다. 집에 돌아와서 전화로 무당
언니에게 있었던 일을 털어놓았지만 별다른 반응이 없었다.
그저 쉬라는 말을 들었을 뿐이었다.

별 도리가 없으니 오늘은 푹 쉬면서 머리라도 식혀야지. 그
런 생각을 하며 TV를 켰을 때, 무당언니에게서 연락이 왔다.

"나와, 드라이브 하자."

이어서 무당언니는 이미 우리 집 앞에 도착했다고 했다.
나는 뜬금없는 말에 어리둥절해하면서도 서둘러 옷을 챙겨
입고 밖으로 나왔다. 정말 집 앞에 무당언니의 빨간 스포츠
카가 세워져 있었다. 얼떨떨한 기분으로 조수석에 올랐다.

"갑자기 무슨 드라이브예요?"

"우울해하는 것 같아서."

나를 신경 써 주는 건가. 본인 일과 악귀에 대해서만 신경 쓰는 사람이라고 생각했는데, 조금 감동이 느껴졌다. 빠르게 지나가는 창밖 풍경을 구경하며 바람을 쐬다가, 생각보다 길어지는 드라이브에 의문이 생겼다.

"그런데 지금 어디 가는 거예요?"

"카페."

"무슨 카페요?"

거기에 답은 없었다. 무당언니는 그저 뒤에서 종이가방 하나를 꺼내 내 무릎에 올려 둘 뿐이었다. 가방을 열어 보니 선글라스와 모자, 일회용 마스크가 들어 있었다.

"마음에 드는 걸로 써."

"……지금 뭐 하러 가는 거예요?"

불안을 감지하는 사이렌이 울렸다. 지금껏 겪은 무당언니의 행동 패턴에 따르면 뭔가가 있는 게 분명하다.

"네가 보내 준 이정군 메신저 내역 보니까 오늘 중요한 약속이 있더라고. 따라가 보면 좋을 것 같아서."

역시. 드라이브는 무슨, 주말에 불러 미행하는 데 써먹으려는 것뿐이었다.

"……드라이브라면서요."

"겸사겸사 하는 거지."

나는 대화를 포기했다. 아직까지 무당언니를 파악하지 못한 채 속은 내가 잘못이었다고 생각하며 야구모자를 쓰고 일회용 마스크를 장착했다.

곧 목적지인 카페에 도착해 차를 세우고 앞에서 기다렸다. 얼마 지나지 않아 이정군이 나타나 카페에 들어갔다. 우리도 조심스러운 발걸음으로 따라 들어가서 이정군과 적당히 떨어진 좌석에 앉았다.

"들려?"

"잘 안 들려요."

"이러니까 도청 앱을 설치했어야 했는데."

"……이미 설치가 되어 있는데 어떻게 설치해요."

"근데 누가 설치한 걸까?"

"스토커가 있는 건 아닐까요? 인기 연예인이니까."

"진짜 한마디도 안 들리네. 원래 있던 것 좀 지우고 새로 깔아 보지."

"그럼 본인이 하지 그랬어요."

"나는 이정군한테 접근하기가 어렵잖아. 내 얼굴을 알아볼 수도 있고."

"……근데 그렇게 입고 왔어요?"

"그렇게라니?"

무당언니의 차림을 훑었다. 털 달린 가죽 재킷은 그렇다 쳐도, 저 주홍빛 반짝이는 알맹이의 선글라스. 미행을 하겠다는 것인지, 패션위크에 참여하겠다는 것인지 구분이 되지 않는 복장이었다. 검은 모자에 검은 마스크까지 착용한 나랑은 대조되게.

"선글라스라도 갈아 껴요. 인간적으로 너무 튀잖아."

착용하지 않고 남은 검정 선글라스를 내밀었다. 무당언니는 주머니에 손도 빼지 않은 채 멀찍이 쳐다보고만 있었다.

"이 정도면 잘 가려지지 않아? 그리고 이거 며칠 전에 샀단 말이야."

며칠 전에 사? 되도 않는 이유를 듣자 가슴 깊은 곳에서 화가 끓어올랐다.

"아니, 가만 보면 나만 일하는 것 같아. 오늘도 드라이브랍시고 소중한 주말에 불러내서 미행까지 하는데 본인은 온갖 튀는 복장을 하고 오고. 밖에서 이정군 정보도 제대로 모으고 있는 거 맞아요?"

"하고 있다니까."

"어? 내가 얼마나 고생하고 있는 줄 알아요? 주말도 없이 불려가서 맨날 새벽까지 톱질하고 페인트칠하고 있고. 이정군 조사하러 간 게 아니라 그냥 일꾼으로 갔다니까?"

"알았어, 미안해."

"그렇게까지 했는데 어제는 바퀴벌레처럼 숨어 있다 친구한테 걸려서 자기 남친한테 접근하지 말라는 소리나 듣고."

"머리에 뭐 붙었다."

"말 좀 돌리지 말고요. 그러니까……."

내가 무시하고 얘기를 이어 나가려 하자 무당언니는 자신의 휴대폰을 내밀었다. 검은 대기 화면에 내 얼굴이 비쳤다. 머리에 손바닥만 한 나방이 붙어 있었다.

"악, 나방이다!"

자리에서 일어나 온몸을 털었다. 나방은 펄럭이며 얼굴 근처를 비행했다. 머리를 감싸고 주저앉았다. 소란에 카페 안이 일순간 적막해졌다. 머리 위에 그늘이 지는 것이 느껴졌다. 안 좋은 예감에 고개를 들어 보니 이정군이 놀란 표정으로 날 내려다보고 있었다.

"하용 씨? 여긴 웬일이에요?"

"그게……."

"설마 저 따라온 거예요? 하용 씨 친구랑?"

들켰다. 무당언니 역시 예기치 못한 상황에 당황해 굳은 모습이었다.

"하용 씨, 몰랐는데……."

"제가 설명할게요. 어떻게 된 거냐면……."

"내 팬이구나."

"네?"

이정군은 다 안다는 얼굴로 그윽한 미소를 띠고 있었다.

"어쩐지 극장에서 날 보는 눈빛이 너무 사랑스럽더라. 나 때문에 일부러 주희한테 부탁해서 들어온 거죠?"

"……맞아요."

"그래도 이렇게 따라다니면 안 돼요. 사생활은 존중해야 해요. 알았죠? 하용 씨도, 하용 씨 친구도."

이정군은 그렇게 말하며 팬서비스를 해 주듯 무당언니의 머리를 쓰다듬고 볼을 꼬집었다. 제대로 차단이 되지 않는 주홍색 렌즈 너머로 표정 관리를 하지 못한 채 굳어 가는 무당언니의 얼굴이 보였다. 그 모습을 보고 있자 위험한 상황이지만 마음 깊은 곳에서 약간의 즐거움이 퍼져 나갔다. 그러게 선글라스 바꿔 끼라니까.

"정군 씨, 무슨 일 있어요?"

이정군과 함께 있던 중년 여성이 우리 쪽으로 걸어왔다.

"아는 분을 만나서요. 제 극단에서 일하시는 김하용 씨고, 이분은 저희 극단 후원해 주시는 회장님이세요."

중년 여성은 사람 좋은 미소를 지으며 우리에게 인사를 건넸다. 오늘 미행은 아무 소득도 얻을 수 없었다는 사실을 깨달을 수 있었다.

* * *

　며칠 뒤, 주희의 부름에 아침부터 극장으로 달려갔다. 계획대로라면 오늘은 오후부터 소품을 무대에 설치하는 작업을 해야 했다. 그런데 주희는 갑작스레 수정 사항이 생겼다며 다시 페인트칠을 하고 있었다.

　"바닥 색을 원래대로 돌리라고?"

　"응, 그러라고 하네."

　이정군의 말에 따라 이미 어울리지도 않는 흰색으로 덧칠한 지 오래였다. 그런데 갑자기 이전에 칠했던 나무 바닥으로 돌리라니. 갑작스러운 요청이 이해가 되지 않았다.

　"이유가 뭔데?"

　"이게 더 나은 것 같대."

　"……넌 상관 없어?"

　"정군이가 하라고 하면 해야지, 뭐. 나보다 연극에 대해 훨씬 잘 아는 사람인데."

　주희는 롤러에 페인트를 묻히고 묵묵히 작업을 시작했다. 다시 고동색으로 물드는 흰색 바닥을 바라보다 나도 롤러를 집어들었다. 당사자인 주희가 아무렇지 않아 하는데 외부인인 내가 간섭을 할 수는 없는 일이었으니까.

　한참 작업을 하던 도중, 다른 스태프가 불러 주희가 극장

안으로 들어갔다. 나는 뒤뜰에 혼자 남아 마저 페인트칠에
열중하고 있었다.

"할 만해요?"

귀 가까이에서 갑자기 느껴지는 숨결과 목소리에 소스라
치게 놀랐다. 돌아보니 이정군이 생글생글 웃고 있었다. 어
처구니가 없어 내가 정색한 채 쳐다보자 이정군이 가까이
다가오며 말했다.

"힘들어 보이길래."

"힘들어요. 갑자기 다 엎어야 해서."

"역시 어두운 게 낫죠?"

"갑자기 왜 바꾼 거예요? 전에는 대리석이 좋겠다면서요."

"그럴 줄 알았는데요, 막상 무대 서 보니까 흰색이 제 피
부 톤이랑 안 맞더라고요. 역시 저한테는 어두운색이 찰떡
이에요."

"……이정군 씨는 이번 극에 출연도 안 하잖아요."

"그래도 기념사진 찍어서 SNS에 올려야 하거든요."

어이없는 말이 연속으로 이어지자 힘이 빠져 쥐고 있던
롤러 손잡이를 놓쳤다. 이정군은 자신 쪽으로 떨어지는 롤
러대를 요란하게 움직여 피하더니, 잘하지 않았느냐는 표정
으로 나를 의기양양하게 쳐다보았다. 나는 여전히 넋을 잃
은 상태였기에 아무 반응도 해 줄 수 없었지만.

"그날은 잘 들어갔어요?"

"그날?"

"있잖아요, 저 졸졸 따라온 날."

이정군의 말에 잊고 싶은 기억이 다시 한번 떠올랐다. 나는 짐짓 모르는 척하고 먼 곳으로 시선을 돌렸다.

"나랑 친해지고 싶으면 그냥 말하면 될 텐데. 아니면 친구 때문인가?"

"친구요?"

"같이 온 친구 있잖아요."

다행히 이정군은 무당언니를 알아보지 못하고 사생팬인 내 친구로 여기고 있었다. 다행이지만 이럴 거면 무당언니가 직접 극단에 들어와도 되지 않았을까. 그런 생각을 하고 있는데 이정군이 갑작스럽게 질문을 던졌다.

"친구 연락처 좀 주면 안 돼요?"

"네? 왜요?"

"내 취향이에요. 키도 크고, 스타일도 마음에 들고."

새로 산 선글라스에 그렇게 집착을 하더니 미행하는 와중에 눈에 띄고 말았구나. 이 상황이 어처구니가 없어 말문이 막혔다.

"정군 씨 여자친구 있잖아요."

"이성적으로 관심이 있는 게 아니라, 연극 하면 좋을 것 같아서요."

"방금 본인 취향이라면서요."

"극단 운영자로서 취향이라는 거죠. 어쨌든 연락처 안 줄 거예요?"

"그 친구는 연기에 관심 없어요."

"혹시 모르죠. 제가 꼬시면 넘어올지."

계속 돌려 말하며 거절했지만 이정군은 끈질겼다. 10분가량 새 부리에 쪼이듯 괴롭힘을 당하자 나는 더 이상 말을 받아칠 힘이 없었다. 결국 무당언니의 연락처를 줄 수는 없지만, 그의 번호를 전달해 한번 만남을 주선하는 것으로 합의한 끝에 이정군을 보낼 수 있었다.

이정군이 떠난 자리에는 할 일만 가득 쌓여 있었다. 주희는 대체 어디에 가서 안 오는지. 다시 붓을 잡고 페인트를 칠하려다 옆에 있는 붉은색 페인트에 붓을 담갔다. 그리고 바닥에 이정군의 이름을 쓰고 그 옆에 가운뎃손가락을 형상화한 그림을 그렸다. 이렇게라도 분노를 표출하고 싶었다. 한참 이정군 욕을 쓰고 다양한 낙서를 끄적끄적하다 얼른 끝내야겠다는 생각에 모두 고동색으로 덮어 버렸다. 칠해진 페인트 아래, 이번 연극을 하는 내내 무대 바닥에는 이정군의 욕이 남아 있을 것이다. 나를 제외하고는 아무도 알 수 없겠지만.

바닥 도색을 마무리하고 기어이 무대 설치까지 끝낸 늦은 시간, 퇴근하며 무당언니에게 전화를 걸었다. 본인을 퇴마할 사람을 만나 보고 싶어 한다는 이정군의 우스운 요청을 전달하기 위해서. 그런데 무당언니의 답변이 영 이상했다.

　"이정군? 지금 내 앞에 있어."

　"이미 만났어요?"

　"응, 너도 와. 여기가 어디냐 하면."

　무당언니는 주소를 불러 주었다. 극장 근처에 있는 곳이었다. 그쪽을 향해 발걸음을 옮길수록 인적이 뜸해졌다. 도착해 보니 음습한 분위기가 물씬 풍기는 단층 폐건물이었다. 여기에 이정군과 있다고? 의심을 가득 품은 채로 입구 문손잡이를 돌려 보니 열려 있기에 안으로 들어갔다.

　아직 전기가 끊기지는 않았는지 안쪽 저편에 조명이 켜져 있었다. 소리를 죽이고 다가가 보니 검정 비닐봉투를 쓴 채 의자에 묶여 있는 남자와 야구방망이를 들고 서 있는 무당언니가 있었다. 보고도 믿을 수 없는 광경에 내가 입을 다물지 못하고 있자, 무당언니가 조용히 하라는 듯 입에 손가락을 갖다 대고 다가왔다.

　나는 무당언니의 팔을 덥썩 잡아 질질 끌고 건물 밖으로 나갔다.

　"이게 뭐예요?"

"네가 제대로 이정군 정보 모으라 했잖아. 미행만 해서는 뭐가 안 나오더라고. 그래서 납치했지."

무당언니는 어깨를 으쓱거리며 태연하게 말했다. 너무나도 뻔뻔한 태도에 사고가 정지할 것 같았다.

"납치해서 어쩌려고요?"

"고문할 거야."

"고문요?!"

결국 거기까지 가는구나. 눈앞이 아득해졌다.

"미쳤어요? 그건 범죄예요."

"범죄겠지, 사람이라면. 그런데 저건 악귀라서 범죄가 아니야."

세상 법규를 초월한 논리에 내가 대답할 말을 찾지 못하고 있는 사이, 무당언니는 문을 열고 안으로 들어가 버렸다. 일단 무슨 짓을 하는지 확인은 하자 싶어 따라 들어갔다. 내가 들어오자마자 무당언니는 문을 잠갔다.

다시 이정군이 묶인 자리로 간 무당언니는 바닥에 앉아 옆에 있는 노트북을 집어 들고는 타자를 치기 시작했다. 곧 '너 ― 악귀지 ― '라는, 높낮이 구분 없이 어색한 음성이 우중충한 공간에 울려 퍼졌다. 텍스트를 음성으로 변환하는 프로그램이었다.

"대체 무슨 소리예요!"

이정군이 고래고래 소리를 질렀다. 무당언니는 바닥에 놓인 나뭇가지를 들어 비닐봉지를 쓴 그의 머리에 후려쳤다.

"악!"

이정군은 고통스러운지 짧은 비명을 질렀다. 어디에서 많이 본 것 같다 싶더니, 한 팀장에게 안마를 할 때 썼던 복숭아 나뭇가지였다.

'조용히 — 해. 안 — 그러면 — 더 — 맞는다.'

서늘한 기계음에 이정군의 행동이 잠잠해졌다. 무당언니의 타이핑이 이어졌다.

'누가 — 시켰지?'

말이 없었다. 무당언니는 다시 나뭇가지로 이정군의 머리를 때렸다. 그의 짧은 비명이 들렸다.

'누가 — 시켰지?'

"말 못 해요!"

무당언니는 고개를 끄덕이곤, 새로운 문장을 작성했다.

'목적은 — 누구지?'

역시 쉽게 답하지 않았다. 적막이 길어지자 무당언니는 내게 직접 해 보라는 손짓을 보냈다. 내가? 아무리 악귀에 씌었다고 해도 겉은 사람인데. 일단 노트북을 받아든 채로 고민에 빠졌다.

'주변 — 사람 — 인가?'

줄곧 신경 쓰였던 점이었다. 이정군은 악귀에 들린 이후로 주희와 사귀었으니 말이다. 그러나 아무 반응이 없었다.

'배우인가?'

'연출가인가?'

질문을 바꿔 보아도 요지부동이었다. 슬슬 답답해져서 나는 바닥에 놓인 그릇 하나를 집어 들었다. 안에는 팥이 듬뿍 들어 있었다. 한 숟가락을 떠서 이정군의 얼굴을 덮은 비닐봉지를 살짝 올려 그의 입에 처넣었다. 팥의 맛을 느낀 이정군은 격렬하게 도리질을 치더니 퉤, 하며 입에 든 것을 전부 뱉어 버렸다.

"팥 싫어!"

다시 한 숟갈을 들어 이정군의 입안 깊숙이 욱여넣었다. 세상에서 가장 맛없는 음식을 먹는 듯 괴로워하는 모습을 보자, 오늘 보았던 재수 없는 얼굴이 겹쳐졌다. 자신의 피부 톤에 어울리지 않는다는 말도 안 되는 이유로 이미 한 작업을 몇 번이고 반복시키는 멍청한 그 얼굴이.

이정군이 뱉은 것의 배가 되는 양의 팥을 퍼 올려 망설임 없이 그의 입에 집어넣었다. 입안 가득 차오른 팥 때문에 명확히 말을 하지 못하고 웅얼대는 소리가 들렸다. 신경 쓰지 않고 한 숟갈을 더 떠 담았다. 몇 번을 그렇게 반복하자 숟가락이 빈 그릇에 부딪혔다. 준비된 팥을 모두 소진했다. 아쉬움에 바닥에 있는 복숭아 나뭇가지를 집어 드니 무당언니가 내 팔을 붙잡았다. 뭘 그렇게까지 하느냐는 표정이었다. 새삼 내가 무슨 행동을 하고 있는지 자각되었다.

그때, 갑작스레 덜그럭거리는 소리와 함께 문이 열렸다. 그곳에는 커진 동공과 굳은 표정으로 우리를 바라보는 주희가 있었다.

"너⋯⋯!"

하필 이 상황을 목격하다니. 그보다, 대체 어떻게 여기를 찾아온 거지? 흘러넘치는 생각들을 뒤로한 채 일단 뛰쳐나가 주희를 냅다 붙잡았다. 혹시라도 이정군이 우리의 대화를 들을까 건물 밖으로 끌고 갔다.

"주희야, 내가 다 설명할게."

"뭘 설명해? 그거 정군이 맞지?"

주희가 사나운 눈빛으로 말했다.

"맞긴 한데."

"대체 뭐 한 거야? 무당언니랑."

"그게 아니라⋯⋯."

"알았다. 너 정군이 스토커지? 맞네, 맞아. 그래서 접근한 거고. 그래서 나한테도 그런 거고. 그래서, 그래서⋯⋯."

주희가 고개를 숙이고 중얼거렸다. 마치 벽에 갇힌 듯 내 말이 전혀 들리지 않아 보였다.

"내 말 좀 들어!"

소리를 지르고 나서 나는 두 손으로 주희의 어깨를 잡아 내게 시선을 고정시켰다. 주희는 웅얼거리던 것을 멈추고 나를 쳐다보았다.

"이정군 씨에게 악귀가 씐 거 같아."

"뭐?"

방법이 없었다. 이미 주희는 자신만의 생각에 갇혀 내 말을 믿지 않을 터였다. 차라리 정공법으로 가자. 심호흡을 한 번 하고 말을 이어 갔다.

"무당언니 채널 자주 본다고 했지? 거기에 나오잖아. 사람한테 씌어서 평소에는 하지 않는 행동을 하게 하고, 결국 다른 이를 잡아먹는 존재."

"본 적 있지만……."

"이정군 씨를 봐. 한 달 전부터 확연히 느낄 정도로 사람이 달라졌잖아. 이상하지 않아?"

주희의 눈빛이 흔들리고 있었다. 밀어붙여야 했다.

"누구보다 네가 잘 알잖아. 지금의 이정군 씨가 예전과 다르다는 것을."

쐐기를 박는 말이었다. 주희는 아무 반응이 없었다. 멍한 표정으로 벽에 기댄 채 바닥에 풀썩 앉을 뿐이었다. 나도 조심스레 그 옆에 쭈그려 앉았다. 5분 정도 지났을까, 굳게 닫혀 있던 주희의 입이 열렸다.

"모를 수가 없지."

이루 말할 수 없이 공허한 표정이었다.

"아무리 성격이 안 좋고 불친절해도 연극만큼은 소중히 여기던 사람이야. 그런데 준비하는 연극이 어떻게 되든 신경도 안 쓰고 오히려 무대를 망치고 있어. 내가 10년을 봐 왔는데 어떻게 같은 사람이라고 생각할 수 있겠어."

주희가 나지막이 말했다. 이정군을 처음 본 나조차 이상한 점을 느꼈는데 오랜 팬인 주희가 모를 리 없었다. 다만 워낙 현실로 믿기 어려운 일이기에 받아들이지 못했으리라. 다행이라는 생각이 들었다. 드디어 주희와 말이 통할 것 같았다.

"괜찮아, 퇴마하면 돼. 그럼 원래대로 돌아올 수 있어."

"퇴마한다고?"

순간 풀어졌던 주희의 눈빛이 다시 날카로워지는 것 같았지만, 나는 기분 탓이라 여기며 설명을 계속했다.

"그래, 악귀는 사람을 해칠 수도 있으니까 빨리 없애버려야지."

"안 돼, 하지 마."

"하지 말라고?"

예상치 못한 반응이었다. 장난인가 싶었지만 주희는 그

어느 때보다 진지했다.

"퇴마하면 예전 모습으로 돌아가는 거지? 기억도 못 하고, 맞지?"

"그렇지."

"그럼 나랑 있던 관계도 사라지는 거잖아. 어떻게 사귀게 됐는데 날 모르는 상태로 돌아가. 말도 안 돼."

"널 죽일 수도 있다니까? 사람이 아니라 악귀라고."

"안 죽여, 내가 알아. 정군이는 지금 상태로 충분히 괜찮으니까 절대 하지 마."

어떻게든 설득해 보려 했지만 주희의 고집스러운 태도에 결국 퇴마를 하지 않겠다고 약속할 수밖에 없었다. 그렇지 않으면 나와 무당언니를 경찰에 넘겨 버릴 것이라 협박했기 때문이었다. 퇴마하지 않겠다는 나의 선언을 녹음하고 나서야 안심한 주희는 표정을 풀고 오늘 일은 비밀로 지켜 주겠다고 덧붙였다.

"스토커가 한 짓이고 내가 발견해서 쫓아냈다고 할 테니까 그냥 가 봐."

소득은 없었지만 자리를 뜰 수밖에 없었다. 오늘 일은 모조리 실패뿐이었다.

"참, 하용아."

돌아가려는데 나지막이 주희의 목소리가 들렸다.

"부적은 그대로 써 줄 수 있을까?"

나는 알았다고 답하고는 고개를 돌렸다. 걸으면서 생각했다. 차라리 악귀에 쎈 사람이 주희였으면 좋겠다고. 그편이 덜 상처입을 것 같으니까.

* * *

이틀 뒤, 우리는 퇴마를 준비했다. 이정군을 '고문'까지 했음에도 확실한 단서를 얻지 못했고, 주희가 사실을 알게 된 이상 이정군의 귀에 들어갈 위험이 높다는 무당언니의 판단 때문이었다.

이정군에게 따로 연락을 해 약속을 잡았다. 관심을 보인 내 친구와 만나게 해 주겠다고 하자 흔쾌히 받아들인 덕분에 순조롭게 준비할 수 있었다. 무당언니와 나는 인적이 드문 극장 주변 공원을 찾아 놀이기구와 펜스 구석구석을 부적으로 도배했다. 주변 식당에서 밥을 먹고 이곳으로 자리를 옮길 생각이었다. 공원에서 잠시 대화를 하다 내가 빠지고, 숨어 있던 무당언니가 튀어나와 퇴마를 하는 계획이다.

하지만 약속 시간이 지나도 이정군과 연락이 닿지 않았다. 한 시간 넘게 밖에서 기다린 후에야 '극장에 문제가 생겨서 나갈 수 없다'는 메시지 하나를 받았을 뿐이었다. 이미 계획에서 한참을 벗어난 시간이었다. 더 지체할수록 어떤 돌발 상황이 발생할지 몰랐다.

어쩔 수 없이 우리는 극장으로 향했다. 조심스럽게 문을 열고 발걸음을 옮겼다. 휴일답게 로비는 적막했다. 연습실에 가 보았지만 사람은 없었다. 간이침대가 있는 휴게실도, 조명실도 마찬가지였다. 마지막으로 공연장에 들어갔다.

실내 조명을 켜 보니 안은 텅 비어 있었다. 우리는 이정군이 어디 숨어 있지 않을까 살피며 조금씩 관객석을 지나 안쪽으로 걸어 들어갔다. 무대에는 어느새 고풍스러운 대저택이 설치되어 있었다. 혹시 무대 뒤편에 있는 대기실에 있는 것일까. 조심히 무대에 올라 무당언니보다 앞서서 걸어가는데 뒤에서 쿵, 하고 울리는 소리가 들렸다.

이정군이었다. 천장에서, 그것도 무당언니의 몸을 겨냥해서 떨어져 내린 것이었다. 무당언니는 가까스로 피했지만 중심을 잡지 못하고 바닥에 뒹굴었다. 그 순간을 놓치지 않고 이정군은 무당언니의 위에 올라타 목을 졸랐다.

그의 눈이 붉게 타올랐다. 얼굴에 핏줄이 올라오고 점차 검은 빛깔로 변했다. 악귀의 모습이 나타나고 있었다. 무당언니는 더욱 힘이 강해지는 손아귀에서 벗어나기 위해 발버둥 쳤다.

악귀의 모습을 완전히 갖춘 순간, 이정군의 움직임이 멎었다. 무당언니는 그 틈을 놓치지 않고 이정군의 배를 발로 차 벗어날 수 있었다. 무당언니가 떨어져 숨을 몰아쉬는 사이, 이정군은 비명을 지르며 사지를 뒤틀었다. 마치 불판 위에 놓인 오징어처럼.

"아파, 너무 아파!"

어젯밤, 주희의 집을 찾아갔었다. 주희가 그토록 원하던 부적을 건네주기 위해서였다. 가까이할수록 효과가 커지니 이정군의 옷이나 지갑 등에 최대한 많이 넣어 두라는 말과 함께, 애정 부적으로 속인 악귀 퇴치 부적을 건넸다. 주희는 부적을 이정군의 팬티에 꿰매 넣고도 남을 애였으니 효과를 톡톡히 볼 수 있을 터였다.

이정군이 힘을 쓰지 못하는 틈을 타 무당언니가 퇴마 의식을 시작했다. 능숙한 폼으로 이정군을 깔고 앉고는 그의 입안 깊숙이 부적을 욱여넣었다. 그러고는 입을 열지 못하게 턱을 누르자 고통에 찬 신음이 극장 안에 퍼졌다. 얼마 남지 않았다. 나는 멀찍이 서서 퇴마가 끝나기를 기다렸다. 그때 극장 문이 벌컥 열리고, 누군가 맹렬한 속도로 달려왔다. 주희였다.

"뭐 하는 짓이야!"

주희는 달리던 힘을 그대로 실어 무당언니에게 몸을 던졌다. 미처 대비할 수 없었던 박치기에 무당언니는 옆으로 쓰러지고 말았다.

"괜찮아? 세상에, 얼굴이 이게 뭐야."

"너, 어떻게 여기를……."

내 말은 아랑곳 않고 주희는 애절한 표정으로 이정군을 품에 끌어안고 얼굴을 쓰다듬었다. 이정군에게 주희가 따라오지 못하게 하라고 신신당부를 했거늘. 두 번씩이나 귀신같이 남자친구가 있는 곳을 찾아오다니 믿을 수 없었다.

"정군이가 가는 데를 내가 모를 리가 없잖아."

그제야 깨달았다. 위치 추적과 도청 앱, 그건 주희가 깔아 둔 것이었구나. 고등학교 동창은 내가 알던 것 이상으로 정상이 아니었다.

"쟤 쫓아내!"

무당언니의 외침에 정신이 번쩍 든 나는 주희의 팔을 움켜잡고 이정군에게서 떨어트리려 했다. 그러나 주희는 옴짝달싹하지 않은 채 이정군에게 붙어, 그의 옷에 넣어 둔 부적들을 꺼내 갈기갈기 찢어 버리고 있었다.

"정군아, 미안해. 네가 이렇게 아파할 줄 몰랐어."

주희가 마지막 부적 한 장까지 없애자 이정군의 발작이 잦아들었다. 그사이 몸을 일으킨 무당언니는 주희를 붙잡고는 드잡이를 하며 밖으로 잡아끌었다. 두 사람이 관객석에서 얽히고설키는 동안, 그새 기력을 회복한 이정군이 똑바로 서서 나를 쳐다보았다. 뚫어지게. 붉게 빛나는 눈동자와 시선이 딱 마주치자 머릿속에 사이렌이 울렸다. 눈치를 보며 내가 슬슬 몸을 움직이려 한 순간, 이정군이 나를 향해 달려들었다.

도망쳐야 했다. 최대한 멀리 피하고자 무대 뒤편 단상으로 이어지는 한쪽 계단을 뛰어 올라 저택의 2층에 섰다. 이정군이 들개처럼 빠른 속도로 따라오고 있었다. 나는 반대편 계단으로 후다닥 달려 내려갔는데 곧장 이정군이 따라붙기에 다시 무대를 돌아 처음의 계단으로 올라갔다. 그리고 다시 내려갔다.

술래잡기를 하는 것도 아니고 단상을 사이에 둔 채 한참을 뺑뺑 돌았다. 무당언니는 대체 뭘 하는 거지? 달리면서 공연장 안을 휘 둘러보니 무당언니는 한창 주희를 문 밖으로 내쫓는 중이었다. 숨이 터질 것처럼 차올랐다. 이정군과의 격차가 점점 좁혀지고 있었다. 이대로는 안 된다.

이정군이 뒤따라 단상에 올라왔을 때, 나는 온 힘을 다해 옆 창문의 붉은 커튼을 거세게 잡아당겼다. 우두둑하는 소리와 함께 뜯어진 커튼이 뒤덮자, 갑자기 시야가 가려진 이정군은 휘청이다 난간에 걸려 밑으로 떨어지고 말았다. 이때다! 나는 1층으로 달려가 바닥을 덮고 있던 카펫과 그의 몸을 감싸고 있던 커튼을 밖으로 빼 버렸다.

그러자 이정군의 몸이 번개를 맞은 듯 뻣뻣하게 굳었다. 무대 바닥에서 크고 붉은 한자가 선명하게 일어났다. 얼마 지나지 않아 이정군의 날선 비명이 극장에 울려 퍼졌다. 내가 페인트칠을 할 때 이정군 욕을 썼던 자리였다. 퇴마하고 싶다는 마음이 가득 차올라서 평소 부적을 쓰느라 손에 익은 몇 획을 거듭 함께 끄적거렸더랬다. 이렇게 쓰이게 될 줄은 몰랐지만.

주희를 쫓아내고 문을 걸어 잠근 무당언니가 달려와서 마저 퇴마를 했다. 1분도 채 지나지 않아 이정군의 입에서 구슬이 튀어나오며 정신을 잃은 몸이 축 늘어졌다.

비로소 끝났다. 그때 무대 뒤쪽에서 주희가 뛰어 들어왔다. 공연장 안을 돌아 분장실을 통해 들어온 모양이다. 주희는 이정군의 상반신을 일으켜 품에 안았다.

"죽었어……?"

"기절한 거야."

무당언니의 답을 들은 척도 하지 않은 채, 주희는 이정군의 이름을 부르짖으며 울음을 터뜨렸다. 누가 보면 사람이 죽었다고 믿을 정도로 애처롭게.

우리는 구슬과 바닥에 널브러진 짐을 챙겨 밖으로 나갔다. 문을 닫고 나갈 때까지 주희의 울음소리는 구슬프게 울려 퍼졌다. 지친 걸음을 옮기며 나는 주희가 진짜 사랑한 것이 이정군인지 악귀인지, 나로서는 알 수 없는 답을 고민해 보았다.

어느 동생의 관찰기

나에겐 언니가 하나 있다. 나보다 일곱 살이 많으며 시각 디자인과를 나와 현재 디자이너로 근무하고 있는 김하용이란 사람. 적지 않은 나이 차이지만 내가 볼 때 정신 연령 차이는 크지 않기도 하고, 어렸을 때부터 나를 살뜰히 챙겨 줬기에 나름 친밀한 관계를 유지 중이다.

그만큼 자주 대화를 하기도 하고 시시콜콜한 것까지 털어놓는 사이인데, 요즘은 수상한 점이 생겼다.

거의 1년 전 늦은 밤, 언니는 상당히 지친 기색으로 집에 돌아오더니 바로 소파에 엎드린 채로 뻗어 버렸다. 회식이 있었나 싶었지만 술냄새는 전혀 나지 않았을뿐더러, 편한 트레이닝복을 입었고 바지 군데군데에 흙먼지가 묻어 있었다. 혹시 운동을 다녀왔나 싶은 생각이 스치기도 했지만 언니는 절대 그런 건강한 행위를 즐기는 사람이 아니었다.

혼자 추측해 보던 중, 언니가 스르륵 고개를 돌리더니 나지막이 말했다.

"하정아, 언니 회사 옮긴다."

이렇게 갑자기? 놀라 말문이 턱 막혔다.

물론 성인이니 그냥 혼자 결정을 했을 수도 있다. 하지만 이전 회사를 옮길 때, 언니는 거의 반년을 엄마와 나에게 힘들어 못 하겠느니 그만두느니 징징대고 고민 상담을 하다 겨우 실행했더랬다.

그런데 이번에는 벌써 결정을 하고 옮기기까지 했다고? 미리 말을 듣지 못해 서운하기도 하고, 갑작스런 결정이 궁금해지기도 한 나는 어떤 회사로 옮기는지 언니에게 이리저리 캐물었다. 하지만 언니는 얼버무리며 쉽게 대답해 주지 않았다. 그저 복잡하고 오묘한 표정을 지으며 중얼거렸다.

"괜찮을 거야, 아마도……."

그 말이 왠지 나에게 하는 것이라기보다는 마치 자기 자신을 세뇌하기 위한 것으로 느껴져, 나는 더 이상 물어보지 못하고 단념할 수밖에 없었다.

그 뒤로 수상한 일은 더욱 늘어났다. 어느 날은 일터에서 쓰다 남았다며 가쓰오부시와 가문어, 타코야키 반죽 파우더 등을 대용량으로 가져오더니 몇 날 며칠을 타코야키만 만들어 먹었다. 옆에서 얻어먹으니 맛있긴 했지만, 대체 무슨 일을 하길래 이런 재료가 그것도 이렇게 많이 남는지 도무지 이해가 되지 않았다.

또 몇 달 전에는 언니가 방에서 도통 나오질 않아 문을 살짝 열고 훔쳐본 적이 있다. 그러자 어두운 방 안에 부적과 양초, 작은 인형 같은 것들이 잔뜩 깔려 있고, 언니는 방 한가운데에 앉아 욕설을 중얼거리며 매우 기계적인 손놀림으로 그것들을 철제 상자에 담고 있는 것이 아닌가. 나는 훔쳐보고 있다는 사실도 잊은 채 "대체 무슨 짓을 하는 거야?"라고 소리쳤지만 언니는 지친 표정으로 일의 연장선상이라며 나를 방에서 내쫓을 뿐이었다.

여기서 끝이 아니었다. 이전 회사를 다닐 때는 직장 상사를 욕하며 정신적인 고통을 호소한 적이 많았지만, 옮기고 나서는 녹초가 되어 집에 돌아오거나 몸이 아프다며 육체적인 괴로움을 표현하며 내게 안마를 강요하는 일이 늘어났다. 계속 무시하다 며칠 전에는 하도 귀찮게 해 어쩔 수 없이 등을 주물러 주는데, "이러려고 디자인과 나왔나……."라고 중얼거리는 말을 듣기도 했다.

대체 뭘 하고 다니는 것일까.

나에게는 못되게 굴 때가 많지만, 언니는 기본적으로 남들에게 싫은 소리를 잘 못하며 쉽게 휩쓸리는 편이었다. 여행지에서 이상한 물건을 강매당하는 것을 보면 순진한 구석도 있고, 남들은 별로 신경 쓰지도 않을 만한 말을 잘못 말했다며 몇 날 며칠 후회할 정도로 소심하기도 하다.

그렇기에 혹여 언니가 나쁜 고용주에게 붙잡혀 노예처럼 부려먹히고 있거나 다단계 기업에서 불법적인 노동을 하고 있는 것은 아닌지 걱정이 되었다. 혹은 사이비 종교에 넘어가 우리에게 숨긴 채 노동력을 바치고 있을 수도 있지.

상상을 할수록 의심은 점차 커져 걷잡을 수 없어졌다. 이게 다 의뭉스러운 언니의 태도 때문이다. 요즘도 그놈의 일 때문에 바쁘다며 늦게 와서 대화를 해 볼 시간조차 많지 않았기에 의심이 사그라들 기미가 없었다. 며칠 뒤면 연휴가 다가오니 그때 틈을 보고 파고들어 봐야지. 그래서 꼭 알아내고야 말 것이다. 언니가 대체 무슨 일을 하고 있는지를.

크리스마스이브 이직 성공부

그런 순간이 있다. 이제껏 잘해 오던 업무가 부질없이 느껴지고, 안정감을 주는 반복적인 일상이 목을 조이는 압박감으로 변모하는 순간. 닭장같이 비좁은 현재에서 머리를 빼내어 아득히 뻗어 있는 미래를 바라보게 되는 순간 말이다. 그 시점이 내겐, 지금일지도 몰랐다.

평소와 같았다. 새 동영상에 사용할 섬네일을 제작하는 중이었다. 열변을 토하는 무당언니의 얼굴 옆에 프리소스로 다운받은 유령 이미지를 붙여 넣고, #FFFF00색으로 '내 주변에도 악귀가 있을 수 있다고?'라는 타이포를 새겼다. 보기만 해도 눈이 쨍해지는 샛노랑 말이다.

매주 반복하는 익숙한 일이다. 댓글창 관리나 SNS 글 작성 같은 업무에 비해서는 한결 중요도가 높은 데다 '디자이너'스러웠기에 오히려 좋아하는 일거리에 가까웠다. 하지만 오늘따라 집중하기가 어려웠다. 손은 움직이지 않았고 머리는 자꾸만 저녁 식사로 먹을 메뉴를 떠올렸다. 하고 싶은 마음이 들지 않았다. 하기 싫었다. 이 일을 내가 해야 하는 이유를 조목조목 따지게 되었다. 지금까지 잘해 왔으면서, 대체 왜.

사실 이유는 이미 알고 있었다. 한 가지는, '커리어'라는 무시무시한 원인 때문에. 나는 UX/UI 디자이너'였'다. 그것도 5년이라는, 무시할 수 없는 경력을 가진. 그러나 지금 하는 일은 UX/UI와 일절 접점을 찾을 수 없었다. 유튜브 관리는 마케팅이나 브랜딩 디자인에 가까웠고, 부적은⋯⋯ 뭘까? 종교 및 무속 디자인? 디자인은 어디에나 있으니 그런 분야가 없다고 할 수는 없겠지만, 중요한 건 나는 그 분야의 전문가를 꿈꾼 적이 단 한 번도 없었다는 점이다.

다른 원인도 있다. 지금 만들고 있는 섬네일에도 나오는, '악귀'라는 존재. 무당언니가 박멸해야 한다고 늘 피력하는 그것. 종종 어딘가에서 악귀가 있다는 신고가 들어왔고, 그럴 때마다 무당언니는 나를 보조로 데리고 다니며 퇴마를 했다.

새삼 생각해 보건대, 디자이너가 왜 퇴마 같은 일을 해야 한단 말인가? 나는 분명 평범한 직장인이었는데 언제부터 부적을 쓰고 악귀를 잡고 있는 것일까? 며칠 전, 이 의문을 무당언니에게 조심스레 털어놓아 보았다. 그러자 무당언니는 한마디로 일축했다.

"들어올 때 계약서에 썼잖아."

집에 가자마자 구석에 처박힌 근로계약서를 겨우 찾아 찬찬히 읽어 보았다. 그러다 뒷장에서 다음과 같은 내용을 발견할 수 있었다.

1) "을"은 "갑"의 사업과 관련하여 "갑"이 지정하는 업무를 수행하여야 한다.
2) "을"의 업무는 "갑"의 사업체와 관련한 디자인 및 유튜브 관리 전반, 퇴마 일체와 기타 업무를 포함한다.

안주 일체는 들어 봤어도 퇴마 일체라……. 익숙하지 않은 단어에 당황했지만 인정해야 했다. 계약서에 써 있는 것은 사실이었고 내용을 제대로 확인하지 않은 것은 내 탓이며, 나는 앞으로 군소리 없이 무당언니의 뒤를 따라다녀야만 한다는 사실을.

하지만 악귀는, 그리고 악귀를 잡는 일은…… 무섭다. 직접적으로 싸우는 행위는 무당언니가 전담하지만 나도 그 옆에서 위험을 감수해야 할 때가 없지 않았다. 무당언니는 힘도 세고 격투 능력도 뛰어나지만 나는 일반적인 사무직

노동자일 뿐이다. 운동은 출퇴근길 걷기와 숨쉬기가 전부. 근육은 찾아볼 수 없고, 임박한 지하철을 타기 위해 몇 분만 뛰어도 한참을 헉헉대는 저질 체력의 소유자이다. 언제 악귀에게 얻어맞거나 물어뜯길지 모른다. 지금까지는 악귀를 잡으면 던져 주는 보너스 때문에 버텼지만, 역시 목숨은 소중히 여겨야 하지 않을까.

생각이 많아졌다. 머리가 과열되어서 휴식을 취하려 휴대폰을 들었다. 구직 플랫폼에 새 메일이 도착했다는 알림이 와 있었다. '설마' 하는 기대감이 부풀어 올랐다. 메일을 눌렀다.

Rebecca: 안녕하세요, 레비컴퍼니 대표 레베카라고 합니다. 김하용 님의 이력을 보고 저희 회사에 꼭 맞는 인재라는 생각이 들어 연락 드리게 되었습니다. 저희 회사의 디자이너로 일할 생각 없으신가요?

날 흔들 수 있는 최적의 타이밍이 있다면, 바로 지금일 것이다.

* * *

레베카와 메시지를 주고 받은 후 알아낸 내용은 다음과

같았다. 레비컴퍼니는 고객의 심부름을 처리해 주는 신생 스타트업 회사이며 현재 직원은 대표 한 명뿐이었고 뽑으려는 인력도 디자이너인 내가 유일하다. 무당언니와 일하는 현재 상황과 큰 차이가 없을뿐더러 심지어 출퇴근 시간은 30분이나 더 소요해야 했다. 옮길 이유가 없었다. 거절하는 문구를 구구절절 적던 중, 새로운 메시지가 도착했다.

Rebecca: 참고로 저희는 상시 재택근무를 시행하고 있기 때문에 사무실로 출근하지 않으셔도 됩니다.

재택근무. 고통스럽게 출퇴근길 대중교통을 이용하지 않아도, 싫은 사람과 얼굴을 맞대며 일하지 않아도 돈을 벌수 있는 신개념 근무 방식. 사람들과 부대끼는 것을 좋아하지 않는 나이기에 오래도록 염원하고 있었지만 그간 다녔던 어떤 회사에서도 시켜 주지 않았기에 손가락만 빨았다. 그런데 상시 재택근무라니. 이제는 집에서도, 제주도에서도, 발리의 바닷가에서도 일할 수 있다.

Rebecca: 참, 가장 중요한 걸 말씀 안 드렸네요. 연봉은 이 정도로 생각하고 있습니다.

메시지가 하나 더 도착했다. 네모 칸에 담긴 숫자 네 개.

그 숫자를 보자마자 심장박동이 빨라졌다. 현재 무당언니 밑에서 받는 것보다 훨씬 많은 금액이었다. 앞자리 수를 잘 못 작성한 것이 아닌지 의문이 생길 정도로.

충격에 내가 한동안 답장을 보내지 않자, 레베카는 거절 당했다고 생각했는지 메시지를 연속해서 보내기 시작했다.

Rebecca: 실례되는 말일 수 있지만, 지금 다니시는 회사가 하용 씨의 재능을 최대한으로 펼칠 수 있는 곳이라 생각하지 않습니다.
Rebecca: 저는 하용 씨의 장점을 제대로 살릴 자신이 있어요.
Rebecca: 하용 씨를 제대로 알아주지 않는, 불안정하고 위험천만한 곳에서 그만 빠져나오세요.

무당언니 채널에서 일한 경력은 추가하지 않았기에 이전 회사 커리어를 보고 한 말일 테지만, 내용이며 시기가 몹시 절묘했다. 덕분에 거센 바람을 맞는 듯 흔들리던 마음이 이 제는 태풍에라도 맞닥뜨린 것처럼 들썩였다. 일단 생각해 보겠다는 답장을 보내고는 일을 하기 위해 포토샵을 켰다. 하지만 마음이 들떠 전혀 집중을 할 수가 없었다. 텅 빈 화 면. 어떻게 해야 할까.

"무슨 생각 하길래 불러도 답이 없어?"

돌연 무당언니가 눈앞에 나타나자 나는 식겁해 몸을 들 썩였다. 나쁜 짓을 하다 들킨 아이처럼 얼굴에 열이 오르고 몸이 굳어서 무당언니를 쳐다볼 수도 없었다.

"왜, 왜 불렀는데요……."

"내일은 출근 안 해도 돼. 나도 볼일 있어서 안 올 거야."

놀란 마음을 가라앉히기도 잠시, 이어지는 말은 너무나도 달콤한 것이었다. 빠르게 달력을 훑어보았다. 내일은 무려 12월 24일 금요일, 크리스마스이브였다. 단연코 입사 후 무당언니에게 들은 말 중 최고였다. 나는 속으로 환호성을 지르고는 가증스럽게 웃으며 잘 다녀오라고 인사를 했다. 하루 종일 질질 끌던 섬네일 작업도 30분 만에 끝냈다. 그래야 내일 마음 편히 쉴 수 있으니까. 집에서 행복하게 보내는 크리스마스이브를 누리기 위하여.

* * *

느지막이 기상했다. 한참을 방에서 뒤척이다 화장실에 가기 위해 방을 나섰더니, 동생 하정이가 믿지 못하겠다는 표정으로 나를 보고 있었다.

"회사 안 갔어?"

"쉬었어. 학교는?"

"갔다 왔지."

화장실에 다녀온 후 하정이가 앉아 있는 소파 옆에 누웠다. TV에서는 처음 보는 드라마가 방영되고 있었지만, 동생도 나도 TV에는 눈길을 주지 않은 채 각자 휴대폰을 만지작거렸다.

"언니, 오늘 저녁에 뭐 해?"

"아무것도 안 할 건데."

"그럼 나랑 놀러 가자."

귀찮아서 곧바로 싫다고 말했지만 하정이는 포기하지 않았다.

"집에만 있기 싫단 말이야."

"친구랑 가, 친구랑."

"나 친구 없어."

급기야 내 다리를 붙잡고 늘어져 생떼를 부렸다. 몇 번 발로 밀어냈음에도 끈질기게 달라붙기에 결국 같이 가겠다고 약속하고 말았다. 친구가 없다며 애원하는 모습이 불쌍하기도 했고, 무엇보다 회사를 가지 않아 체력이 남았기 때문이다. 무당언니 덕분인 줄 알아라. 신나 있는 하정이의 뒷모습을 보며 나는 그렇게 중얼거렸다.

* * *

예상대로 거리에는 사람이 많았다. 크리스마스이브이니

당연한 일이었다. 하지만 생각보다 나쁘지 않았다. 오랜만에 찾은 번화가는 활기로 가득 차 있었다. 울려 퍼지는 캐럴은 마음을 들뜨게 했고, 거리 장식은 산뜻했다. 우리는 트리 앞에서 사진을 찍고, 버스킹을 감상하고, 프리마켓을 열심히 구경하기도 했다. 오기 귀찮다고 한 것이 무색하게 열심히 크리스마스이브를 즐기고 있었다. 그렇게 몇 시간을 보내다 슬슬 다리가 뻐근해질 즈음이었다.

"하정아, 언니 이제 힘들다."

"그럼 술집 가자. 나 분위기 좋은 데 찾아놨어."

내 말은 집에 가자는 소리였지만 하정이는 모르는 척 가게를 찾았다. 잠자코 따라갔더니 고즈넉한 분위기의 작은 이자카야에 도착했다. 말마따나 분위기는 정말 좋았다. 만석이란 것이 문제였지만. 이런 날 규모가 작은 술집이라면 당연한 수순이었다. 당황한 하정이는 가까운 다른 장소를 찾았다. 역시 자리가 없었다. 다음도, 그다음도.

한기가 몸을 파고들어 떠나질 않았다. 밖에서 너무 많은 시간을 보낸 탓이다. 발은 이미 차갑게 얼어 걸을 때마다 고통을 호소했다. 집에 가자는 말을 꺼내고 싶었지만 동생이 너무 기대를 하고 있는 통에 쉽지 않았다. 그놈의 분위기 좋은 술집. 나도 휴대폰을 꺼내 갈 만한 데를 찾아보았지만 골라서 방문하는 족족 만석이었다.

"너는 저쪽 술집 가 봐, 나는 이쪽으로 갈게."

결국 하정이와 떨어져서 각자 가게를 찾아본 뒤 빈자리가 있을 경우 전화를 하기로 했다. 내가 들른 곳은 민속주점이었다. 꽤나 넓은 규모였기에 이곳에서는 자리를 하나 정도 찾을 수 있을 것이라는 생각이 들었다. 그러나 아무리 실내를 뺑뺑 돌아봐도 자리를 가득 채운 젊은이들의 고성만 들릴 뿐이었고, 나의 기대는 처참하게 무너지고 말았다. 이렇게까지 살아야 하나? 심히 높은 인구밀도가 너무나도 지긋지긋해 진절머리를 치며 밖으로 나왔다. 하정이 쪽 상황을 알기 위해 전화를 해 보았다. 연결이 되지 않았다. 어쩔 수 없이 동생이 향했던 칵테일 바를 가 보았지만 안에 없었다.

그래서 거리를 망연히 헤매고 있는데 문득 아는 목소리가 들려왔다. 소리가 들린 방향으로 몸을 돌리니 멀리서 하정이의 모습이 보였다. 그런데 그 옆에 정체불명의 두 사람이 얼쩡대고 있었다.

다가가 보니 하나는 산타였다. 떡이 져 있는 회색 수염을 두르고 싸구려 부직포 재질의 의상을 입은, 아마도 20대 초반의 남성으로 추정되는 산타 말이다. 그 옆에는 오래된 나머지 색소가 빠져 흐리멍텅한 눈에 뿔 한쪽이 너덜너덜한 인형옷의 루돌프가 있었다.

하정이를 쳐다보며 내가 물었다.

"너 여기서 뭐 해?"

"이 사람들이 선물 준다고 해서……."

"선물?"

"자매님이 계셨구나. 자매님도 선물 드릴게요."

산타가 가지고 있던 빨간 선물 주머니에서 포장된 상자 하나를 꺼내더니 내게 내밀었다. 받지 않으려 손을 움츠렸으나 막무가내로 들이미는 통에 상자는 위태로운 젠가처럼 팔에 얹힌 상태가 되고 말았다.

"내일이 무슨 날인지 아세요?"

"크리스마스……?"

떨어지려는 상자를 잡으려 고개를 숙인 틈에 산타는 하정이에게 질문을 던졌다.

"정답! 그럼 크리스마스가 무슨 날일까요?"

"예수님 생일……?"

두 사람을 무시하고 동생을 데리고 가려 했으나 하정이는 산타의 물음에 쓸데없이 대답을 하고 앉아 있었다.

"정확해요, 예수님이 탄생하신 날이죠. 하지만 예수님은 어떻게 되셨죠? 저희를 위해 십자가에 못 박혀 희생하시고 말았습니다. 하지만 그 사실 아십니까? 한국에 재림예수가 탄생하셨다는……."

맞은편에 교회 하나가 보였다. 이 근방에 거대한 규모의 사이비 교회가 있다고 들었는데 어쩌다 거기까지 도달한 모양이었다. 나는 한숨을 푹 내쉬고는 하정이의 한쪽 팔을 끌고 이곳을 벗어나려 했다. 하지만 이들은 쉬이 하정이를 놓아줄 기색이 없어 보였다.

"요즘 안 풀리는 일 있으시죠? 학업이 잘 안 되고 인간관계에 문제가 있고…….."

"하정아, 가자!"

그러나 두 사람은 나를 몸으로 밀어내고 등진 채 동생에게 얼굴을 들이밀고 공격적으로 말했다.

"그게 다 조상님이 노한 탓입니다. 제사 한 번이면 모든 잘못이 날아가요."

"제사를 안 하면 세상의 종말이 다가와요. 라그나로크!"

루돌프까지 가담해 꼬드기는 꼴에 나는 화가 머리끝까지 나서 두 사람을 뿌리치려 했지만, 그들은 몸을 딱 붙이고 움직이지 않았다.

"나오라고, 이 자식들아!"

분노가 폭발해 아까 억지로 떠맡은 선물을 땅에 던져 버리고 메고 있던 가방을 풀어 끈을 한 손으로 쥐고 빙빙 돌렸다. 가방은 부웅 하는 육중한 소리를 내며 산타의 머리에 닿을락 말락 스쳤다. 두 사이비 교도는 몸을 움츠리며 떨어져 나갔고, 나는 그 틈을 타 하정이를 데리고 냅다 도망쳤다.

"또 봐요, 자매님!"

멀리서 산타의 목소리가 들려왔다. 욕을 내뱉고 싶은 충동을 겨우 참으며 뒤돌아 보지도 않고 빠르게 걸어갔다.

"너 그거 버려."

교회와 두 교도가 보이지 않을 거리까지 와서야 내가 말했다. 하정이는 산타에게 받은 선물 상자를 가리키며 대꾸했다.

"그래도 비싸 보이는 초콜릿인데……."

어느새 포장을 뜯고 선물의 정체까지 확인한 모양이었다. 나는 그 인간들을 어떻게 믿느냐며 버리라고 여러 번 말했지만, 초콜릿을 좋아하는 하정이는 내 말을 듣지 않고 자기 가방에 넣어 버렸다.

네 맘대로 해라. 더 이상 신경 쓸 힘도 없어 말없이 걷기만 했다. 이상한 사람들과 대치한 5분 동안 5년은 늙은 기분이었다. 이래서 밖에 나오기 싫었는데. 집에 가고 싶다는 생각만 머릿속을 가득 메우고 있을 때였다.

"언니, 마지막으로 저기 한번만 가 보자."

하정이가 눈치를 보며 앞에 있는 건물을 가리켰다. 3층에 붙어 있는 작은 간판에 '와인 바'라고 적혀 있었다. 정말 마지막이다. 속아 주는 기분으로 계단을 올라가 문을 열었다. 기대하지 않았는데, 크리스마스에 고통 받은 가련한 자매를

위한 신의 선물이었을까. 기적적으로 바 자리 두 개를 발견
할 수 있었다.

행여라도 뺏길까 종종걸음으로 다가가 자리를 잡았다. 내
가 앉은 쪽 옆 좌석은 사람이 잠시 자리를 비운 듯했다. 옆
자리와 딱 붙어 있어 협소할뿐더러 의자도 높고 불편했지만
이래저래 따질 처지가 아니었다. 적당한 가격대의 와인 두
잔과 안주를 시키고 먹자 몸이 풀렸다. 드디어 우리의 자리
를 찾은 기분이었다.

"그런데 언니, 뭐 하나 물어봐도 돼?"

"뭐?"

"지금 어디서 일하는 거야?"

"갑자기?"

"그렇잖아. 회사는 옮겼다고 하는데 어디인지 말도 안 해
주고 가끔 보면 넝마가 되어서 돌아오고, 오늘은 출근하지
도 않았잖아. 이상한 일은 아니지?"

가장 피하고 싶은 주제였다. 가족들에게는 이직했다는 사
실만 알렸을 뿐 무슨 회사인지, 어떤 일을 하는지 구체적인
정보는 밝히지 않았다. 이전 직장보다 훨씬 규모가 작은 곳
이었기에 가족들이 염려할 것 같기도 했고, 또 어머니가 독
실한 기독교 신자라는 점도 마음에 걸리는 부분이었다. 내
가 무당 밑에서 일하게 되었다는 사실을 아시면 마주칠 때

마다 걱정을 가장한 잔소리를 쏟아 내실 것이 뻔했다. 때문에 관련된 이야기가 나올 때면 입을 다물고 어물쩍 화제를 넘겼는데, 오늘따라 동생이 집요했다. 결국 일부 사실을 털어놓았다.

"유튜버야. 동영상 편집이나 콘텐츠 디자인해."

"진짜? 나 유튜브 많이 보는데. 무슨 유튜버야?"

다시 입을 다물었다. 애인이랑 헤어지게 하는 부적 작성법이나 직장 상사가 악귀에 들렸을 때 퇴치하는 법을 올리는 사람이라고 말할 수는 없었다. 최대한 에둘러 표현할 용어를 떠올렸다.

"다소 영적인…… 이야기를 하시는 분이야. 신비스럽고, 현실을 초월하는……."

"설마 사이비야?"

"아니야."

"맞는 것 같은데? 혹시 아까 그 사람들처럼 사이비에 홀린 거야?"

"아니라니까."

하정이가 호들갑스럽게 '사이비'란 단어만 되풀이하며 나를 놀리기 시작했다. 말이 통하지 않아 한숨이 절로 나왔다.

"됐어, 곧 그만둘 거야."

"그만둔다고?"

충동적으로 나온 말이었다. 뒤늦게 뭐라 얼버무릴지 고민하는데, 내 옆에 사람이 앉는 기척이 느껴졌다. 겉옷을 두고 잠깐 자리를 비운 주인이 돌아온 모양이었다. 그와 동시에 들려오는 목소리.

"하용?"

돌아보고 싶지 않았다. 목소리를 들은 순간부터 누군지 직감할 수 있었으니까.

"여기서 다 만나네."

옆자리 사람은 무당언니였다.

"세상에, 여긴 웬일이에요. 일 있다면서요."

"일 끝나고 한잔하러 왔지."

열 군데를 거쳐 힘들게 찾은 술집에서 직장 상사를 마주칠 확률은 얼마나 될까. 모처럼 시간이 난 휴가 날, 잘 오지도 않는 번화가에서, 하필 옆자리에, 그것도 퇴사한다는 이야기를 하고 있을 때.

어디까지 들었을까. 그만둔다? 사이비? 무엇이든 안 좋았다. 곁눈질로 무당언니의 낯빛을 훑어보았다. 나빠 보이지는 않았지만, 원래 표정 변화가 크지 않은 사람이다. 들었어도 티가 나지 않을 것이 분명했다.

"누구셔?"

귀에 속삭이는 소리가 들렸다. 너무 놀란 나머지 동생의 존재를 잠시 잊고 있었다.

"얘는 제 동생 김하정이고요, 그리고 이분은 우리 사장님."

서로 인사를 나누는 두 사람을 보고 있으니 문제점 몇 가지를 깨달았다. 일단 내가 진짜 무슨 일을 하는지 하정이가 알아챌 수도 있다는 점이 위험했다. 사실 하정이는 상관이 없지만, 얘가 알게 되면 엄마의 귀에 들어가는 것은 시간문제일 텐데…… 나는 아직 그 상황을 감당할 자신이 없었다. 그런 한편으로 이렇게까지 가족에게 일터를 숨긴 사실을 무당언니가 알게 되는 것 또한 좋지 않았다. 본인이랑 하는 일이 부끄러워서 말하지 않았다고 생각할 것 아닌가. 일부 사실이긴 하지만, 당사자가 그것을 알게 하는 것은 생각만 해도 마음 불편한 일이었다. 그리고 마지막으로, 하정이가 쓸데없는 말을 내뱉지 않도록 주의해야 했다. 이를테면 사이비라든가, 퇴사라든가. 내 동생이지만 간혹 멍청한 언동을 하기에 경계할 필요가 있었다.

신경 쓸 일이 너무 많아 머리가 터질 것 같았다. 우선 두 사람이 대화를 못 하게 막는 것이 중요했다. 잠시 치열한 고민 끝에 내가 선택한 방법은.

"사장님, 우리 언니 회사에서 어때요?"

"잘하지."

"정확히 뭘 잘해요? 어떤……."

신나서 무당언니에게 질문을 퍼붓는 하정이의 말꼬리를 자르고 내가 외쳤다.

"건배하시죠!"

"사장님은 무슨 유튜브 하시는……."

"한잔합시다."

"언니가 회사를……."

"건배할까요?"

"사이비에 대해 어떻게 생각하세요?"

"여기 같은 거 한 잔 더 주세요."

"도를 믿으십니까?"

"다 같이, 치어스!"

대화할 틈을 주지 않고 시도 때도 없이 건배하기. 괜찮은 방법이었다. 주량이 세지 않은 하정이가 금세 고꾸라졌기 때문이다. 하지만 심각한 부작용이 있었으니, 페이스를 맞추려다 보니 나까지 술기운이 알딸딸하게 올라 버렸다는 것이다. 두 시간이 채 지나지 않은 시점에 우리는 결국 자리를 파할 수밖에 없었다.

"술값도 내주시고 제가 몸 둘 바가 없습니다…… 사장님 사랑해요!"

무슨 말을 지껄이고 있는지도 모른 채 무당언니에게 일단 인사를 하고 헤어졌다. 술을 깨기 위해 밤거리를 걸었다. 취기 때문인지 일순간 겪었던 긴장은 모두 휘발되고 들뜬 기분만 가득했다. 하정이와 어깨동무를 한 채 돌아다니며 차가운 공기를 느꼈다.

"언니, 저거 찍자."

하정이가 가리킨 곳에는 즉석사진 스튜디오가 있었고, 우리는 생각도 하지 않은 채 달려갔다. 안에 들어가니 벽에 다양한 머리띠와 모자, 의상 등이 즐비했다. 몇 가지를 써 보고 고민한 끝에 하정이는 귀를 감싸는 루돌프 모자와 빨간 망토를, 나는 상어가 머리를 물고 있는 형태의 모자를 착용했다. 평소와 다른 우스꽝스러운 모습에 서로를 비웃으며 사진을 찍어 댔다. 그렇게 한참을 즐기다 드디어 사진을 찍기 위해 부스에 들어갔을 때, 하정이의 안색이 변했다.

"잠깐만, 나 속이 너무 안 좋아."

그 말을 남기고 하정이는 스튜디오를 뛰쳐 나갔다. 밖으로 나가니 근처 공원에 있는 공중화장실을 향해 달려가는 동생의 뒷모습이 보였다. 안으로 따라 들어가자마자 화장실 칸에서 구역질 소리가 울려 퍼졌다. 여러 번 헛구역질을 반복했지만 위액과 침이 섞여 물에 떨어지는 소리만 들릴 뿐이었다.

"토가 안 나와."

"등 두들겨 줘?"

"아니, 괜찮은…… 욱."

다시 구역질이 시작되었다. 곁에 있으려 했지만 나까지 속이 메스꺼워진 통에 일단 공중화장실 밖으로 나갔다. 약을 사 와야 하나. 그치만 이 시간에 문을 연 약국이 있을 리 없었다.

"이제 살겠네."

휴대폰으로 가까운 응급실을 찾아보고 있는데 뒤에서 동생의 목소리가 들렸다. 돌아보니 하정이가 화장실 밖으로 나오며 손에 묻은 물기를 털고 있었다. 죽을 것처럼 욕지기를 반복하던 방금 모습과는 딴판으로 아픈 기색을 찾을 수 없었고, 심지어 눈에는 형형한 빛마저 감돌았다.

"괜찮아?"

"응. 그보다 언니, 나 배고파."

주위를 휘휘 돌아본 하정이는 분식을 파는 포장마차를 발견하자마자 그곳으로 달려갔다. 재빨리 뒤따라가 보니 동생은 이미 양손에 어묵꼬치를 들고 허겁지겁 먹고 있었다. 순식간에 어묵 다섯 개를 흡입하듯 삼키고서는 앞에 놓인 튀김까지 양손에 들고 집어 먹기 시작했다. 네 개, 다섯 개…… 폭주하듯 먹는 하정이를 지켜보던 나는 뭔가 심상치 않다는 생각이 들었다. 서둘러 분식값을 계산한 뒤에 하정이를 큰길로 끌고 나왔다.

"갑자기 왜 이렇게 폭식을 해?"

"몰라, 너무 배고프다."

"일단 술을 깨자. 편의점에서 뭐라도 사 올 테니까 여기서 기다리고 있어."

나는 바로 근처에 있는 편의점에 들어가 숙취 해소 음료 몇 개를 사서 봉투에 담아 나왔다. 그러나 있으라고 한 곳에 하정이는 없었고, 나는 답답한 마음에 이름을 부르며 찾아다녔다. 곧 길 건너편 과일을 파는 트럭 옆에 익숙한 실루엣이 보여서 달려갔다.

"야, 내가 기다리고 있으라고……."

하정이는 날 거들떠 보지도 않은 채 검은 비닐봉투에 고개를 처박고 있었다. 잘 살펴보니 무엇인가를 먹고 있었다. 다급하게 손을 움직여 음식을 입에 넣고 씹어 삼켰다. 걸신이 들린 것처럼 조급한 손길이었다.

내가 넋을 잃고 쳐다보고 있자 비로소 하정이가 눈치챘는지 고개를 들었다.

"미안, 너무 먹고 싶어서."

웃으며 입맛을 다시는 하정이의 입 주변은 붉은 즙이 가득 묻어 번들거렸고, 입을 열 때마다 소름 끼치도록 달콤한 향기가 훅 끼쳤다.

"안에 있는 거 뭐야?"

동생이 봉투를 휙 내밀었다. 안에는 딸기가 들어 있었다. 내가 아무 말도 하지 않고 멍하니 쳐다보자 하정이는 다시 딸기를 우적우적 집어 먹었다.

"김하정, 그만 먹어."

그러나 동생은 내 말이 전혀 들리지 않는 것 같았다. 며칠 굶은 사람처럼 손과 입에 과즙을 줄줄 흘리며 먹어 치우는 꼴이 마치 짐승이나 좀비의 행동처럼 느껴졌다.

"그만 먹으라고!"

보다 못해 내가 손목을 붙잡았을 때, 하정이가 컥컥대는 소리를 내며 헛기침을 하기 시작했다. 호흡이 곤란한지 가쁜 숨을 쉬며 목을 긁어 대었다.

"왜 이렇게 간지럽지……."

"당연하지, 알레르기 있으니까!"

그렇다. 하정이는 딸기 알레르기가 있었다. 어렸을 때 딸기를 먹고 크게 탈이 난 적이 있어 그 뒤로는 손에 댄 적도 없었다. 그런데 아무리 취했어도 본인이 알레르기가 있는 음식을 먹는 것이 가능한가? 그것도 저렇게 많은 양을?

곧 하정이는 죽을 사람처럼 목을 부여잡고 기침을 반복했다. 이미 손과 입 주변에는 발진이 올라오고 있었다. 지금이라도 데리고 응급실에 가야겠다. 지나가는 택시를 잡기 위해 내가 손을 뻗은 순간, 하정이가 평소와 완전히 톤이 다른 목소리로 말했다.

"아, 죽겠네."

그와 동시에 하정이의 얼굴이 변했다. 기포가 생기듯 얼굴 곳곳에 살이 부풀어 오르더니, 곧 검보랏빛으로 낯빛이 물들었다. 동시에 눈은 실핏줄이 가득 차 붉어진 채였다.

"김하정, 너……."

너무나도 잘 아는, 악귀의 모습이었다. 손이 떨렸다. 이런 장면은 꿈에서도 본 적이 없었다. 꿈이어도 최악의 악몽일 터인데 현실이라니. 하정이의 몸에 들어간 악귀는 나를 보며 웃고 있었다. 그리고 나에게, 달려온다.

순간적으로 몸을 옆으로 뺐다. 하정이는 속도를 주체하지 못하고 내 뒤에 있던 전봇대에 몸을 박아 고꾸라졌다. 달려야 한다. 도망쳐야 한다. 그 생각만이 머릿속을 채웠다.

* * *

골목을 빠져나와 인파 속에 몸을 숨겼다. 늦은 밤이었지만 거리가 사람들로 여전히 붐비고 있어 어렵지 않게 섞일 수 있었다. 크리스마스 행사도 진행 중인지 음악 소리와 환성으로 제법 시끄러웠다. 돌아보니 멀리 하정이의 머리통이 보였다. 두리번두리번거리는 꼴이, 나를 찾는 게 분명했다. 눈이 마주치기 전에 인파에서 빠져나와 건물 사이 좁은 골목에 몸을 숨긴 채 무당언니에게 전화를 걸었다. 길어지는 연결음에 초조함이 불어났다. "여보세요."라는 말이 들리자마자, 나는 속사포로 말을 쏟아 냈다.

"하정이가 악귀에 들렸어요. 빨리 와 주세요. 여기가 어디냐면……."

무당언니는 금방 갈 테니 동생의 행방을 잘 쫓고 있으라는 말을 남긴 채 전화를 끊었다. 어떻게 해야 할까. 인파에 묻힌 채로는 하정이의 위치를 파악하기 어려울 터였다. 어딘가에서 안전하게 지켜볼 수 있으면 좋을 텐데. 주위를 둘러 보니 크리스마스 행사가 진행 중인 작은 무대가 있었다. 거리 한쪽에 높이 솟아 있는 그 주변에는 온통 천막이 쳐져 있어 몸을 숨기고 추위를 피하기도 좋을 것 같았다. 달려가서 천막 뒤에 숨었다. 아까 편의점에서 구매한 숙취해소제를 까 마시면서 눈으로 하정이를 찾았다. 다행히 좀 떨어진 위치에 있는 루돌프 머리가 눈에 띄었다. 무당언니가 올 때까지 감시만이라도 잘하자. 눈이 빠질 듯 하정이를 쫓는데, 누군가가 내 어깨를 툭툭 쳤다.

"다음 순서예요. 빨리 나가세요."

"네?"

대답할 새도 없이 팔을 붙잡혀 무대로 떠밀려 올라갔다. 그렇게 나간 곳에는 환한 조명이 쏟아지고 있었고, 아래에는 몰려든 사람들이 눈을 빛내며 뭔가를 기대하듯 나를 올려다보고 있었다.

"이번 참가자분은 의상까지 갖춰 입었네요. 상어 가족인가요?"

마이크를 든 남자가 내게 말했다. 황급히 머리를 더듬었다. 여전히 즉석사진 스튜디오 소품인 상어 모자를 쓴 채였다. 어쩐지 머리만은 따뜻하더라니.

"무슨 노래 부르시죠?"

"저, 오해인 것 같은데 잘못 올라와서……."

"긴장하신 것 같은데 빨리 가 볼까요? 음악, 틀어 주세요."

남자의 신호와 함께 음향기기에서 음악 소리가 흘러나오기 시작했다. 이 상황에 노래라니? 빨리 하정이를 잡아야 하는데. 내 마음을 알 리가 없는 진행자는 계속 내게 마이크를 쥐어 주려 했다. 나는 손사래를 치고, 진행자는 노래를 부르라 하고, 관객들은 용기를 북돋아 주려는 듯이 환호성을 내지르고. 나와 진행자의 팽팽한 대치가 이어지는 가운데 발라드풍의 MR만 속절없이 흐르는데.

"아, 노래 안 부른다고 했잖아!"

입 근처로 남자가 들이댄 마이크 덕분에 내 목소리가 쩌

렁쩌렁하게 메아리치며 음악 소리도 뚝 끊겼다. 축제였던 분위기는 급속도로 냉각되어 정적만 흘렀고, 한편에서는 아기 울음소리만 뒤늦게 울렸다. 나는 한순간에 100여 명의 사람들의 흥을 산산조각 낸 후안무치한 인간이 되었지만 그 와중에 내 신경은 다른 곳을 향했다.

관중 뒤편에서 누군가 인파를 가르며 달려오고 있었다. 하정이였다. 내 목소리를 듣고 알아챈 모양이었다. 이래서 안 부른다고 했잖아!

내 마음을 알 리가 없는 하정이는 한순간에 무대 위로 뛰어오르더니 저벅저벅 내게 다가왔다. 나는 뒷걸음질을 치다 바닥에 있는 음향기기 선에 걸려 뒤로 넘어지고 말았다. 그 틈을 타 하정이가 달려들었다.

그 순간, 나답지 않은 순발력을 발휘해 옆으로 굴러 피했다. 그러고는 몸을 일으키자마자 무대 아래로 뛰어내렸다. 관중들이 나를 피해 반으로 갈라졌고, 나는 그 사이로 달려 나갔다. 하정이 역시 나를 따라왔다. 사람들의 웅성대는 소리, 그들을 진정시키려는 사회자의 시끄러운 멘트. 귀는 먹먹했고 머리는 어지러웠다. 하정이가 어디 있는지 보기 위해 뒤를 잠시 돌아보았던 찰나, 앞에서 미처 피하지 못한 사람과 정면으로 부딪혀 넘어지고 말았다. 그 상태로 웅크려 찡한 머리를 부여잡고 있는데, 앞으로 쑥 나타난 손이 내 멱

살을 잡아 바닥에 패대기쳤다. 하정이였다. 곧 다가선 하정이는 두 발로 내 몸을 가두며 위에 서더니, 몸을 숙이고는 목을 조르려는 듯 두 손을 뻗었다.

이대로 죽는구나, 악귀에 씐 동생의 손에. 체념하여 눈을 감았다. 그런데 잠시 아무 소리도 들리지 않더니 괴성과 함께 충돌음이 크게 울렸다. 눈을 떠 보니 옆에 대자로 쓰러진 하정이 위에 무당언니가 엎어져 있었다. 잠깐 실랑이를 하다가 무당언니의 얼굴을 확인한 하정이는 순식간에 몸을 빼내고 거리 인파 속으로 도망치고 말았다.

"우리도 가자."

무당언니가 내 팔을 잡고 몸을 일으켰다. 우리는 하정이가 달려 나간 방향으로 향했다.

"네 동생 보여?"

"아니요, 전혀."

한참을 찾았지만 오가는 많은 사람 중에 하정이는 없었다. 골목을 이리저리 돌아보고, 큰길에 나가 사람들의 얼굴을 샅샅이 살폈지만 마찬가지였다. 이미 지칠 대로 지친 상태에서 막막한 상황이 이어지자 더 이상은 한 발짝 걸음을 옮기기도 힘들었다. 나는 사람들이 지나다니는 것도 개의치 않고 길가 가게 앞의 계단에 털썩 주저앉았다. 그렇게 고개를 숙인 채 몸을 웅크리고 있자 어두운 생각만 머리에 스며 들어 퍼져 나갔다.

"이대로 사라지면 어떻게 해요? 영영 못 찾으면."

작은 목소리로 중얼거리자 무당언니가 가까이 다가왔다.

"그 상태로 사고라도 일으키면 어떡하죠? 누굴 죽이기라도 하면? 돌아다니다 차에 치이기라도 하면…… 내가 더 신경을 써야 했는데. 어떻게든 옆에서 잘 지켜봤어야 했는데……."

아직 남아 있는 술기운에 울컥 눈물이 솟아올랐다. 나는 쓰고 있던 모자를 벗어서 거기에 얼굴을 파묻었다.

"찾을 수 있어."

그 말과 함께 무당언니는 내 옆에 털썩 앉았다.

"사고 치기 전에 잡자. 지금 당장."

"……어떻게요?"

고개를 들어 무당언니의 얼굴을 보았다. 늘 그랬듯 흔들림이 보이지 않는 굳건한 표정이었다.

"동생 사진 찍은 거 있어? 지금 차림새로."

"있긴 한데요."

내가 사진을 전송하자 무당언니는 한참 자기 휴대폰을 붙잡고 뭔가를 타이핑했다. 어느새 눈물은 들어간 지 오래, 나는 영문도 모른 채 콧물을 훌쩍이며 기다릴 뿐이었다. 얼마 지나지 않아 무당언니가 휴대폰 화면을 보여 주었다.

〈크리스마스 기념 깜짝 이벤트〉

이 루돌프를 찾아 위치를 제보해 주세요!

찾으시는 분께는 무당언니가 엄청난 선물을 쏩니다.

무당언니의 공식 SNS 계정이었다. 얼굴이 보이지 않는 각도에서 모자와 망토가 나온 하정이의 사진이 같이 있었다.

"이걸 올리자고요?"

"사람을 쓰는 거지."

하정이를 드러내야 했기에 걱정이 앞섰지만 무당언니의 말이 맞을지도 모른다. 두 사람이 이 넓은 거리를 헤치고 다니는 것보다 수만 명의 무당언니 팔로워, 그리고 그들의 팔로워가 하정이를 찾는 편이 훨씬 효율적일 테니까.

내가 고개를 끄덕이자 무당언니는 게시 버튼을 눌렀다. 글은 빠른 속도로 퍼져 나갔다. 나는 타는 속을 가라앉히며 누군가에게서 올 제보를 기다렸다. 10분 정도가 흘렀을까, 메시지가 도착했다는 알림이 떴다. 길거리 노점에서 음식을 먹고 있는 동생의 뒷모습이었다. 우리는 메시지에 적힌 위치를 향해 달렸다.

멀지 않은 거리에 자리한 포장마차 밀집 구역이었다. 하정이는 그곳에 있었다. 허겁지겁 떡볶이를 입에 쑤셔 넣으면서 말이다. 남의 몸과 돈으로 저렇게 먹고 있단 말이지. 분노가 차올랐다. 나는 숨을 죽이며 한 걸음씩 다가갔다. 그런데 너무 오랜만에 뛴 탓이었을까. 미처 억누르지 못한 거친 숨이 흉한 소리를 내며 코에서 뿜어져 나오고 말았다. 평소에 운동 좀 할걸. 후회를 해 보았지만 이미 하정이가 뒤를 돌아본 후였다.

눈이 마주쳤다. 누가 먼저라 할 새도 없이 도망치고, 뒤를 쫓았다. 무당언니가 한 뼘을 사이에 두고 따라 붙었을 때였다. 하정이는 방향을 바꿔 파란 불이 1초 남은 횡단보도를 가로질렀다. 곧바로 신호가 바뀌어 차들이 경적을 울리며 달려들었지만 멈추지 않고 횡단보도를 넘어가 버렸다. 나는 위험천만한 행위에 화가 나서 동생의 뒤에 대고 소리를 질렀다.

"야! 안전하게 도망쳐!"

우리는 횡단보도를 사이에 두고 멀어지는 하정이의 뒷모습을 지켜보았다. 무력감이 내 온몸을 휩쓸었다.

"또 놓쳤어요……."

맥이 풀려 횡단보도 앞 말뚝에 기대듯 쭈그려 앉았다. 절망감이 가슴을 짓눌렀다. 하정이가 잘못되는 미래가 뇌리를 떠나질 않았다.

"계속 그렇게 있을 거야? 잡으러 가야지."

무당언니가 내 팔을 잡고 일으켰다. 정신을 차리고 보니 이미 청신호가 들어와 있었다. 나는 다시 다리를 움직였다.

비슷한 일이 몇 번 반복되었다. 위치를 제보받아 찾아가면 동생은 기가 막히게 우리의 기척을 눈치채고 도망쳤다. 거듭되는 실패에 우리는 슬슬 지쳐 갔다. 나는 이미 쥐어짠 걸레처럼 된 지 오래였고, 무당언니는 나보다 멀쩡하긴 했지만 역시 피로한 기색을 숨길 수는 없었다.

"그래도 방향은 보여."

무당언니가 말했다. 아니나 다를까, 도망친 위치에 따라 하정이의 도주 경로가 보였다. 역 근처 포장마차에서 공원 쪽으로, 그리고 다시 교회 방향으로 가고 있었다. 머지않아 사진 하나가 더 도착했다. 이제 정말 마지막이다. 그렇게 생각하며 다시 발을 움직였다.

* * *

제보를 받은 곳을 향하여 수색한 끝에 하정이를 찾았다. 노점에서 청포도 탕후루를 양손에 가득 든 채 먹고 있었다. 방금 전 옷을 갈아입은 나는 길거리 행인인 양 자연스러운 척을 하며 하정이에게 다가갔다.

무당언니 역시 천천히 걸어가 하정이 옆에 섰다. 하정이는 탕후루를 우물거리며 잠시 주변에 곁눈질을 했을 뿐, 도망치려는 기색도 보이지 않았다. 그 순간, 우리는 신호를 주고받았고 양쪽에서 하정이의 팔을 붙잡았다. 쥐고 있던 탕후루가 바닥에 떨어지고 하정이는 기겁한 표정으로 우리를 올려다보았다.

이번에는 하정이가 우리를 눈치채지 못한 이유가 있었다. 무당언니는 산타, 나는 루돌프가 된 상태였기 때문이다. 하정이가 우리를 민감하게 감지해 번번이 도망친 만큼 우리 모습을 숨겨야 한다는 생각이 들었다. 교회 방향으로 동생이 향하는 것을 깨닫고 가장 먼저 떠오른 것이 몇 시간 전에 마주쳤던 사이비 교도들이었다. 무당언니에게 아이디어를 얘기해서 우선 그들을 찾아가 의상을 빌렸다. 물론 의사를 제대로 확인하지 않고 옷을 벗기긴 했지만, 그들도 내 시간을 빼앗은 전적이 있으니 퉁쳐도 문제없을 것이다.

마침내 동생을 붙잡자 해결하는 건 순식간이었다. 무당언니는 하정이를 쓰러트리고는 부적을 입에 집어넣었다. 이리저리 흔들리던 동생의 몸은 금세 움직임을 멈추고 축 늘어졌다.

주변을 돌아보니 수상한 눈길로 쳐다보는 사람들이 많았다. 유동 인구가 많은 거리였다. 신고라도 당할까 봐 나는 두 사람을 가리고 앞에 섰다. 주의를 돌려야 한다는 생각이 들었다.

"산타가 도망친 루돌프를 잡았어요, 박수!"

아무도 박수를 치지 않았다. 행인들의 눈빛이 싸늘했다.

차가운 공기가 내 목을 졸라 질식할 것만 같았던 순간, 밑에서 박수 소리가 들렸다. 내려다보니 여자아이 하나가 쭈그리고 앉은 채 흥미로운 눈빛으로 박수를 치고 있었다.

"메리 크리스마스!"

기분이 좋아져 '메리 크리스마스'를 연달아 외치며 빙빙 돌았다. 여전히 호응은 없었지만, 사람들은 흥미를 잃은 듯 금세 제 갈 길을 가기 바빴다. 고단한 크리스마스이브의 밤이 끝나 가고 있었다.

* * *

알레르기가 신경 쓰여서 나는 기절한 동생을 데리고 응급실에 향했다. 무당언니가 도와주겠다며 따라왔다. 처음에는 거절했지만, 사실 속으로 안도의 한숨을 몰아 쉬었다. 내지금 체력으로는 절대 의식이 없는 하정이를 옮길 수 없었기에.

응급실 침대에 하정이를 눕히고 나서야 안도감이 몰려왔다. '드디어 끝났다'는 실감이 들었다. 영원히 깨지 않을 것처럼 이어지던 크리스마스의 악몽이.

"난 이제 갈게."

무당언니의 말에 나는 몸을 일으켰다. 반드시 전해야 할 말이 있었다.

"오늘은 진짜 감사했어요. 어떻게 표현해야 할지 모르겠지만, 정말로……"

"나도 알아. 크리스마스 잘 보내고, 다음 주에 보자."

평소에는 하지 않는 종류의 말을 내뱉으려 하니 내가 어색해 버벅거리는 사이, 무당언니는 그 말을 남기고 떠났다. 나는 멀어지는 뒷모습을 보며 생각했다. 저 사람과 조금만 더 같이 일해 보는 것이 좋겠다고.

명일, 크리스마스

아침, 휴대폰 알람이 시끄럽게 울렸다. 명일은 손을 뻗어 알람을 끄고는 다시 잠에 들지 짧은 시간 동안 고민했다. 지난밤 늦은 시간까지 악귀를 잡다가 돌아와서 아직 피로가 몸 곳곳에 남아 있었기 때문이었다. 그렇게 망설이기도 잠시, 마른세수를 하며 몸을 일으켰다.

간단히 씻고 운동복으로 갈아입은 뒤 근처 강변을 뛰기 시작했다. 10년이 넘은 세월 동안 반복해 온, 철저히 관성에 의한 행동이었다. 심장이 터질 정도로 뛰는 것도, 호흡이 가쁠 정도로 숨이 차오르는 것도, 그 순간을 버티고 나면 어지러운 쾌감이 찾아오는 것도 이제는 익숙했다. 그렇게 바삐 뛰는 한 시간이 지나자 속도를 줄였다. 곧 시리도록 차가운 바람이 불어와 이마에 흐르는 땀을 식혔다. 이런 한순간의 기분 때문에 아무리 힘들어도 계속 뛰게 되는 것 같다고, 명일은 그렇게 생각하면서 산책로를 벗어나 집으로 발걸음을 돌렸다.

길을 지나가다 카페 주인이 낑낑대며 밖에 트리를 내놓는 모습이 보였다. 꼬마전구에 불이 켜지는 광경을 보며 오늘이 크리스마스라는 사실을 새삼 깨달았다. 어제가 크리스마스이브였으므로 당연한 일인데 점점 날짜 감각이 없어진다. 그러고 보니 지난밤에는 인생 처음으로 산타 복장을 입기도 했지. 자연스럽게 생각은 전날 있었던 일로 흘러갔다.

칵테일 바에서 하용을 만났을 때는 놀랐다. 번화가에서도 꽤나 떨어진 작은 가게에서, 그것도 옆자리에서 만나다니. 명일은 술을 크게 즐기는 편은 아니었다. 하지만 때때로 좋은 일이 있거나 반대로 나쁜 일이 있을 때 한두 잔씩 마시고 싶다는 기분에 사로잡혔고, 어제도 마찬가지였다. 그래서 오랜만에 술집을 찾아 한 잔을 천천히 음미하고 있는데, 같은 시간 동안 하용이 예닐곱 잔을 끊임없이 들이켜는 것을 보고 내색은 하지 않았지만 당황했다. 평소에도 그렇고 어제 악귀를 잡을 때도 보아하니 체력이 썩 좋지 않던데 폭음까지 즐기다니……. 아무래도 하용에게 운동을 시키는 편이 좋을 것 같다.

다시 생각이 하용에게로 뻗었다. 사실 직원을 굳이 둘 필요는 없었다. 무당 업무니 유튜브니 바쁜 것은 사실이지만 원래 혼자서 해 왔던 일이고 정 시간이 부족하면 업무량을 조절하면 된다. 하지만 이유가 있었다. 명일을 강하게 이끌었던 단 한 가지 이유가.

명일은 처음 하용이 찾아왔던 때를 떠올렸다. 상사가 이전과 달라졌다는 글을 쓴 하용을 댓글로 꾀어내 점집으로 불렀던 그때, 원래는 대강 돈을 뜯은 뒤 혼자 퇴마를 하고 끝낼 작정이었다. 그런데 하용이 겪었던 일을 들어 보자 호기심이 일었다. 옆집 소음 때문에 부적을 쓰고, 악귀를 맨몸으로 만나 살아남았다는 일반인이라.

그래서 하용의 상사에게 들린 악귀를 잡을 때 일부러 몇 가지 미션을 시켜 보았다. 음식을 먹여 보게 하거나 나뭇가지로 때리는 것 등. 애초에 그것만으로 완전한 퇴마가 가능하지도 않았기에 그저 하용이 어떻게 행동할지 보고 싶다는 변덕스러운 마음으로 시킨 일이었다. 그리고 상사를 놀이터에 불러 악귀를 잡은 결전의 날, 명일은 확실히 깨달을 수 있었다.

이 사람은…… 재미있다는 것을.

평소에는 소심해 보이지만 한번 폭발하면 예측할 수 없을 정도로 기상천외한 행동을 하고, 난처한 일을 시키면 싫어하는 기색을 보이다가도 지나치게 몰입해 열심히 하기도 한다. 특히 악귀를 잡을 때 무서워서 미치려 하면서도 어떻게든 잡으려 발로 뛰는 모습이 구경하기에 퍽 흥미진진해 옆에 두면 지루하지는 않으리라는 확신이 들었다. 또 이전에 쓴 엉터리 부적이 효과를 냈던 것을 보면 신묘한 재능이 있는 것 같기도 하고. 이 모든 것들이 하용을 데려오게 한 이유였다.

어느덧 집에 가까워졌다. 여전히 이른 시간이었지만 거리에 사람들이 늘어난 모습이 눈에 띄었다. 엄마 손을 잡고 들뜬 마음을 숨기지 못한 채 종종걸음을 걷는 아이. 명일은 그쪽에 시선을 향한 채 어제 흘려들은 말을 회상하며 생각했다.

그러니까 하용이 그만둬서는 안 된다고.

운동 선수 소원 성취부

집 안을 훑었다. 대리석 바닥, 강이 보이는 창밖 풍경, 곳곳에 자리한 유명 디자이너의 가구. 누가 보아도 '부잣집'이라고 할 만한 풍경이었다.

"상태가 영 아니야."

무당언니에게 말을 하고 있는 이 중년 여성은 유명 패션 기업 '영제니스'의 대표이다. 영제니스는 수입 가방을 판매하는 작은 회사로 시작했으나, 2010년경 론칭한 자체 브랜드가 특유의 감성으로 10대에게 크게 히트를 친 후 공격적인 사업 확장을 거쳐 지금의 거대한 규모로 성장하게 되었다. 확장 과정에서 소기업의 패션 아이템을 미묘하게 베꼈다는 의혹을 여러 번 받긴 했지만, 요즘 가장 주목을 받는 패션 기업이고 이를 일궈 내는데 대표의 역할이 지대했음은 누구도 부인할 수 없는 사실이었다.

"병원에서는 문제없다 하는데 내가 보기엔 아니거든요. 잠도 잘 못 자고 안색도 안 좋고."

"운동을 한다고 했었죠?"

"그래요, 복싱."

그 옆에서 멍 때리고 있는 청소년은 영제니스 대표의 딸이자 우리가 이곳에 찾아온 원인, 장한나이다. S체육고등학교에 재학 중인 복싱선수. 여자 고등부 중 압도적인 실력을 보유하고 있으며 전국대회에서 여러 번 금메달을 따 '괴물' 소리를 듣는 유망주였다.

"그런 무식한 스포츠는 시키고 싶지도 않았어."

직설적인 말에 순간 나는 당황했지만, 대표는 내 반응에 신경 쓰지 않고 이어서 말했다.

"그렇잖아요. 사람 때리는 게 무슨 운동이에요. 나 따라서 경영을 배우게 문과로 가든지, 예체능을 할 거면 무용을 하든가."

주위를 살폈으나 무당언니는 무표정했고, 한나는 휴대폰을 만지작거릴 뿐이었다. 익숙하게 듣는 말인 듯했다.

"곧 중요한 경기가 있는데 제대로 할 수 있으려나 모르겠어. 성과가 안 나오면 지금이라도 공부로 돌려야 하나 싶기도 하고."

"나 괜찮다니까."

"뭐가 괜찮아!"

대표의 역정에 눌려 버린 한나는 고개를 돌린 채 입 모양으로만 투덜댔다. 모녀의 날선 대립을 지켜보던 무당언니는 대뜸 몸을 일으켜 한나에게 다가갔다.

"제가 한번 상태를 봐 보겠습니다."

그러면서 한 손으로 한나의 하관을 붙잡았다. 느닷없이 붙잡힌 한나가 인상을 팍 찌푸렸지만 무당언니는 개의치 않았다. 얼굴을 이리저리 돌려보고, 눈꺼풀을 억지로 벌리고, 입을 벌리게 해 그 안을 보기도 했다.

"어때요?"

"위험할 수도 있겠는데요, 이거."

무당언니는 미간을 찌푸린 채로 눈을 감더니 입으로 '쓰읍' 소리를 내고는 말했다.

"악한 기운이 느껴져요."

대표의 낯빛이 단박에 어두워졌다.

"뭐가 안 좋은 건데요?"

"잠시만요."

무당언니는 조용히 해 달라는 듯 손가락을 입에 가져갔다. 그러고는 갑자기 몸을 일으켜 거실을 배회했다. 긴장감이 도는 상태로 몇 분이 지났다. 무당언니가 입을 열었다.

"이 집에 부적이 있죠? 그것도 여럿."

대표는 정곡을 찔린 표정으로 말을 잇지 못했다. 답을 듣기 위한 질문이 아니라는 듯 무당언니는 거실 벽에 걸려 있는 액자 앞에서 멈추었다. 그러고는 벽에서 액자를 떼어 뒤집더니 뒷면에 붙은 붉은 봉투 하나를 떼어 냈다.

"여기에 하나."

이어서 현관 쪽으로 걸어가더니 다른 봉투 하나를 들고 돌아왔다.

"여기에도 하나."

그러더니 무당언니는 대표에게 다가와 말했다.

"또 방마다 하나씩 있겠지요. 대표님이 항상 들고 다니시는 가방에도 있고요."

"그걸 어떻게……."

"한 명이 쓴 것도 아니고 각각 다른 무당한테 받으신 거죠?"

"맞아요."

"안 돼요, 그러면 절대 안 됩니다."

말을 끝내는 것과 동시에 무당언니는 깊은 한숨을 내뱉었다. 대표는 안절부절 손을 가만두지 못하며 불안해하는 기색을 보였다.

"여러 무당에게 부적을 받다 보면 삿된 것이 섞여 들어올 수 있습니다. 악한 기운을 품은 부적이 숨어 있을 수도 있다는 말입니다. 그러다 보면 가족 구성원이, 특히 기가 약한 자녀들이 영향을 받기 쉽죠. 당장 떼야 합니다."

혼내는 것 같은 단호한 말투였다. 대표는 아까의 자신감 넘치는 태도는 어디 가고 아이처럼 무당언니를 따라 집 안 곳곳을 돌았다. 곧 무당언니가 종이봉투를 품에 가득 안은 채 나타났다. 그 옆에 있던 대표가 불안한 표정으로 물었다.

"갑자기 다 떼어 버려도 괜찮을까요? 개중에 좋은 부적도 있을 텐데."

"이제 그 자리를 출처가 분명한 부적으로 대체하는 거죠. 지금 작성하러 가실까요?"

무당언니는 가방을 챙겨 대표와 함께 어느 방으로 들어가 버렸다. 거실은 폭풍이 휩쓸고 간 듯 적막해졌다. 저러려고 부적 찾기 쇼를 펼친 것이구나, 나는 새삼 충격을 받아 멍을 때렸다. 그때, 대표의 딸인 한나와 눈이 마주쳤다. 그 애는 미심쩍은 눈초리로 나를 쳐다보고 있었다.

한참 어린 나이였지만 나보다 큰 덩치와 사나운 인상에 어쩐지 기가 눌렸다. 창밖에 눈을 돌리곤 애써 모르는 척했지만 여전히 시선이 느껴졌다.

"저기요."

나를 부르는 소리가 들렸다. 아무렇지 않은 척 돌아보았다.

"응?"

"저 사람 그냥 무당이에요? 얼굴이 익숙한데."

무당언니가 들어간 방을 가리키며 한나가 물었다. 나는
유튜브도 하고 있다고 설명해 주었다. 10대이니 흥미를 느
낄 것이라 생각했지만 한나는 관심 없다는 듯 퉁명스러운
얼굴이었다.

"그럼 그쪽은 뭐예요?"

"뭐냐고?"

"계속 앉아 있기만 하고 무당처럼 보이지도 않는데, 뭐 하
는 사람이에요?"

예기치 못한 질문에 혼란이 일었다. 나는 뭐 하는 사람이
지? 원래 직업을 밝혀 봤자 디자이너가 왜 무당을 따라다니
느냐고 의심만 받을 것 같았다. 대답을 망설이자 한나가 따
분하다는 눈빛으로 나를 압박했다. 무슨 대답이라도 해야
할 것 같다는 생각에 머리를 굴렸다.

"나는…… 무당 따까리?"

"따까리?"

순간 정적이 흘렀다. 너무 어른스럽지 못한 언어를 사용했
나? 수치심에 얼굴에 열이 오르려는 찰나, 시원스러운 웃음
소리가 들렸다.

"웃기다. 무당 따까리 처음 봐요."

그 대답으로 내게 관심이 생겼는지 한나는 이것저것 캐묻기 시작했다. 이름이 무엇인지, 평소에는 무슨 일을 하는지, 원래는 무슨 직업이었는지 등등. 호기심 많은 고등학생에게 호구조사를 당하며 되려 기운이 뺏긴 나는, 어서 무당언니가 나오기만을 바랄 뿐이었다.

"그럼 또 보시죠. 몇 주간은 두고 볼 필요가 있을 것 같습니다."

몇 분 뒤 무당언니가 방에서 나와 겨우 한나에게서 해방될 수 있었다.

"전적으로 믿고 맡길 테니, 우리 한나 잘 부탁드립니다."

무당언니는 그새에 한나의 상태를 살피고 개선하겠다는 계약을 맺은 모양이었다. 이렇게 점집을 유지하는 것이로구나, 속으로 감탄하며 나는 무당언니와 대표의 집을 나섰다.

* * *

"요즘 몸은 어때?"

"똑같은데요."

일주일 뒤, 번화가의 카페. 대표와 맺었던 계약의 일환으로 한나를 만나 정기적으로 상태를 체크하기 위해 만든 자리였다. 집에 있기 싫다는 고집에 카페로 나왔지만, 한나는 음료만 홀짝이며 질문에는 대답을 하는 둥 마는 둥 불성실한 태도를 보였다.

"운동은 잘 되고?"

"그것도 똑같아요."

"악몽을 꾼다든지, 컨디션 안 좋은 날은 없어?"

"없어요. 친구들 온다는데 괜찮아요?"

"안 돼."

"다 왔대요."

한나가 해맑게 말했다. 무당언니는 대화하는 것을 포기하고는 의자에 몸을 기대어 한숨을 쉬었다. 5분이 채 지나지 않아 카페 문이 열리고 왁자지껄한 소리가 들렸다. 카페 안에 있는 사람들의 이목이 출입문으로 집중되었다. 한나와 같은 체육복을 입은 여자아이들이 우루루 들어오고 있었다. 그것도 여덟 명이.

내가 경악하며 쳐다보는 사이, 그 애들이 한나를 발견했는지 우리 쪽으로 빠르게 다가왔다. 그러고는 테이블 앞에 서더니 욕을 섞어 가며 한나와 한참 즐겁게 인사를 나누었다. 마치 우리 둘은 보이지 않는 것처럼.

"이분들은 누구야?"

무리 중 한 명이 물었다. 한나가 대답하려고 입을 열었으나, 맨 앞에 있던 아이가 선수를 가로챘다.

"무당인데 유튜버라더라? 이름은 무당언니. 그 옆은 따까리래."

일목요연한 설명에 나머지 아이들이 웅성댔다. 몇몇은 휴대폰을 켜고 검색해 보는 듯했다. 그러고는 동영상을 재생시켜 화면 속 사람과 실물을 번갈아 비교해 보더니, 같은 얼굴인 것을 확인하자 소리를 지르며 달려들었다.

"진짜 유튜버다!"

"구독자 완전 많아."

"사진 찍어도 돼요?"

"유튜버 깽깽 알아요?"

"셀카 찍어 주세요."

소란이 심해지자 카페 직원까지 찾아왔지만 통제가 되지 않았다. 나는 어떻게든 해 보라는 표정으로 맞은편에 있는 한나에게 애탄 시선을 던졌지만 한나는 관련 없는 사람인 양 휴대폰만 쳐다보고 있을 뿐이었다. 다른 아이들은 급기야 사진을 찍겠다며 무당언니 옆으로 우르르 모여들었다. 무당언니는 빠져나가려 했지만 포위되어 옴짝달싹 못 하는 지경이 되었고, 몰려드는 아이들의 힘에 휩쓸리다 결국 의자가 뒤로 넘어가고 말았다. 주춤한 아이들이 잠시 떨어진 틈을 타 무당언니와 나는 황급히 짐을 챙겨 밖으로 도망쳤다. 하지만 아이들은 한번 잡은 먹잇감을 놓치지 않으려는 육식 동물처럼 차를 타는 곳까지 무섭게 쫓아왔다.

"빨리 출발해요!"

"나도 빨리 가고 싶어."

무당언니가 시동을 걸었다. 악귀를 쫓을 때보다 급박한 손길이었다. 그러나 오늘따라 시동이 잘 걸리지 않았고, 그들은 점차 가까워지고 있었다.

"됐다!"

늦게나마 시동이 걸려 서둘러 주차장을 빠져나갔지만 길목이 좁아 속도를 높일 수 없었다. 불행하게도 학생들은 그새에 우리를 따라잡아 차를 빙 둘러쌌다. 사방에서 창문을 두드리는 소리가 들렸다. 앞과 옆으로 달라붙어 동물원 원숭이를 구경하듯 우리를 쳐다보고 있었다. 나는 이들과 눈을 맞추는 것이 무서워 고개를 숙이고 괜히 가방만 뒤적거렸다. 그런데 너무 긴장한 탓일까. 가방 모서리가 버튼을 잘못 눌러 차량 지붕이 내려가기 시작했다.

동시에 사방에서 환호성이 터져 나왔다.

"뭐 하는 짓이야, 빨리 닫아."

"잠시만요, 이건가?"

중앙에 있는 버튼을 눌렀다. 이번에는 창문이 움직여 내려갔다. 아이들이 소리를 지르며 차에 찰싹 달라붙었다.

"차 완전 좋아."

"부자다, 부자!"

"무당언니 부자예요?"

"카 푸어 아냐?"

"무당언니 카 푸어예요?"

몇 명은 소리를 지르고, 몇 명은 뒷자석에 올라타려 하고, 몇 명은 앞에서 차를 막고 있었다. 혼절할 것 같았다. 공황 상태에 빠진 연예인의 심정이 백분 이해되었다. 옆을 돌아보니 무당언니의 상태도 썩 평온해 보이지 않았다. 정치인과 기업 대표를 상대하면서도 평온을 잃지 않던 무당언니였지만, 지금은 당장이라도 폭발할 것 같았다.

"비켜, 이 자식들아!"

버티다 못한 무당언니가 사자후를 토했다. 앞을 막던 몇 명이 놀라 차에서 떨어졌고, 그 틈에 속력을 올려 큰길로 빠져나올 수 있었다. 사무실로 돌아가는 내내, 무당언니와 나는 진이 빠져서 한마디도 하지 못했다.

* * *

이후 한나를 만날 때마다 친구들이 따라와 난장판이 되었다. 비슷한 일이 세 번 정도 더 반복되자, 나는 S체고 체육복을 입은 학생만 봐도 손발이 벌벌 떨릴 지경이 되었다. 무당언니 역시 진절머리를 치기는 마찬가지였다. 어쩔 수 없이 대표에게 연락을 취했고, 한나는 대판 혼났는지 더 이상 친구들을 부르지 않았다. 덕분에 오늘은 한나의 집에서 무난하게 상담을 끝내고 안심하며 무당언니와 헤어져 지하철을 타러 역에 들어갔다.

"안녕하세요."

열차를 기다리던 중, 익숙한 얼굴의 고등학생 세 명이 내게 인사를 건넸다. 한나의 친구들이었다. 맥박이 빨라지고 식은땀이 배어 나왔다. 무당언니도 없이 혈기왕성한 아이들을 혼자 상대할 자신이 없었다. 도망치고 싶었으나 때마침 열차가 도착해 휩쓸리듯 같은 칸에 타고 말았다. 한나의 친구들은 자연스레 내게 말을 걸어왔다.

"따까리 언니 맞죠?"

"따까리라니……"

지겹게 따라붙는 명칭에 내가 난색을 표하자, 아이들은 한바탕 웃음을 터뜨렸다. 무엇이 웃긴지 몰라 가만히 서 있는데, 한 명이 내 이름을 묻기에 대답해 주었다. 드디어 이름을 되찾을 수 있었다.

"저는 정원, 얘는 희연이고, 얘는 수빈이에요."

"원래는 무슨 일 하세요?"

"디자이너야. 영상 편집도 하고 섬네일, 홍보물, 로고, 굿즈

등 필요한 건 다 만들어."

"와, 그렇게 하는 일이 많아요?"

사실은 더 많아. 고등학생들의 천진한 감탄에 비틀린 대답이 목까지 차올랐으나 억누른 채 그저 얼굴에 미소를 띠었다.

"정원이도 우리 사이에서 디자이너예요. 이거 얘가 만들었거든요."

수빈이라는 애가 가방에 달린 키링을 빼내 흔들어 보였다. 털이 복실복실한 강아지 얼굴 모양이었다. 다른 색깔로 세 아이의 가방에 모두 달려 있었다.

"여덟 개 다 다른 동물이에요."

"진짜 잘 만들었는데?"

"저희한테는 부적이나 마찬가지라 맨날 가지고 다녀요."

수빈이가 건넨 키링을 들고 이리저리 보고 있는데, 순간 누군가의 손이 다가와 키링을 가렸다.

"됐어, 별것도 아닌데. 부끄럽게."

정원이었다. 정원이 키링을 내 손에서 가져가 원래대로 수빈의 가방에 매달았다. 고개를 숙이고 있는 정원을 보며 나는 그 애가 생각보다 부끄러움이 많다는 것을 느끼고는 조금 웃었다.

그 뒤로도 아이들은 여러 이야기를 해 주었다. 본인들이

하는 운동이나 학교 생활에 대해서. 마주칠까 두려워했던 것이 무색하게 평온하고 즐거운 대화였다. 곧 희연과 수빈은 지하철에서 내렸고, 정원과 나만 남았다.

"한나 집에서 돌아오는 길이시죠?"

잠시 흐른 침묵을 뚫고 정원이 툭 말했다. 놀라서 어떻게 알았느냐고 물으니, 정원은 한나가 메신저로 말해 줬다고 대답했다. 대화는 자연스럽게 한나에 대한 화제로 흘렀다. 한나의 학교 생활이나 가족에 대한 말을 나누다, 정원이 조심스럽게 운을 뗐다.

"실은, 한나 어머니가 무당을 부른 게 이번이 처음은 아니에요."

"그런 것 같더라."

"제가 보고 들은 것만 해도 열 번째는 될걸요."

"열 번?"

"불안해서 그러시는 걸 거예요, 아마."

정원이 툭 의미심장한 말을 뱉었다.

"걔가 운동을 늦게 시작했거든요. 원래 어머니가 엄청 반대하셨어요. 워낙 공부 쪽으로 가기를 바라기도 하셨고, 부상이 잦은 운동이기도 하니까요. 그러니까 아직도 불안하신 거죠. 잘못된 선택일까 봐. 혹시라도 이 선택으로 인해 한나가 잘못되기라도 할까 봐."

내 눈으로 보았던 한나와 대표의 모습을 떠올렸다. 과하다 싶게 딸의 상태에 전전긍긍하는 어머니와 그 상황이 지겨워 보이는 딸. 정원의 말과 다를 바가 없었다.

"하지만 한나는 정말 잘하거든요. 저보다 훨씬 늦게 시작했지만 가뿐하게 저를 뛰어넘었어요. 학교에서도 기대를 많이 해요. 차기 올림픽 금메달리스트가 될 거라고. 괜한 걱정이에요."

그 말에 고개를 끄덕이는 한편으로 나는 대표가 가장 신경 쓰는 점이 기억났다. 정말 건강에 문제가 생겼다면 그저 넘어갈 수는 없으니까.

"요즘 한나의 건강이 썩 좋지 않다는데, 그건 어떻게 생각해?"

"한나는 완벽주의 성향이 있어서 중요한 시합을 앞두면 많이 긴장해요. 배가 아프고, 몸이 쑤시고, 악몽을 꾸고. 하지만 막상 경기가 시작되면 누구보다 잘 해내요. 완벽하게. 이번에도 중요한 대회를 앞두고 비슷한 증상을 겪는 거죠."

정원이 말한 증상은 대표가 말했던 것과 같았다. 같은 상황이라도 친구이자 동료 선수가 보기에는 아무것도 아닌 일이 될 수 있었다.

"한나 어머니는 잘 몰라요. 자식이 결점 없이 완벽하게 잘하기를 바라시니까 계속 병원에 데려가고, 안 되니까 무당이나 부르고. 오히려 그런 태도가 애를 더 힘들게 하는데. 걘 그냥 내버려 뒀으면 좋겠어요."

'무당이나'란 말에 심장이 쿵, 하고 내려앉았다. 명백히 우리를 향한 말이었으니까.

"그러니까, 더는 개입하지 않으셨으면 좋겠어요. 걜 괴롭히지 마세요."

지하철이 정차해 문이 열리자 정원이 서둘러 내렸다. 정원의 뒷모습은 문이 닫히며 금세 사라졌지만, 그 애가 남긴 말은 한참 남아 내 마음을 무겁게 했다. 우리는 한나를 고통스럽게 하고 있을까. 어른을 속이고 아이를 괴롭히는 일을, 무당언니와 내가 하고 있는 것일까.

괜히 휴대폰을 만지작거렸다. 메신저 앱을 켜고 무당언니에게 보낼까 몇 글자를 쳐 보았지만 금세 지우고는 주머니에 휴대폰을 넣어 버렸다. 빠르게 달리는 지하철 창밖에는 어둠뿐이었다. 나는 문에 머리를 기대어 잠시 그 어둠을 바라보았다.

* * *

일주일이 흘렀다. 혹은 일주일밖에 지나지 않았다고 해야 할까. 대표의 전화가 걸려 왔을 때는 그래서 더욱 놀랐을지도 모른다.

"한나가 쓰러졌어요."

황급히 찾아간 응급실, 커튼을 걷자 누워 있는 한나의 모습이 보였다. 가장 먼저 눈에 띈 것은 얼굴이었다. 고작 일주일 새에 얼굴 살이 상당히 빠져 볼이 패어 있었다. 낯빛도 죽은 사람처럼 거무칙칙했다. 누가 봐도 건강한 사람이라고는 생각할 수 없는 몰골이었다. 갑작스러운 사태에 흐르는 정적을 깨고 무당언니가 먼저 입을 열었다.

"무슨 일이 있었습니까?"

"사흘 전부터인가, 음식을 제대로 먹지도 못하는 거예요. 계속 구토만 하고. 오늘은 아침부터 어지럽다 하더니 픽 쓰러졌어요. 내가 집에 없었으면 어쩔 뻔했어."

"병원에서는 뭐라고 하던가요?"

"원인이 없대요. 그냥 스트레스라고."

대표는 한나의 볼을 쓰다듬으면서 말했다. 한나는 힘이 없는지 눈만 깜빡거릴 뿐 크게 미동이 없었다. 딸에게 이불을 올려 덮어 주던 대표는 고개를 홱 돌려 무당언니를 쳐다보았다.

"한나, 왜 이러는 거예요? 귀신이라도 씌었어요?"

"그건 아닐 겁니다."

"그럼 뭔데요. 이유도 없이 왜 이러는 건데."

"저도 이런 현상은 처음이라 뭐라 말씀드리기가 어렵지만……."

"3주가 지났어요. 그런데 왜 좋아지기는커녕 나빠지기만 하지? 부적도 사고, 잘 봐달라고 돈도 줬잖아요? 하는 일 없어요?"

"엄마, 난 괜찮아……."

"뭐가 괜찮아!"

한나가 겨우 목소리를 냈지만 대표의 말에 가로막혔다.

"뭐라도 좀 해 봐요. 부적을 쓰든 굿을 하든. 돈을 받았으면 그 값을 하라고!"

고함 소리가 방 안을 터질 듯이 메웠다. 나는 깜짝 놀라 굳은 채로 무당언니의 눈치를 살폈지만, 무당언니는 고개를 살짝 숙인 채로 무표정한 얼굴만 보였다.

"……다시 한번 살펴보겠습니다."

짧은 정적 끝에 무당언니가 대답했다. 우리는 병실을 나가서 대표의 집으로 향했다.

"부적 찾아봐. 저번에 못 찾은 게 남아 있을 수도 있어."

현관문을 열고 들어가자마자 무당언니가 말했다. 우리는 이전에 부적이 붙어 있던 곳은 물론 소파와 침대 사이의 틈, 옷장과 서랍 속, 한나의 방 안까지 샅샅이 뒤졌다. 그러나 몇 시간의 분투가 무색하게 아무것도 발견할 수 없었다.

가구를 옮기느라 힘을 쓰고 먼지를 잔뜩 먹었더니 머리가 어지러웠다. 잠시 휴식을 취하기 위해 거실 소파에 앉았다. 무당언니는 지치지도 않는지 TV를 앞으로 옮기고 코드와 먼지로 지저분한 구석을 살피고 있었다.

"왜 꼭 부적이에요?"

한창 열중인 무당언니의 뒤통수에 대고 질문을 던졌다.

"왜라니?"

"다른 물건일 수도 있잖아요. 아니면 다른 방법이나."

무당언니는 잠시 하던 일을 멈추고 손을 털며 대답했다.

"그럴 수도 있지. 하지만 이 집에 원래부터 부적이 굉장히 많았잖아. 나쁜 기운을 숨기기에는 부적이 제일 쉽거든. 아닌 것처럼 위장하기에도 좋고."

"위장을 했다면 대표님을 저주하려는 의도일까요?"

"그야 그렇겠지. 사업하면서 원한 샀을 법한 사람도 많아 보이고. 그런데 그 기운이 한나에게 잘못 뻗쳤을 가능성이 높아."

"그렇구나……."

나는 고민을 해 보았다. 대표와 한나가 공통적으로 머무는 장소는 집이 유일하니 이곳 어딘가에 부적이 있어야 할 텐데 아무리 뒤져 보아도 전혀 찾을 수가 없었다. 어쩌면 놓치거나 잘못 생각한 부분이 있는 것은 아닐까? 미궁에 빠진 듯한 기분이었다.

"애초부터 목표가 한나였다면?"

그때, 무당언니가 자리에서 벌떡 일어나 말했다. 돌아보니 눈을 반짝이고 있는 모습이었다.

"저주를 당사자가 아니라 가족에게 보내는 악질도 있어. 이 경우도 처음부터 한나가 목표였으면 우리가 살펴보지 못한 곳이 있지."

"어디요?"

"한나가 가장 긴 시간을 보내는 곳."

"설마…… 학교?"

"가자."

곧바로 차를 타고 한나의 학교로 향했다. 주차를 하고 교내를 슥 둘러보았다. 느지막한 시간이라 애들도 하교하지 않았을까 싶었지만 운동장에는 훈련 중인지 트랙을 뛰고 있는 학생들이 남아 있었다. 건물에서도 떠드는 소리가 간간이 바깥으로 새어 나왔다. 우리는 경비나 교직원이 안 보이는 틈을 타 건물 안으로 들어가 한나가 속한 2학년 3반을 찾아갔다. 빈 교실의 출입문은 열려 있었다.

"학생들도 없는데 안에 들어가도 돼요?"

"나는 자리 살펴볼 테니까 너는 한나 사물함 뒤져 봐."

무당언니는 내 말을 듣는 척도 하지 않고 교실에 들어가 한나의 자리를 찾았다. 나도 쭈뼛대며 교실 안을 둘러보았다. 옆과 뒤 벽면에는 길다란 사물함이 놓여져 있었다. 하나씩 둘러보다 뒷문 근처 칸에서 '장한나'라는 이름을 발견했다. 바로 열어 보려다 여전히 양심이 찔려 무당언니를 돌아보고 물었다.

"······진짜 뒤져요?"

"응, 빨리 해."

무당언니는 이미 책상 서랍에서 교과서를 꺼내 훑어보고 있었다. 그럼에도 내가 망설이고 있자, 고개를 들고 입 모양으로 "뒤져."라고 말했다. 나는 그 말이 어떻게 중의적으로 들리는지 생각해 보며 어쩔 수 없이 사물함 문을 열었다.

걱정이 무색하게 인상적인 물건은 없었다. 트레이닝복과 물병, 교과서 몇 권이 전부였기 때문이다. 무당언니 역시 아무것도 찾지 못했는지 표정이 좋지 않았다.

"누구세요?"

그때 익숙한 목소리가 귀에 날아왔다. 교실 뒷문에 정원이 있었다. 얼굴이 땀에 젖어 있는 것으로 보아 운동 후 돌아온 모양이었다.

"어, 정원아."

손을 들어 아는 척을 해 보았으나 정원은 눈살을 찌푸릴 뿐이었다. 머쓱해 손을 내리고 슬며시 사물함 문을 닫았다.

정원은 성큼성큼 무당언니에게 걸어 가더니, 손에 쥔 공책을 낚아챘다.

"지금 뭐 하시는 거예요? 누구 맘대로 여길 와요?"

"허락받고 온 거야."

정원의 신경질적인 질문에 무당언니가 답했다.

"한나 자리를 뒤지란 허락은 안 했을 텐데요?"

"한나 어머님이 하셨어."

"한나가 허락한 거 아니잖아요?"

"다 걔를 위한 일이야."

"……웃기고 있네."

두 사람이 눈을 맞춘 채 물러서지 않자 고요한 교실 안에 팽팽한 긴장감이 감돌았다. 말려야 하나 내가 고민하고 있을 때, 바깥에서 웅성대는 소리가 흘러왔다.

"이 시간에 웬 외부인?"

학생 몇 명이 뒷문 근처에서 기웃대며 서성이고 있었다. 훈련하러 남은 다른 아이들이 있던 모양이었다. 무당언니 역시 자리를 피해야겠다고 생각했는지 날 보며 고개를 까딱거리고는 빠른 발걸음으로 뒷문으로 향했다. 나 역시 그 뒤를 쫓았다. 여전히 차가운 눈으로 노려보는 정원이와 소근대는 아이들을 애써 무시하려 했다. 그 순간 뒤에서 나지막이 한마디가 들려왔다.

"⋯⋯난 당신 같은 사람들이 너무 싫어."

정원의 목소리였다. 무당언니는 잠시 멈칫하더니, 뒤도 돌아보지 않은 채 발걸음을 재촉하며 복도를 빠져나갔다.

* * *

"이제 어떡하죠?"

학교를 빠져나와 주차장으로 향했다. 무당언니는 짧게 생각한 후에 대답했다.

"한나 소지품을 더 찾아봐야 하지 않을까. 뭐라도 찾을지 모르잖아."

항상 질문에 명쾌한 대답을 주던 무당언니였지만 방금의 대답에는 자신감이 느껴지지 않았다. 이제껏 분명한 결과가 나오지 않았으니 어쩔 수 없을 터였다.

"그치만 지금까지 아무것도 안 나왔잖아요."

"우리가 놓친 곳이 있을지도 몰라."

그리고 잠시 정적이 이어졌다. 대화에 공백이 생기자 자연스레 주변 풍경에 시선이 갔다. 푸르른 인공잔디가 펼쳐진 운동장. 이곳을 거닐고 다닐 한나와 정원의 모습이 떠올랐다. 나는 걸음을 멈췄다.

"⋯⋯만약 문제가 없으면요?"

무당언니가 나를 돌아보았다.

"시합에 대한 긴장과 스트레스 때문에 그런 거였다면, 정말 아무 문제가 없는 거라면 어떻게 해요?"

무당언니는 말없이 나를 쳐다보다 고개를 돌렸다.

"나도 잘 모르겠다."

그러더니 다시 걷기 시작했다. 얼마 지나지 않아 주차해 두었던 차에 도착했고, 우리는 다시 병원으로 돌아갔다. 병실 앞에 도착해 숨을 고르려는데, 무당언니가 문을 벌컥 열고 들어갔다. 잠에 든 한나의 안색은 훨씬 괜찮아져 있었다. 우리를 본 대표는 자리에서 일어났다.

"집과 한나의 학교를 살펴보았지만 이렇다 할 원인을 발견하지 못했습니다."

무당언니의 말에 대표의 낯빛이 어두워졌다.

"그럼 어떻게 해요. 이대로 둬? 애가 시름시름 아픈데 아무것도 안 해?"

"일시적인 현상일 수도 있으니 일단 컨디션 회복에만 힘쓰고, 시합도 진행하는 게 좋을 것 같습니다. 나쁜 일 일어나지 않도록 제가 계속 옆에 있을 테니까요."

대표는 다시 의자에 털썩 앉더니 연거푸 마른세수를 했다. 한숨 소리가 길게 이어졌다. 또 화내려나. 물건이라도 던지면 어쩌지. 불안했지만 대표는 아무 말이 없었다. 그러다 손을 내리자, 예상외의 모습이 보였다. 대표의 눈시울이 붉어졌던 것이다.

"……나는요, 한나를 위해서라면 무엇이든 할 수 있어요. 그만큼 소중한 딸이에요. 그러니까 제발, 우리 한나 잘 지켜주세요."

훌쩍이는 소리가 병실 안에 퍼졌다. 나는 한나의 가족도, 친구도 아니고 일로 인해 몇 주 전에 처음 본 사람이지만 지금 이 순간만큼은 대표의 마음을 절절하게 공감할 수 있을 것 같았다. 눈앞을 막막하게 하는 걱정과 아무것도 할 수 없는 무력감. 그저 한나가 빨리 낫기를 간절히 바랄 수밖에 없었다.

* * *

다행히 한나는 다음 날 퇴원해 빠르게 원래의 컨디션을 되찾았고 곧 연습에 복귀할 수 있었다. 시합까지 남은 기간은 단 일주일. 간간이 전화를 하며 한나의 상태를 확인했지만 딱히 문제는 없어 보였다. 이대로 가면 문제 없이 경기를 치를 수 있지 않을까. 그렇게 안도하는 사이 마침내 다가온 시합 전날, 대표가 예고 없이 점집을 방문했다.

"한나 코치가 입원을 하게 됐어요."

갑작스러운 소식이었다. 대표는 코치가 어젯밤 술에 취한 채 집을 가다 차에 치였다는 말을 전해 주었다.

"학교에서는 어차피 한나 혼자만 출전하는 것이니 담임 교사를 붙이겠다 하는데, 나도 내일 출장을 가야 해서 못 오고 영 불길해서……"

확실히 대표는 떨리는 목소리며 가만히 두지 못하는 손짓 이며 평소보다 불안해 보이는 모습이었다. 무당언니는 곧바 로 답했다.

"걱정 마세요. 제가 옆에 있겠습니다."

대표의 얼굴이 한층 밝아졌다. 대표는 무당언니가 코치 대리인으로 대회에 갈 수 있도록 학교에 말해 두겠다고 하 며, 무당언니에게 잘 부탁한다는 말을 연신 반복했다.

다음 날, 약속대로 한나를 경기장에 데려다주는 길에 무 당언니는 뒷자리에 앉은 한나에게 당부의 말을 쏟아 냈다.

"몸 안 좋거나 이상한 기색 있으면 바로 말하고."

"꼭 의사처럼 말하네요."

"이상한 거 먹지 말고."

"알았다니까요."

"모르는 사람이 접근하면 우리한테 바로 연락하고."

"모르는 사람이 접근을 왜 해요."

"아는 사람이 접근해도 얘기해."

한나는 어이없다는 듯 웃었다. 평소와 다름없는 태도였지만 표정이 미묘하게 굳어 있었다. 아무래도 긴장감을 숨길 수는 없는 모양이었다. 경기장에 도착하고 한나는 선수 대기실로 들어갔다. 우리는 차에서 잠시 쉬다가 시작 시간이 가까워지자 관계자석에 갔다. 학생부 시합인 만큼 관객이 드문드문 있을 뿐 장내는 전체적으로 한산했다. 우리는 잠시 둘러보다 자리에 앉았다. 곧 남자 고등부 경기가 시작됨을 알리는 방송이 울려 퍼졌다.

"시작하나 봐요. 조금 설레는데요?"

"놀러 왔어?"

"복싱 경기 처음 본단 말이에요. 사장님은 본 적 있어요?"

"나? 많이 봤지."

질문을 더 던지고 싶었으나 그때 시합이 시작되었다. 링 위에서 펼쳐지는 긴박한 대치를 구경하던 와중에 휴대폰에서 진동이 울렸다. 한나에게서 온 전화였다.

"가방에 붙어 있던 키링 인형이 없어요. 차에서 떨어트린 것 같은데 가져다주시면 안 돼요?"

"키링을?"

"네, 그거 꼭 있어야 한단 말이에요."

초조한 한나의 목소리. 나는 알았다고 대답한 후 무당언니에게서 키를 받아 차가 있는 곳으로 향했다. 문을 열어 뒷좌석을 살펴보니, 아니나 다를까 곰 얼굴 모양의 자그마한 인형 키링이 있었다. 지하철에서 아이들이 가지고 있던 키링과 비슷한 형태인 것으로 보아, 이것 역시 정원의 작품임이 분명했다. 부적 같은 의미라 하더니 중요한 시합 날에도 꼭 가지고 있어야 안심이 되나 보다.

키링을 챙겨 들고 돌아 가려는데 인형 뒷면에서 까끌한 감촉이 느껴졌다. 뒤집어 보니 가운데에 지퍼가 달려 있었다. 그것을 보니 문득 '열어 봐야 한다'는 충동이 강하게 밀려들었다. 안을 반드시 확인해 봐야 직성이 풀릴 것 같았다. 잠시 망설이다 나는 결국 지퍼를 열었다.

안에는 솜 사이에 붉은색의 작은 종이봉투가 들어 있었다. 앞면에는 '소원 성취'라는 글자가 인쇄되어 있었고 뒷면에는 자필로 '하나에게'라는 글씨가 쓰여 있었다. 봉투를 열자 구깃하게 접힌 종이 한 장이 보였다. 익숙한 노란 종이에 붉은 글씨. 부적이었다. 하지만 그 안에 적힌 내용은 낯설었다. 소원 성취부는 인기가 많은 부적이기에 나도 작성법을 알고 있었는데, 내가 지금 손에 든 부적에 쓰인 내용과는 전혀 달랐기 때문이었다.

부적의 사진을 찍어 두고 원래 있던 모양대로 접어 넣었다. 빠른 걸음으로 대기실을 찾아 들어갔다. 조심스레 문을 여니 시합복 차림으로 몸을 풀고 있는 학생들의 시선이 날아

들었다. 그 안에서 한나가 달려와 내게서 키링을 가져갔다.

"고마워요!"

"경기 순서 얼마 안 남았지?"

"네, 떨려 죽겠어요."

한나가 애써 웃어 보였다. 몇 마디 격려의 말을 남기고 나는 대기실을 나가려 문을 열었다. 그때, 누군가 급하게 들어오기에 몸을 순간적으로 뒤로 뺐다. 정원이었다. 정원은 작게 고개를 숙이더니 안으로 들어왔다. 밖으로 나간 나는 문을 살짝 열어 두고 틈 사이로 대기실 풍경을 지켜보았다.

정원이 한나에게 다가갔다. 어깨를 주물러 주고 응원의 말을 건네는 것 같더니, 손에 쥔 무엇인가를 건넸다. 한나는 정원의 말을 듣고는 그것을 입에 넣고 삼켰다.

저게 뭐지? 거리가 멀어 잘 보이지 않았다. 작고 둥근 것. 초콜릿? 고민하던 순간, 정원이 이쪽으로 고개를 돌리기에 나는 반사적으로 옆에 있는 벽으로 숨었다. 그리고 생각했다. 무당언니에게 어서 말해야겠다고. 서둘러 관계자석으로 향했다.

* * *

"이게 한나 키링 안에 있었다고?"

"네, 소원 성취부라 쓰여 있는데 내용이 달라서요."

무당언니는 내가 찍어 온 부적 사진을 확대하더니, 뚫어질 듯 한참을 쳐다보았다.

"저주 부적인데."

"저주요?"

"응, 책 같은 데에는 없으니 모를 거야. 무당들 사이에서 암암리에 도는 저주용 부적이고, '염원하던 일을 망친다'는 내용이네. 누가 쓴지는 모르고?"

"그건 안 쓰여 있었어요. 맞다, 그리고 방금……."

대기실에서 목격한 바를 전달했다. 한나가 정원이 건넨 초콜릿 같은 무언가를 삼킨 일을 말이다. 이야기하면서도 마음 한편으로 아무 문제가 없는 일이라고, 괜한 의심이라 생각했다. 하지만 나의 희망을 배신하듯 전해 듣는 무당언니의 표정이 자못 심각해졌다.

"한나 지금 어디 있다고?"

"대기실에, 아니 곧 시합이……."

그 순간 방송이 들려왔다. 여자 고등부 라이트급 경기를 시작한다는 내용이었다. 곧 한나와 상대편 선수가 링 위로 올라왔다.

"당장 막아야 돼."

무당언니는 금방이라도 달려들 듯한 기세로 자리에서 일

어났다. 나는 놀라서 무당언니의 팔을 붙잡았다.

"안 돼요. 한나가 얼마나 열심히 준비했는데."

"일 생기면 늦어. 지금이라도 내려와야 한다고."

"제가 잘못 봤을 수도 있어요. 이 시합까지만 봐요."

무당언니는 잠시 고민하다 결국 자리에 앉았다. 시합 중에 달려들 마음은 접은 것 같지만 링 위를 바라보는 눈길이 매서웠다. 나도 마음이 편치 않기는 마찬가지였다.

1라운드가 시작되었다. 탐색을 하듯 몇 번의 공격을 주고받긴 했지만 큰 포인트 없이 3분이 지나갔다. 다행히 한나에게 이상한 점은 보이지 않았다. 조금 마음을 놓아도 될까.

짧은 휴식이 끝나고 2라운드를 알리는 종이 울렸다. 그와 동시에 공격을 퍼붓는 상대 선수. 한나도 지지 않고 상대의 머리에 주먹을 내리꽂았다. 그러다 두 사람의 몸이 붙은 채로 공격이 헛돌았다. 주심의 사인에 거리가 벌려진 직후, 상대 선수가 한나의 머리를 연속으로 올려쳤다. 한나는 잠시 등을 보이며 주춤했다. 주심이 한나의 눈앞에서 카운트를 했고, 상태를 확인하자 다시 경기를 재개했다. 그 뒤로 거리를 유지하며 치고 빠지는 공격을 반복하는 한나. 그런데 한나의 자세가 조금 불안해 보였다. 중심을 잡지 못하고 비틀거리는 기색이 있었다. 방금 맞은 타격이 컸던 것일까? 걱정이 커지기 전에 2라운드가 종료되었다.

옆을 보니 무당언니가 손톱을 물어뜯고 있었다. 이 정도로 초조해 보이는 모습은 처음이었다. 나는 말을 걸어 보려다 그만두었다. 곧 마지막 라운드가 시작되었기 때문이었다.

종이 울리자마자 무섭게 돌진하는 상대편. 치고 빠지며 한나에게 훅을 날렸다. 방어하며 거리를 벌리는 한나. 전 라운드에 이어 밀리는 형국이었다. 그때, 한나가 다가오는 상대에게 마구잡이로 공격을 퍼붓기 시작했다. 순식간에 판세가 뒤집혔다. 상대는 한나의 기세에 밀려 코너로 몰려 제대로 방어하지 못하고 얻어맞을 뿐이었다. 주심이 다가가려는데, 한나가 힘을 실어 어퍼컷을 올렸다. 제대로 된 유효타였다. 상대 선수는 비틀거리더니 링에 기대어 쓰러졌다. 일어나기는커녕 움직이기도 힘들어 보였다. 주심은 쓰러진 선수의 상태를 살피더니 경기 종료를 알리는 사인을 보냈다. 한나의 승리였다.

상대 선수는 부축을 받아 링 아래로 내려갔고, 주심은 한나의 한 팔을 들어 올렸다. 소수의 관객이 보내는 박수 소리가 듬성듬성 쏟아졌다.

그런데 한나의 상태가 조금 이상했다. 타격을 날린 것은 본인이면서도 몇 대 맞은 것처럼 비틀거리며 링 위를 빙빙 돌았다. 그러더니 한가운데 멈춰 서서 머리를 부여잡았다. 심판이 이상함을 눈치채고 다가갔다. 그때였다. 한나가 돌변

해 심판에게 달려들더니 귀를 물어뜯었다. 이상했다. 저 모습은 마치…….

"악귀야."

무당언니가 뛰쳐나갔다. 나는 어찌할 줄을 모르고 주위를 돌아보았다. 위쪽의 관객석에서 웅성대는 소리가 들렸다.

"뭐야?"

"무슨 일이야?"

사람들이 이 광경을 목격하지 못하게 해야 한다, 그 생각만이 내 머릿속에 가득했다. 자리에서 일어나 다급히 장내를 살펴보았다. 뒤쪽 벽면에 소화전이 있었다. 나는 얼른 달려가서 화재경보기 버튼을 강하게 내리쳤다. 귀를 때리는 경고음이 울리기 시작했다. 객석의 동요가 더욱 커졌다.

"위급 상황입니다, 당장 대피하세요!"

객석을 향해 여러 번 소리를 지르자, 뒷좌석에서 뛰쳐나간 한 사람을 기점으로 일제히 관객들이 밖으로 빠져나가기 시작했다. 나는 그 틈에 소화기를 찾아내 링을 향해 뿌렸다. 골을 울리는 경보기 소리와 흐릿해진 시야에 장내에는 혼란이 가득했다.

사람들이 얼추 빠져나간 것을 확인하고 링으로 달려갔다. 주심은 귀에서 피를 질질 흐리며 괴로운 듯 비명을 지르고 있었다. 링 주변에서 우왕좌왕하던 두어 명의 스태프가 그 광경에 소리를 지르며 도망갔다. 무당언니는 폭주하는 한나를 제압하고 있었다. 혼돈 그 자체였다.

무당언니는 한나의 양팔을 뒤에서 붙든 채로 넘어뜨렸다. 한나는 기괴한 울음소리를 내며 짐승처럼 몸을 뒤흔들었다.

"내 주머니에, 부적!"

무당언니의 호출에 허겁지겁 달려가 나도 링 위에 올랐다. 두 사람이 팽팽히 힘겨루기를 하는 사이, 무당언니의 외투 주머니에서 악귀 퇴치용 부적을 슬쩍 꺼냈다. 무당언니는 한나의 팔을 붙든 왼손을 잽싸게 목에 걸어 당겼다. 그러고는 오른손으로 내게서 부적을 채가려던 순간, 한나가 발악을 하며 몸을 뒤흔들었다. 순간적인 강한 힘에 무당언니는 붙잡은 손을 놓쳤고, 한나의 머리통에 안면이 강하게 부딪히고 말았다.

무당언니는 충격이 큰 듯 몸에 중심을 잡지 못하고 휘청거렸다. 코에서는 피가 흘렀다. 나는 어쩔 줄 모르는 상태로 부적을 든 채 두 사람 주위를 맴돌기만 했다. 그때, 한나가 슬슬 몸을 일으키더니 내게 시선을 향하고는 도망칠 틈도 주지 않고 달려들었다. 안 돼. 한나가 코앞까지 달려드는데도 몸이 굳어 움직일 수도 없는데, 무당언니가 한나를 뒤에서 안듯이 잡아 엎어졌다. 내 몸 위에 한나가, 한나의 몸 위에 무당언니가 올라탄 형상이 되었다.

"입에 넣어!"

한 손으로는 한나의 몸통을, 다른 손으로는 한나의 턱을 붙잡은 상태로 무당언니가 소리쳤다. 당장이라도 나를 물 것처럼 그르렁대는 한나를 눈앞에 둔 채로, 손에 쥔 부적을 서서히 그 애의 입으로 가져갔다. 손을 물지 못하도록 코와 윗입술을 손바닥으로 밀며 부적을 입속 깊숙이 밀어넣었다.

한나가 괴로운 듯 비명을 지르며 몸을 뒤틀었다. 나는 그 틈에 깔려 있던 몸을 옆으로 빼냈다. 몸부림을 치는 한나 때문에 타격을 입으면서도 무당언니는 한나의 몸통을 단단히 고정시켰다. 얼마 가지 않아 한나는 입에서 구슬을 내뱉으며 정신을 잃고 쓰러졌다. 무당언니 역시 지친 듯 몸을 일으키지 못했다.

나는 링 구석으로 굴러가는 구슬을 주워야 한다는 생각에 몸을 일으켜 따라갔다. 링 아래로 떨어진 구슬은 경사가 있는지 멈출 줄 모르고 자꾸만 움직여, 살짝 열린 출입문 틈으로 들어가 버렸다. 구슬을 찾으러 나가려고 몸을 일으켰을 때, 쌍여닫이 문에 나 있는 작은 유리창의 한쪽으로 맞은편에 있는 누군가의 얼굴이 보였다.

여자, 젊은 여자. 어디에서 본 것만 같은, 나를 보며 웃는 얼굴. 그 순간 몸이 얼어붙고, 잊고 있던 공포심이 재차 몸을 휘어 감았다.

그 사람이다. 옆집 남자를 손쉽게 죽였던, 그러고는 우리 집에 찾아와 내게 비웃음을 남기고 떠난 여자. 내게 처음으로 악귀의 존재를 알려 주고 몇 개월간 악몽에 시달리게 했던 그 얼굴이 유리창 너머에 있었다.

눈을 느리게 감았다 떴다. 없었다. 유리창 너머로는 복도의 벽만 보일 뿐이었다. 환영이라도 본 것일까. 조심스레 한쪽 문을 밀어 보았다. 역시 없었다. 도깨비에게 홀린 것처럼 벙 찐 기분이었다. 하지만 구슬 역시 사라진 상태였다. 아무리 바닥을 찾아도 없었다. 혹시 몰라서 복도 깊숙이 들어가며 찾는데 옆으로 나 있는 길, 누군가 있었다. 정원이 어두운 복도에 쭈그려 앉아 있었다.

"……다 끝났어요?"

희미하게 웃으며 말했다. 평소의 생기 있던 모습과는 달리, 눈빛에는 공허함만이 엿보였다. 아무 말도 잇지 못하고 정원의 앞에 서 있는데, 뒤에서 인기척이 느껴졌다. 무당언니가 절뚝이며 걸어오고 있었다. 코피를 옷깃으로 대강 닦았는지, 얼굴에는 피의 흔적이 군데군데 남아 있는 채였다.

"……너야?"

무당언니가 정원의 어깨를 붙잡았다.

"네가 한 짓이지? 부적도, 악귀도."

정원은 대답하지 않았다. 넋을 잃은 사람 같았다.

"네가 한 짓은 전부 너한테 돌아올 거야. 괴로워서 차라리 죽는 게 낫다 싶을 정도로, 네 죗값의 배로……."

무당언니의 경고에 정원의 눈빛이 흔들리는 듯했다. 그럼에도 정원은 잠시 침묵을 유지하더니, 겨우 입을 벌려 작은 목소리로 말했다.

"괜찮아요. 이게 제 소원이니까요. 제 유일한……."

무당언니도 나도, 그 대답에 아무 말도 하지 못했다. 넓은 경기장에는 오직 적막만이 가득했다.

디자이너 악귀 퇴치부

고교 복싱 선수 장한나는 시합이 끝난 후 주심에게 달려들어 살점 일부가 떨어져 나갈 정도로 귀를 물어뜯었고, 폭행 혐의로 경찰 조사를 받게 되었다. 악귀에 씌어서 한 행동이란 사실은 우리 외에 아무도 알지 못했다. 비극적이게도.

　언론 보도를 계기로 이 일은 일파만파로 퍼져 나갔다. 차기 금메달리스트가 심판을 짐승처럼 물어뜯다니, 화제가 되고도 남을 일이었다. 도핑 의혹이 불거졌다. 한나가 경기에서 보였던 폭발적인 힘을 고려할 때 자연스러운 흐름이었다. 그러나 거듭 이루어진 검사에도 약물이 검출되지 않자, 의심의 눈길은 다른 인물에게 돌아갔다. 대회 이전부터 한나와 시간을 보냈고 사건이 벌어지자마자 달려든 사람. 말리는 데에서 끝나지 않고 한나가 정신을 잃을 때까지 폭행했던 무속인 유튜버, 무당언니.

시작은 한 동영상이었다. 화재 경보가 울려 관중이 떠났다고 생각했지만 무당언니와 한나가 몸싸움을 벌이는 영상을 찍어 인터넷에 올린 사람이 있었다. 한나가 보인 비정상적인 모습은 삭제한 채 무당언니가 한나를 제압하는 장면만 노골적이고 집요하게 편집한 영상이었다. 그것이 인터넷에 공개되자마자 대중은 벌떼처럼 몰려들어 추리를 시작했다.

'약물을 복용한 것도 아닌데, 어째서 선수는 그런 말도 안 되는 짓을 했을까?'

'선수와 무속인은 무슨 관계일까?'

'무속인은 왜 선수를 폭행했을까?'

수많은 의문과 단서를 연결해 사람들은 나름대로의 답을 찾아냈다.

'무속인이 선수를 세뇌해 살인교사를 했고, 실패하자 폭행을 가했다.'

이 말도 안 되는 결론이 도출된 데에는 증거가 있었다.

— 항상 절 빼고 딸과 만나고 싶어 했어요. 방도 마음대로 헤집고, 학교까지 찾아가 소지품을 뒤졌다고 하더라고요. 학교 친구들 말에 의하면 ××에게 협박을 일삼았다 하던데…… 내가 잘 지켰어야 했어요.

뉴스에서 흘러나오는 인터뷰. 모자이크를 두르고 음성을

변조한 저 사람은 말할 것도 없이 영제니스 대표였다. 모든 문장을 거짓으로 도배하고 눈물까지 흘리다니. 나는 대표가 했던 말 한마디를 떠올렸다.

'나는요, 한나를 위해서라면 무엇이든 할 수 있어요.'

그래, 무엇이든. 진실과 거짓을 뒤섞어 한 사람의 인생을 망치는 것쯤이야.

이 사건을 계기로 일군의 집단이 형성되었다. 무당언니를 비난하고 조롱하는 동영상을 만들어 내는 이들이었다. 무당언니가 뱉었던 말은 이리저리 잘리고 붙여져 날조되었으며, 뱉지 않았던 말은 오직 무당언니를 끌어내리기 위한 목적 하나로 창조되었다.

몇몇은 소재가 부족했는지 과거까지 캐냈다. 촉망받는 복싱 선수였다 그만두고 무당이 된 여자. 옛 시합 영상이나 사진이 올라오며 증명된 진실은 단지 이뿐이었지만 소문은 멈출 줄을 몰랐다. 유튜버 중 한 명이 고등학교 동창을 인터뷰했다며, 무당언니가 당시 폭행 사건에 연루되어 선수 자격을 박탈당했다는 주장을 동영상에 담은 것이다. 이로 인해 그렇지 않아도 뜨겁던 논란은 기름을 부은 듯 거세게 타올랐고, 더욱 많은 사람이 달려들어 진실인지 거짓인지 모를 이야기를 만들어 냈다. 귀신이 들려 사람을 때리고 다녔다, 폭행 사건으로 천벌을 받아 신병에 들렸다, 장한나 선수에게도 귀신이 들게 하려던 것이다……

　이슈 유튜버들은 대중들이 원하는 대로 허황된 이야기를 마구 쏟아 냈고, 기자들은 이를 그대로 퍼날라 사건의 몸집을 키웠으며, 대중은 추문을 즐기고 곱씹었다. 가십의 불씨는 꺼질 줄을 몰랐다.

　차라리 무당언니가 무슨 말이라도 했으면 싶었다. 아닌 건 아니라고 입장이라도 표명하면 지금보다는 나을 텐데. 하지만 무당언니는 사건 이후로 존재하지 않는 사람처럼 말이 없었다. 적어도 나에게 뭐라고 말이라도 해 준다면. 하지만 연락이 닿지 않기는 나 역시 매한가지였다. 속이 탔다. 결국 매일 사무실에 나와 무당언니를 기다리는 수밖에 없었다.

　오늘도 기약 없이 머무르다 소파에서 잠이 들었다. 도어록을 누르는 소리가 어렴풋이 들려 깨어났다. 흐릿한 눈꺼풀을 밀어올리자 실내는 어슴푸레했다. 벌써 해가 졌나 보다. 어둠 속으로 누군가의 실루엣이 보였다.

　"왜 여기 있어?"

　익숙한 목소리, 무당언니였다. 기다렸던 얼굴이지만 막상 일주일 만에 얼굴을 마주하자 말문이 턱 막혔다. 무슨 말을 건네야 할까. 망설이다 나온 튀어나온 문장은, 내가 생각하기에도 유치한 종류의 것이었다.

"······왜 연락 안 받아요?"

"경황이 없었어. 경찰 조사도 받아야 했고."

'경찰 조사'라는 말에 심장이 덜컥 내려앉았다. 무당언니가 내 표정을 확인했는지 덧붙였다.

"걱정 마. 변호사도 고용했고 큰 문제는 없을 거야."

내가 위로를 해 줘야 할 판에 오히려 받고 있구나. 한심했다. 무슨 말이라도 해 주고 싶어 입을 열었다.

"제가 도울 수 있는 일은 없을까요? 물론 별로 없겠지만, 뭐라도 될 수 있으면······."

"안 그래도 그 얘기 하려 했는데."

무당언니가 잠시 뜸을 들였다. 어떤 말이 나올지 예측할 수 없었음에도 나는 입술이 바싹 말랐다.

"더 이상 나랑 같이 일 안 하는 게 좋겠다. 잘 가고, 그동안 고마웠어."

* * *

또 잘렸다. 두 번째 해고다. 노동 유연성이 낮다는 나라에서 연속으로 해고를 당하다니, 나도 참 대단하다. 절로 실소가 새어 나왔다.

해고 통보를 받고 일주일 만에 나는 폐인 상태가 되었다.

외출은 고사하고 잘 씻지도 않은 채 방구석에만 처박혔다. 가족들은 왜 회사를 가지 않느냐며 의문을 표했지만 갈수록 심각해지는 내 상태를 보고 입을 다물었다. 하정이는 뉴스를 통해 내 고용주가 무당언니라는 사실을 깨달았을 법했지만 아무 말도 하지 않았다. 고마운 일이다.

다시 실직자가 되자 복잡한 심정이 들었다. 한편으로는 고용주의 비정함을 욕했다. 어떻게 사람을 이렇게 쉽게 쳐낼 수가 있느냐, 이래서 5인 미만 사업장에서 일하는 것이 아니었다 등등. 다른 한편으로는 걱정이 되었다. 나를 해고한 이유를 알고 있으니까. 일을 못하거나 무당언니가 안 볼 때면 딴짓을 하는 게으름뱅이라서 그런 것이 아니다. 자신과 얽혀 일반인인 내가 피해를 입는 일을 원하지 않았을 것이다. 어떠한 기사에도 내 존재가 언급되지 않았다는 사실을 보아 알 수 있었다. 무당언니가 나를 숨겨 주고 있다.

그런 점이 나를 더욱 비참하게 했다. 아무 도움이 되지 못하는, 쓸모없는 인간이 된 감각. 고난을 함께했던 이의 몰락을 눈 뜨고 지켜봐야 하는 것은 고문에 가까웠다. 무엇이라도 하고 싶었다. 하지만 내가 할 수 있는 일은 없었다.

아니, 사소하나마 한 가지는 있었다. 무당언니를 비방하는 이들을 찾아가 악플을 다는 것.

'당나귀귀 TV'라는 채널이 있었다. 당나귀 종이가면을 썼지만 가려지지 않고 튀어나온 큰 귀가 특징적인 이슈 유튜버. 무당언니의 과거를 제일 먼저 끌어와 단물을 빨아먹은 사람이었다. 나는 끓어오르는 화를 참지 못하고 해당 채널에 사실 여부를 따지는 시비조의 댓글을 연속적으로 게재했다. 처음에는 내 댓글을 삭제하는 것 같았으나, 내가 모든 동영상에 도배 수준으로 작성하니 당나귀귀는 무시하지 못하고 반론을 시작했다.

초반에는 나와 그 사람 모두 논리적인 어조를 유지하며 비판인 척하는 비난을 이어 갔으나, 설전이 길어질수록 대화는 노골적인 인신공격으로 얼룩졌다. 내가 그 사람을 '시체에 기웃거리는 똥파리'에 비유하는 댓글을 달자 한동안 답변이 없었다. 이겼나? 영광 없는 승리를 자축했지만 몇 시간 뒤 달린 답글을 보고 나는 기함할 듯이 놀라고 말았다.

'너 무당언니 채널 편집자지?'

이 계정으로 채널에 딱 한 번 공지 댓글을 단 적이 있었는데, 그 사실을 당나귀귀가 알아낸 것이다. 유튜버와 그의 팬들은 무당언니가 자신의 직원을 시켜 여론을 조성한다며 득달같이 달려들었다.

컴퓨터를 껐다. 까만 모니터에 비친 얼굴이 초췌했다. 돕지는 못할망정 더 난처하게 만들어서 어쩌자는 건데. 이대로는 안 된다. 노트를 폈다. 왜 이렇게 된 것인지, 어디서부터 잘못된 것인지 정리해 보기 위해서.

겉으로 나타난 문제는 한나가 심판의 귀를 물어뜯고, 무당언니가 한나를 폭행한 사건이다. 하지만 그 발단은 정원이 한나에게 저주 부적을 쓰고 악귀에 들리게 했기 때문이었다.

정원은 왜 한나에게 그런 일을 저질렀을까? 질투, 열등감? 아니, 지금 상황에서 이유는 중요하지 않다. 내가 알고 싶은 점은 정원이 '어떻게' 그런 일을 할 수 있었느냐는 것이었다. 한나처럼 부잣집 자식도 아니고 평범하게 운동을 하는 고등학생인 정원이 어떻게 부적과 구슬을 구할 수 있었을까? 내 예상이 맞는다면, 분명 정원에게 그것들을 쥐어 준 사람이 있을 것이다. 어쩌면 그 사람이 지금까지 발생한 다른 악귀 사건들의 원인일지도.

순간 떠오른 얼굴이 있었다. 옆집 여자. 보았다는 기억조차 의심하게 될 짧은 순간이었지만 분명 구슬은 사라졌다. 환영이 아니라면 그 여자가 지금 벌어진 사건과 관련이 있을지도 모른다.

무당언니에게 내가 보고 떠올린 바를 전해 주고 싶었다. 그러나 여전히 전화를 받지 않았다. 부러 내게 거리를 두고 있는지도 모를 일이었다. 결심했다. 날이 밝으면 점집에 가자고. 며칠이 걸리더라도 무당언니를 기다려 얼굴을 맞대고 알려 줄 것이다. 그리고 말할 것이다. 나는 그만두지 않을 것이라고. 옆에 남아서 무엇이라도 도울 것이라고.

다음 날, 사무실로 향했다. 역시 무당언니는 오지 않은 듯 문이 굳게 잠겨 있었다. 늘 하던 대로 비밀번호를 입력하고 문을 열려고 하던 그때였다. 덩치 큰 남자 하나가 달려와 앞을 막아섰다.

"무당언니 채널 직원이십니까?"

문이 닫혔다. 남자는 녹음기로 보이는 기기를 내 입에 갖다 댔다. 옆에는 다른 남자가 카메라를 들고 있었다. 얼떨떨한 상황이었다.

"인터뷰 좀 부탁드립니다."

"누구세요?"

"기자 비슷한 사람입니다."

기자? 양아치 같은 옷차림과 뭉개지는 시옷 발음, 날아갈 것처럼 얇고 가벼운 목소리는 남자가 기자가 아님을 명백하게 드러내고 있었다. 그보다는…… 남자의 얼굴을 훑다 눈에 들어오는 것이 있었다. 일반인보다 배는 커 보이는 귀.

"당나귀귀?"

남자의 얼굴에 당황하는 기색이 지나갔다. 나는 그 순간을 놓치지 않았다.

"맞죠, 당나귀귀 TV?"

"아닌……."

"말투랑 귀 보니까 딱이네. 인터뷰 못 하니까 돌아가요. 경찰 부르기 전에."

남자의 얼굴이 붉어졌다. 잠시 횡설수설대더니 흥분하여 말을 쏟아 냈다.

"모두의 알 권리를 위한 행동입니다. 직원이라고 감싸지 말고 협조해 주시죠."

"뭐, 알 권리?"

부아가 치밀었다.

"남의 인생 꼬투리 잡아서 욕하는 걸 알 권리라고 포장하지 마. 애초에 그렇게 당당하면 광화문 광장에서 외치든가, 왜 얼굴 가리고 유튜브나 찍는데. 너도 꿀리는 거 많으니까 그런 거잖아. 진실 폭로하는 유튜버라면서 소설 써서 영상 만들고 있는 거 누가 모를 줄 아냐? 가서 신춘문예나 응모해라, 이 똥파리 자식아."

내가 토하듯 속사포처럼 말을 내뱉자, 남자의 눈썹이 꿈틀거렸다.

"……너 그 편집자냐?"

채널에 달았던 댓글과 유사한 어휘에 눈치를 챘나 보다. 상관없었다. 이럴 때일수록 세게 나가야 했다.

"맞으면 어쩔 건데."

"정체 들키니까 꽁무니 빠지게 도망갔더만? 그런 주제에 입은 살았네?"

"너야말로 내가 지적하는 댓글 다 지웠던데? 사실이니까 쪽팔리냐?"

"야, 내가 너 신상 털어서 매장시킬 수도 있어."

"매장? 시켜 봐. 현실은 나보다 네가 먼저 당할걸. 너한테 원한 품은 사람이 얼마나 많을 것 같아? 싫어하는 사람들은? 네가 조그만 잘못이라도 하면 득달같이 달려들어서 물어뜯을 게 뻔해. 넌 무당언니처럼 편을 들어 줄 사람도 없어. 현실에서는 네 영상 본다고만 말해도 욕먹거든. 모두 네가 나락으로 빠지는 거 손가락 빨면서 구경하는 게 네 미래야, 알았어?"

하고 싶었던 말을 모조리 쏟아 냈다. 당나귀귀는 얼굴이 새빨개진 채였다.

"씨발, 진짜 이게!"

당나귀귀가 욕을 뱉으며 한 손을 쳐들었다. 나는 급히 두 팔을 들어 얼굴을 막았다. 때려 봐라, 고소해 버릴 테니까. 온몸이 사시나무처럼 떨리는 한편 잘됐다는 생각이 들었다.

그러나 잠시 정적이 흐르더니 비명이 울려 퍼졌다. 팔을 내리고 눈을 떠 보니 당나귀귀가 신음을 흘리며 바닥을 뒹굴고 있었다. 그리고 그의 몸통에 발 한쪽을 올리고 있는 사람이 있었다. 옆집에 드나들던 여자, 아니 악귀였다. 난데없이 경기장에 나타나고 홀연히 떠난 여자가 마치 이 모든 상황과 관련이 있음을 증명하듯 다시 내 앞에 모습을 드러냈다.

여자가 쓰러진 당나귀의 배를 발로 차자, 낑낑대던 그가 일순간 조용해졌다. 이 모습을 촬영하고 있던 카메라를 든 남자는, 심상치 않다는 생각이 들었는지 슬슬 뒷걸음질을 치더니 뒤를 돌아 내빼기 시작했다. 여자는 빠르게 뛰어 카메라맨의 뒷덜미를 잡았다. 카메라맨은 벗어나려 발버둥 쳤고, 그 과정에서 카메라가 여자의 머리에 부딪혔다. 분노한 여자는 카메라맨을 한 손으로 쳐들어 던져 버렸다.

제법 고가로 보였던 카메라는 바닥에 떨어져 산산조각이 나 흩어졌다. 쓰러진 카메라맨은 아파하면서도 여자에게서 벗어나기 위해 바닥을 꿈틀꿈틀 기었다. 그러나 여자는 조용하고 느린 발걸음으로 따라붙었다. 그러더니 카메라맨의 앞을 막아서서 그의 머리를 꾹 밟는 것이 아닌가.

단말마 같은 비명을 지르더니 곧 아무 소리도 내지 못하는 남자. 그리고 웃고 있는 여자.

머릿속에서 그날의 광경이 되살아났다. 옆집 남자를 손쉽게 죽여 버리던 모습이. 어쩌면 그런 일이 다시 벌어질지도 몰랐다. 저 남자들을 죽이고, 그다음은 나를. 도망쳐야 했다. 덜덜 떨리는 손으로 비밀번호를 입력하고 출입문을 열었다. 생각할 겨를이 없었다. 안전한 곳으로 도망치고 싶다는 본능만이 머릿속을 뒤덮었다.

겨우 안으로 들어왔지만 숨을 돌릴 새도 없었다. 출입문을 두드리는 소리가 들렸기 때문이다. 숨어야 했다. 방으로 들어가 캐비닛을 열었다. 안에 있는 물건을 닥치는 대로 빼내 옆에 있는 상자에 넣었다. 겨우 여유 공간이 만들어졌다. 안으로 들어가 캐비닛 문을 닫았다. 멀리서 문손잡이를 강하게 내리치는 소리가 두어 번 울리다 멈췄다. 문이 열린 것 같았다. 심장이 고장 난 것처럼 빠르게 뛰었다.

끼익, 하고 방문이 열리더니 발자국 소리가 났다. 방 안을 터벅터벅 걸어 다니던 발걸음이 돌연 멈추었다. 덜컹 하는 소리와 함께 칠흑 같은 캐비닛 내부에 갑자기 빛이 쏟아졌다. 눈을 몇 번 깜빡여서 시야가 또렷해지니 여자의 형체가 보였다.

여자가 상체를 숙여 나와 눈을 맞추고 내게 손을 뻗었다. 죽는다, 저 손으로 나를 죽인다……. 눈을 질끈 감았다. 예상과 달리 어깨를 감싸는 손길이 느껴졌다. 눈을 떴다. 여자가 미소 짓고 있었다.

"하용 씨, 이제 내 밑으로 와요."

여자의 말이 똑똑히 귀에 들어왔으나 무슨 뜻인지 이해가 되지 않았다. 영문을 몰라서 내가 쳐다보고 있으니, 다시 여자의 입이 열렸다.

"나도 사업을 하거든요."

나를 내려다보던 여자가 주머니에서 길고 네모난 플라스틱 통 하나를 꺼냈다. 끄트머리에 달린 버튼을 누르자 구슬 하나가 밖으로 빠져나왔다. 여자는 구슬을 손가락으로 집어 들었다.

"이 구슬 알죠? 악귀한테 나오는 거. 이걸 먹이면 사람을 악귀에 씌게 할 수 있거든. 부탁을 받아서 누구한테 먹이기도 하고, 다른 사람한테 먹여서 원하는 사람을 죽일 수도 있고. 이런 부탁 받는 일을 하거나 저주 부적도 써 주고. 또, 부적을 먼저 쓰면 악귀에 더 잘 들기도 하고."

여자는 구슬을 다시 통 안으로 집어넣더니 다시 내게 눈을 맞췄다.

"악귀는 내가 전문인데 부적은 쉽지 않아서. 하용 씨가 부적을 써 줬으면 좋겠어요."

"……저요? 왜 하필 저를?"

"하용 씨가 쓴 부적이 마음에 들거든요."

여자는 그것이 전부라는 듯 어깨를 으쓱거렸다. 하지만 그런 말로 넙죽 제안을 받아들일 수 있을 리가 없었다. 여전히 내가 어안이 벙벙한 채로 있자니 여자가 덧붙였다.

"질문 있어요? 성심성의껏 답해 줄게요."

이 상황에 질문이 있을 리가. 그렇게 생각하다, 문득 답을 찾지 못한 물음 하나가 떠올랐다.

"혹시 정원이가 갖고 있던 부적이랑 구슬, 그쪽이 준 거예요?"

"나예요. 잘 엮으면 그 무당을 골로 보낼 수 있을 거라고 생각했지. 사실 이렇게까지 잘될 줄은 몰랐지만."

한 가지는 맞았다. 정원의 배후에 누군가 있었다는 사실. 하지만 이해가 되지 않았다. 운이 좋지 않아서 사건에 휘말린 것이라고 생각했는데, 애초부터 무당언니를 엮으려 했다고?

"대체 왜 무당언니를 노린 거예요?"

두 사람은 아무 접점이 없어 보였다. 그런데 왜 굳이 고등학생에게 비싼 구슬을 줘 가며 이 모든 일을 설계하고 무당언니를 무너뜨리고 싶어 했을까? 이 정도 노력을 들이면서?

"하용 씨를 데려오기 위해서요."

"네?"

"무당이랑 일하니까 내 밑으로 오려고 하질 않잖아요."

"전부 나 때문에 한 일이라고요?"

여자가 고개를 끄덕였다. 그 순간 엉켜 있던 실타래가 풀렸다. 두 사람 모두에게 관계가 있는, 접점은 나였다. 당연한 사실이었지만 자각하지 못하고 있었다. 하지만 그래도.

"……말로 했으면 되잖아요. 그런 일 안 벌이고 나만 데려갔으면 되잖아요."

"그랬는데 안 왔잖아요."

"말했다고요?"

"계정까지 만들어서 돈 많이 준다고 꼬드겼는데 지금 직
장이 좋다면서 거절했잖아요. 내가 얼마나 상처받았는지 알
아요?"

"잠깐만, 그쪽이…… 레베카예요?"

구직 플랫폼에서 내게 메시지를 보냈던 회사 대표의 이
름, 레베카.

"맞아요. 내 진짜 이름은 백화. 스타트업 대표 느낌으로 지
어 봤어요."

여자가 장난스럽게 웃으며 말했지만, 나는 몸이 차게 식을
뿐이었다. 분노가 차올라 머리가 어지러웠다. 되지도 않은
농간에 놀아나다니.

"그래서 올 거죠? 내 밑으로."

자신만만한 말투가 그저 역겹게만 들렸다. 사람 주변을 이
렇게 망쳐 놓고는 자기 밑으로 오라니, 가당치도 않은 소리다.

"아니요. 안 갈 건데요."

"안 온다고요?"

"네."

여자가 한 걸음 뒤로 물러났다. 충격을 받은 듯 머리를 부

여잡더니, 중얼거리며 방을 빙빙 돌았다. 그러고는 갑자기 소리를 지르더니 손에 잡히는 모든 물건을 집어 던졌다. 미친 사람 같았다. 그렇게 사무실을 난장판으로 만들던 여자는 잠시 멈춰서 심호흡을 하더니, 다시 내 쪽으로 다가왔다. 여자의 그림자가 드리웠다. 긴장감에 움직일 수 없어 마냥 쳐다만 보고 있을 때, 여자는 내가 들어가 있는 캐비닛을 양손으로 들어 옆으로 밀어 버렸다.

쿵, 소리와 함께 캐비닛이 바닥에 부딪혔다. 캐비닛에 있던 물건들이 얼굴에 부딪히고 요란하게 바닥에 떨어졌다. 순간 골이 울려 머리를 감쌌다. 머리와 어깨에 가해지는 아픔에 정신을 차리지 못하다, 이어지는 정적이 불안해서 눈을 떴다. 거미처럼 바닥에 붙은 여자가 눈을 번득이며 나를 쳐다보고 있었다. 붉게 일어나는 눈동자가 서늘했다.

"하용 씨, 크리스마스에 동생이 악귀에 들렸죠. 왜라고 생각해요?"

"그야 우연히……."

"내가 한 거예요."

예상하지 못한 말에 혼란스러웠다. 곧바로 백화의 말이 이어졌다.

"내가 사람을 심어 놨거든요. 초콜릿을 주라고."

그 말에 당시 마주쳤던 사이비 종교의 산타와 루돌프가

스쳐 지나갔다. 그리고 하정이가 받았던 작은 선물 상자. 우연이라고 생각했었는데.

"왜 그런 짓을······."

"겁만 줄 생각이었어요. 그런 공포를 겪으면 무당한테 떨어질 것 같아서. 악귀놈이 말 안 듣고 먹을 거에만 미쳐 있어서 다 망했지만······."

백화는 유감이라는 듯 입맛을 다시고는 내 눈을 똑바로 보며 말했다.

"내가 하고 싶은 말은, 그 정도는 나한테 쉬운 일이라는 거예요. 하용 씨 가족이나 친구들한테 악귀가 들리게 하는 것. 혹은 하용 씨에게도."

명백한 협박이었다. 마음 깊은 곳에서 분노가 일어났다. 이미 내 동생을 위험에 빠트렸으면서 뻔뻔하게 협박까지 하다니. 할 수만 있다면 당장이라도 달려들어 싸우고 싶었다.

"진짜 마지막으로 물을게요. 내 밑으로 올 거죠?"

······하지만 난 알고 있었다. 그럴 수 없다는 것을.

"······갈게요."

내게 선택지는 없었다.

＊ ＊ ＊

내 인생에는 이제껏 네 명의 상사가 있었다. 첫 번째는 말을 할 때마다 인격 모독을 일삼던 광고 에이전시의 팀장, 두 번째는 날 개인 비서쯤으로 생각했던 한 팀장, 세 번째는 무당언니, 그리고 나의 새로운 고용주가 된 백화. 백화와 일한 지 고작 사흘 남짓밖에 흐르지 않았지만, 나는 알 수 있었다. 백화가 그중 최악이라는 사실을.

삼성동의 작은 건물 5층에 있는 텅 빈 사무실. 부적을 위해 데려온 만큼 나는 하루 종일 기계처럼 부적을 그려 대야 했다. 아니, 백화는 정말 부적 때문에 날 스카우트한 것이 맞을까? 사실은 심심해서 데려온 것이 아닐까? 일하는 내내 내 옆에 앉아 말을 쏟아 낼 뿐이어서 그런 의문이 들 수밖에 없었다. 심지어 반응이 만족스럽지 않으면 구슬을 꺼내 들고는 먹이겠다며 협박을 하는 통에 입꼬리에 경련이 일었고 억지로 밝은 목소리를 내느라 목이 아팠다.

"하용 씨는 내가 어떻게 이렇게 강한 힘을 가질 수 있었는지 알아요?"

한참 궁금하지 않은 이야기를 늘어놓던 백화가 나를 보며 물었다. 대답을 제대로 하지 않으면 구슬을 들고 협박할 것이 뻔했기에 머리를 굴렸다.

"타고나신 것 아닐지······."

나의 아부에 기분이 좋아졌는지 백화는 깔깔대며 웃더니 말했다.

"그것도 맞는데요. 다른 이유가 하나 더 있어요."

잠시 정적이 흘렀다. 뭐라 대답을 해야 할지 급히 생각해 보았지만 백화가 금세 다시 입을 열어 필요 없게 되었다.

"심장을 많이 먹었거든요. 이 몸에 들어오기 전까지 따지면 아마 몇십, 몇백 명······. 그러면서 힘도 강해지고 무엇보다 정신이 또렷해지더라고요. 마치 인간처럼."

심장을 먹던 기억을 되살리는지 입맛을 다시는 백화. 등줄기에 소름이 돋았지만 나는 최대한 티를 내지 않으려 노력했다.

"덕분에 초짜 악귀와 달리 사람들 사이에도 잘 섞이고 이렇게 비즈니스까지 할 수 있게 됐죠. 안 쓰기엔 아깝잖아요. 이걸로 다른 사람들을 도와주고, 난 돈을 받고. 너무 공평하지 않아요?"

"맞아요. 정말 대단하십니다."

백화가 나를 물끄러미 쳐다보는 통에 영혼 없는 대답을 반복했다. 하지만 백화는 시선을 거둘 생각이 없어 보였다.

"부적도 그래요. 재능이 있으면 쓰는 게 맞는 일이잖아요. 부적이란 게 같은 내용이라도 쓰는 사람에 따라 효과가 천

차만별이거든요."

"그렇군요."

"나는요, 전단지에 이상한 부적을 썼을 때부터 하용 씨가 심상치 않다고 생각했어요."

내 이야기였구나. 눈빛이 부담스러워 고개를 돌리고 먼 곳을 쳐다보았으나 백화는 더욱 가까이 다가와 내 어깨에 머리를 기대었다.

"대부분은 눈치도 못 챌 거예요. 나 정도 되니까 알아볼 수 있던 거죠. 그런데 웬 이상한 무당한테 선수를 빼앗겨서."

그러더니 백화는 갑자기 자리에서 벌떡 일어났다.

"생각하니까 화나네. 그 무당 때문에 큰 건도 말아먹고 돈도 제대로 못 받았어요. 임원급을 둘이나 죽였는데 겨우 한 명을 놓쳤다고. 빌어먹을 무당 때문에."

'임원급 둘'이라면 타코야키를 팔았던 때다. 그때 나도 퇴마 같이 했었는데? 손에 식은땀이 배어 나왔다. 백화의 눈치를 살폈으나 내가 거들었다는 걸 모르는 듯 사무실 안을 씩씩대며 걸어 다닐 뿐이었다.

"이상한 동영상이나 올리고 말이야. 악귀를 쫓는 데 효과가 좋은 부적 작성법? 사람이 악귀에 씌었을 때 하는 세 가지 이상 행동? 이딴 영상은 왜 만드냐고. 남의 장사 망칠 일 있어?"

백화는 소리를 지르다 급기야 주먹으로 벽을 치기 시작했다. 몇 군데가 패고 부서져 석회 조각이 떨어졌다.

"혹시 하용 씨도 그 동영상 같이 만들었어요?"

백화가 주먹질을 하다 말고 내게 날카롭게 물었다. 나는 빨리 대답해야 한다는 것을 본능적으로 알았다.

"아니요, 외주 썼다네요."

"하여튼 무당이랑 동영상 만든 인간 잡아서 족쳐 버릴 거야. 가만 안 둬!"

백화가 마저 벽을 발로 차며 분풀이를 했다. 나는 다시 부적을 쓰다, 붓을 쥔 손이 떨리는 바람에 획을 잘못 긋고 말았다. 슬그머니 망친 부적을 주머니에 구겨 넣으며 생각했다. 내가 그 동영상을 촬영하고 편집까지 했다는 사실은 평생 들키지 말아야 한다고.

* * *

"부적만 그리니까 심심하죠?"

백화가 다가와 물었다. 한참 성을 내더니 이제 가라앉은 모양이다. 종잡을 수 없는 감정 기복에 피곤함이 몰려 왔지만, 티를 내지 않고 생긋 웃으며 대답했다.

"아니요, 너무 즐거운데요."

옆자리에 털썩 앉은 백화가 내 손에 있던 붓을 뺏어 쥐더니 말했다.

"우리도 그거 만들어 볼까요? 굿즈."

"굿즈요?"

"뭐 있던 것 같은데. 토무당인가, 개무당인가."

토무당. 디자이너 인생 회심의 역작이었지만 비운의 사건으로 인해 묻어 둔 나의 소중한 토끼 캐릭터.

"토무당을 아세요?"

"그거 하용 씨가 만든 거잖아요."

놀랐다. 무당언니나 가까운 친구들 외에는 모르는 사실인데. 당황한 표정을 읽었는지 백화가 덧붙였다.

"왜 몰라요, 하용 씨 일인데. 살려서 새로 굿즈 만드는 것 어때요?"

"토무당은 이미 욕 얻어먹고 묻혀서……."

"무당한테 갑질당했었다고 폭로하고 다시 나오면 되죠. 더 잘 팔릴걸."

한숨이 나왔다. 어처구니없는 의견이 아니라 현실성이 있었기 때문에.

"이번엔 뭘 팔까요? 진짜 저주인형 어때요. 저주 대상을 적으라 한 다음에 내가 직접 몇 명 죽여 버리는 거야. 입소문 타서 잘 팔리지 않을까요?"

미친 건가? 백화가 신나서 늘어놓는 아이디어에 웃음기가 사라졌다. 내 소중한 토끼를 살인 병기로 만들고 싶지 않았다.

"표정이 왜 그래요. 하기 싫어요?"

백화가 무섭게 눈치채고 되물었다. 자존심을 버리고 만면에 미소를 띠었다.

"아니요? 그럴 리가요. 정말 좋은 생각입니다. 제가 한번 기획해 볼게요."

"좋아요. 난 한숨 자고 있을 테니까 잘해 봐요."

백화는 소파에 눕더니 금세 잠들었다. 무방비한 모습이었지만, 지금 도망쳐 봤자 날 죽일 것처럼 쫓아오겠지. 고개를 돌리고 백화가 준 노트북을 열었다. 문서 작성 프로그램을 켜 보았지만 어디부터 시작해야 할지 감이 오지 않았다. 결국 이전 상품을 참고하기 위해 토무당 SNS에 접속해 보았다.

먼저 눈에 띈 것은 개인 메시지였다. 반년이 넘게 들어가지 않았던 만큼 100개가 넘게 쌓여 있었다. 찬찬히 읽어 보니 양초 사건에 대해 비난하는 내용이 대부분이었고, 나를 응원한다며 돌아오라는 사람도 소수 있었다. 그 외에도 자신과 사업을 하지 않겠느냐는 홍보성 메시지, 협찬 제의, 소원 성취 키트를 사용했더니 친구가 이상해졌다는 뜻 모를 내용까지 별별 내용이 다 와 있었다.

그때나 지금이나 사람들은 아무것도 모른다. 메시지를 다

읽고 나니 든 생각이었다. 속이 답답해져 잠시 숨을 돌리고자 휴대폰을 꺼내 들었다. 화면을 켜니 새로 도착한 문자가 있었다.

무당언니: 전화 좀 받아. 무슨 일 생긴 거야?

백화에게 끌려온 이후로 무당언니에게서 연락이 틈틈이 오고 있다. 점집이 엉망진창이 된 꼴을 보았기 때문일까. 기다렸던 연락이지만 받지 않았다. 받을 수가 없었다. 연락을 하다 들키면 가만두지 않을 것이라 백화가 협박했기에.

사실 개인적인 이유도 있었다. 죄책감 때문이었다. 무당언니가 겪은 치욕과 불행이 나로 말미암아 발생했다는 사실을 알자 버틸 수가 없었다. 미안했고, 괴로웠다. 또 무당언니가 이 사실을 알게 될까 두려웠다. 그때도 이전처럼 나를 대해 줄까? 나를 걱정하고 구하러 와 줄까? 확신할 수 없었고, 바라는 것조차 미안했다.

머리가 복잡해져 휴대폰을 끄려 하는데 진동이 울렸다. 전화가 오고 있었다. 무당언니에게서. 차마 어떻게 하지 못하고 전화가 끊기기를 기다렸다.

그때, 손에 있던 휴대폰이 공중에 들렸다.

"무당언니?"

백화가 내 휴대폰을 들고 있었다. 곧 진동이 꺼졌다. 백화는 화면을 만지작거리더니 책상 위에 내려 두었다. 나는 황급히 폰을 집어 주머니에 넣었다.

"뭐예요, 둘이 계속 연락해요?"

"아뇨, 세금 문제 때문에 전화 한 것 같아요. 그냥 차단할게요."

"아닌 것 같던데. 메시지 온 거 보니까."

백화는 하품을 하면서 옆 의자에 앉았다. 나는 당황해 입을 다물었다. 경직된 표정에 내 진심을 들킬까 두려웠다.

"만나서 말이라도 해 줘요. 새 직장에 스카우트돼서 잘 살고 있으니까 걱정 말라고."

"안 만나도 돼요."

"왜요? 하용 씨 너무 정 없다."

진짜 만나면 죽일 거면서. 대답하지 않은 채 꺼진 노트북 화면만 노려보았다.

"한번 만나는 것도 좋겠는데."

백화가 중얼거렸다. 놀라 쳐다보니, 골몰히 생각하는 얼굴이었다.

"만난다고요?"

"네, 만나서 그 무당이 구슬을 어디 뒀는지 캐 봐요. 뺏긴 건 전부 회수해야지."

"갑자기 알아내려 해 봤자 수상하게 생각할 거예요. 지금까지 물어본 적도 없고……"

"하용 씨가 잘 꼬드겨서 알아내면 되죠. 정 안 되면 방심하게 해서 죽여도 되고."

사색이 되어 백화를 쳐다보았다. 재미있다는 듯 웃고 있었다.

"장난이에요. 하용 씨가 너무 충격 받으면 안 되니까."

백화는 한 손을 뻗어 내 목덜미를 붙잡고는 시선을 고정시켰다. 치켜뜬 눈이 날카롭게 빛났다.

"그러니까 잘 가져와야 돼요?"

이제 정말, 어쩔 도리가 없었다.

* * *

점집 근처에 있는 카페에서 나는 무당언니와 마주 앉았다. 얼굴을 못 본 지 열흘밖에 지나지 않았는데도 숨이 막힐 듯 불편하고 어색했다. 아니, 나만 그렇게 느끼고 있을지도 몰랐다. 나에게는 목적이 있었으니까. 무당언니가 모아온 구슬을 빼앗는다는 목적. 무당언니의 뒤쪽 테이블에서 선글라스를 낀 채 나를 감시하고 있는 백화가 보였다. 먹은 것도 없는데 속이 얹힌 듯 답답했다.

"며칠 전엔 어떻게 된 거야?"

"며칠 전요?"

"점집에 갔더니 남자 두 명이 문 앞에 쓰러져 있더라고. 깨웠더니 내 직원한테 맞았다고 난리를 치던데."

어떻게 알았나 했더니 당나귀귀가 말한 모양이었다.

"직원 하나랑 싸우는데 괴물 같은 여자 한 명이 나타나 자기를 날려버렸다는 거야. 싸우던 사람이 너인 것 같은데 갑자기 연락은 안 되지, 사무실은 난장판이 되어 있지. 혹시 악귀가 나타나기라도 했나 싶었어."

소름 돋게 정확한 추측이었다. 하지만 그 악귀가 서슬 퍼런 눈으로 나를 지켜보고 있는 이상 진실을 말할 수 없었다. 잠시 말을 고른 뒤, 유튜버가 찾아와서 실랑이를 벌이던 도중 길을 가던 여자가 도와주었다고 설명했다. 무술 실력이 대단하긴 했지만 괴물 정도는 아니라고 덧붙이자 뒤에서 백화가 만족한 듯 고개를 끄덕였다.

"나 때문에 그런 꼴을 겪었네."

무당언니가 작게 뱉은 말이 아프게 가슴에 꽂혔다. 여전히 본인 때문에 내가 피해를 입었다고 생각하고 있다. 사실을 말해 주고 싶었지만 할 수 없었다. 차라리 말을 돌리자 싶었다.

"······요즘 상황은 괜찮아요?"

"그렇게 나쁘진 않아. 애초에 내가 저지른 일도 아니었고 떠드는 놈들만 조용해지면 그만이야. 그것보다 한나가 안됐지."

한나를 생각하니 나 역시 마음이 아렸다. 내가 조금만 더 무당언니에게 빨리 알렸더라면, 경기 직전에 무당언니를 말리지 않았더라면 그 일을 막을 수 있었을지도 모른다. 아니, 애초에 저 사람이 정원이에게 구슬을 건네지 않았더라면.

백화를 보았다. 선글라스에 눈빛이 가려져 있었지만. 분명 그 저편에도 죄책감은 보이지 않을 것이 뻔했다. 백화가 손을 까딱댔다. 일을 빨리 진행하라는 재촉이었다.

구슬이 어디 있는지 물어야 했다. 하지만 쉽게 입이 떨어지지 않았다. 한번도 궁금해하지 않은 내용이었기에 어떻게 말을 꺼내도 자연스럽지 않을 것 같았다. 타는 속을 진정시키기 위해 공연히 커피만 들이켰다. 금방 음료를 다 마셔 얼음 사이 빈 공기를 빨아들이는 소리만 퍼졌다.

"이제 갈까. 괜찮은 것도 확인했는데."

이대로는 안 된다. 어떻게든 붙잡아야 했다.

"점집에 두고 온 물건이 있는데 찾으러 가도 될까요?"

떠오른 말을 숨 쉴 틈도 없이 말을 뱉었다. 무당언니는 왜 그런 말을 어렵게 하느냐고 웃었다.

　　　　　　　　　* * *

　점집은 걸어서 5분도 걸리지 않는 거리에 있었다. 백화는 거리를 둔 상태로 우리를 따라오고 있었고, 나는 최대한 걸음을 늦추며 어떻게 해야 할지 생각했다. 물건을 찾는 척하며 구슬을 찾을까. 아니면 모르는 척하고 물어볼까. 하지만 애초에 점집에 있다는 보장도 없지 않은가. 머리가 터질 것 같았다.

　비로소 점집에 도착했을 때, 고민은 모두 날아가게 되었다. 문 앞에서 기다리고 있는 불청객 덕분이었다.

　"이제야 왔네. 이거 어떻게 할 거야!"

　또 당나귀귀였다. 이번에는 머리에 두른 붕대를 가리키며 펄쩍 뛰는 모습이었다.

　"우리 직원 아니라니까 그러네."

　"맞잖아, 여기 이 여자. 내가 두 눈 뜨고 똑바로 봤는데 무슨 소리야."

　남자는 내게 삿대질을 퍼부으며 말했다. 황당한 한편, 불쾌감이 급격히 퍼져 나가서 나는 남자의 말을 받아쳤다.

　"먼저 날 때리려 한 건 그쪽 아닌가? 누가 잘못했는지 한번 따져봐?"

　"한 명 더 있었잖아. 그 사람이 보디가드 아니야?"

"누구를 말하는지 모르겠네. 우리 직원은 한 명뿐이야."

무당언니가 나를 가리키자 남자는 당황하는 기색이었다. 더듬거리며 말을 분명히 하지 못하더니, 미친 사람처럼 주위를 두리번거렸다. 그러다 한곳에 멈추는 시선.

"저기 있잖아, 당신네 보디가드!"

남자의 손가락이 어깨 너머를 가리켰다. 돌아보니 열 걸음 정도 떨어진 벤치에 백화가 앉아 있었다.

"저 여자가 나를 날리고 발로 찼다니까! 머리도 열 바늘 꿰매고 제대로 씻지도 못하고 인생이 얼마나 피폐해졌는데……."

남자의 말을 흘려 들으며 백화에게 시선을 고정한 무당언니. 백화는 우리에게 흥미가 없는 듯 하늘만 올려다보고 있었는데, 그 모습이 수상함을 배가시켰다. 혼자 길길이 날뛰는 당나귀귀를 무시한 채 무당언니가 백화에게 다가갔다. 나 역시 고민하다 뒤따랐다.

"실례합니다."

백화는 그제야 고개를 돌려 아는 척을 했다.

"아, 예."

"저희 직원을 도와주셨다고 들었는데요."

"네, 맞습니다."

"신세를 졌네요."

"뭘요, 이제 제 직원인데요."

"직원요?"

"저번 일로 하용 씨랑 인연이 생겨서요. 소식 듣고 탐나는 인재라 바로 영입했죠."

"……오늘은 그래서 따라 나오신 건가요?"

"걱정이 돼서요. 저번에 나쁜 일도 있었고."

백화가 멀찍이 서 있는 당나귀귀를 가리켰다. 무서운지 차마 가까이 오지는 못하고 얼굴만 잔뜩 찌푸리고 있었다.

"그런데 상황을 보아하니 돌아가는 편이 낫겠어요. 저분이 또 오실 줄은 몰랐네. 개처럼 맞아 놓고……."

백화가 뒷말을 작게 중얼거리며 자리에서 일어났다.

"가요, 하용 씨."

나를 불렀다. 압박하는 시선. 돌아가야 한다. 저쪽으로 걸어가 백화와 함께 이곳을 떠나야 한다. 그것이 무당언니에게 피해를 가장 덜 줄 수 있는 방법이다. 하지만.

"하용 씨?"

무서웠다. 백화의 밑에 있는 것은 시한폭탄 같은 일이었다. 지금은 직원으로 대우해 주고 있지만 수틀리는 순간 언제 나를 죽일지 몰랐다. 붙잡고 싶었다. 옆에 있는, 나를 도와줄 수 있는 유일한 사람을. 그렇지만 내가 감히, 어떻게?

"왜 그래?"

무당언니가 물었다. 다리가 땅에 붙은 듯 움직이지 못하는 내 모습이 이상하게 보이는 듯했다. 그러나 다리가 떨어지지 않았다. 지금 떠나면 정말 마지막일 것 같은 느낌에.

"빨리 가자니까요."

백화가 탐탁지 않다는 어투로 보챘다. 떠나야만 했다. 이제 정말로⋯⋯.

"가긴 어딜 가. 깻값 물고 가, 이 새끼야!"

걸음을 옮기려던 순간, 어디선가 날아든 가방이 백화의 머리를 정통으로 가격하며 쓰고 있던 선글라스를 얼굴에서 떨어트렸다. 뒤를 돌아보니 당나귀귀가 씩씩대고 있었다. 백화는 믿을 수 없다는 표정이었다.

"뭐야, 나 지금 맞은 거야? 진짜로?"

백화는 성큼성큼 걸어가더니 한 손을 들어 그대로 당나귀귀의 머리를 후려쳤다. 당나귀귀는 비명도 내지르지 못하고 쓰러져 그대로 기절했는지 미동도 하지 않았다. 분노에 얼굴이 일그러진 채 백화는 붉은빛이 감도는 눈동자로 당나귀귀를 쏘아보았다.

"악귀구나."

백화의 정체를 파악한 무당언니가 틈을 주지 않고 얼굴에 주먹을 냅다 날렸다. 백화는 중심을 잡지 못하고 엉덩방아를 찧으며 넘어졌다. 그사이에 무당언니는 한쪽 무릎을 백화의 명치 위에 올린 채 몸을 고정시켰다. 한 손으로 백화의 목덜미를 잡고 부적을 꺼내려 한 순간, 백화가 무릎으로 무당언니의 머리를 차 버리고는 몸을 빼내 일으켰다. 그때, 백화의 품에서 무엇인가가 잘그락거리는 소리를 내며 떨어졌다.

"봐주려고 했는데 안 되겠네."

백화가 달려들었다. 무당언니는 옆으로 피하려 했지만, 백화에게 배를 걷어 차여 넘어지고 말았다. 둘이 싸우는 데 여념이 없는 틈을 타, 나는 백화가 떨어트린 작은 플라스틱 통을 주웠다.

구슬이 들어 있는 통이었다. 항상 품에 가지고 다닐 정도로 소중하게 여기는 것이 분명한. 고개를 드니 무당언니가 백화에게 목을 졸리고 있었다. 숨이 통하지 않는 듯 얼굴이 붉고 호흡이 가빴다. 구해야 한다는 생각만이 머리에 가득했다.

근처에 왕복 6차로가 있었다. 숨 가쁘게 달려 그 앞에 섰다.

"백화 씨, 여기 봐요!"

손에 있는 통을 흔들며 백화를 불렀다. 목을 조르다 말고 고개를 돌린 백화는, 내 손에 있는 것이 무엇인지 파악하자마자 무당언니를 내팽개치고 이쪽으로 달려오기 시작했다.

거리가 가까워지고 있었다. 나는 있는 힘껏 차도를 향해

통을 던졌다. 포물선을 그리며 날아간 플라스틱 통은 요란한 소리를 내며 도로 중앙에 떨어졌고, 빠른 속도로 승용차가 다가왔다.

"안 돼!"

백화의 외침이 들렸다. 승용차는 멈추지 않고 구슬이 있는 통을 밟고 지나갔다. 앞바퀴로 한 번, 뒷바퀴로 한 번. 그 안에 든 구슬이 박살 났을 것은 확인하지 않아도 뻔했다.

절규하는 소리가 도로에 울려 퍼졌다. 내 옆에는 어느새 무당언니가 와 있었다. 나는 멍하니 몇 걸음 물러나 그 뒤에 숨었다. 한동안 머리를 싸매고 비명을 지르던 백화가 몸을 곧추세우고 차도로 뛰어들었다. 갑작스런 행동이었다. 백화를 발견한 차량들이 급정차를 했고 경적 소리가 돌림노래처럼 시끄럽게 울려 퍼졌다. 그때, 승용차 한 대가 다른 차들을 제치고 빠르게 달려왔다. 구슬이 박살 난 자리만 주시하며 달려오던 백화는 그 차에 부딪히며 튕겨 나가 바닥에 쓰러졌다.

설마 죽었나? 충격적인 상황에 우리는 입을 다물지 못했다. 운전자가 차에서 내려 조심스레 백화에게 다가갔다. 그 순간, 쓰러져 있던 몸이 움직였다. 의식을 찾은 백화가 구슬이 깨진 곳으로 몸을 떨며 허둥지둥 기어갔다. 겨우 도달하자 산산조각 난 구슬 조각을 손으로 그러모아 한입에 털어

넣고는 삼켰다.

잠시 정체되어 있던 차량들 중에서 한두 대가 빠져나가더니 그 뒤를 따르듯 많은 차들이 속도를 내며 제 갈 길을 갔다. 트럭 한 대가 지나가자 아까까지만 해도 주저앉아 있던 백화가 서 있는 모습이 보였다. 다시 차 한 대가 지나가자 백화는 우리를 향해 웃고 있었다. 얼굴에 검붉은 핏줄이 가득 일어난 채로. 그리고 다시 버스 한 대가 지나가고, 백화가 우리를 향해 달려오며 금세 거리를 좁혔다.

"도망쳐!"

무당언니가 내 팔을 잡고 이끌었다. 고작 몇 미터 남짓 멀어졌을 때, 백화가 이전과 비교가 되지 않을 정도로 빠른 속도로 달려와 무당언니를 덮쳤다. 뒤에서 목이 졸린 채 바닥으로 쓰러진 무당언니는 팔을 뻗어 바닥을 더듬더니 옆에 있는 돌을 집어 들고 백화의 머리를 향해 휘둘렀다. 퍽, 하는 소리를 내며 둔탁하게 부딪히자 백화는 잠시 휘청였다. 그 틈에 무당언니는 구속에서 벗어났지만, 백화가 눈을 번뜩이며 일어나 다시 달려들었다.

나는 생각했다. 무당언니가 이길 수 없을지도 모른다고. 구슬을 삼킨 백화가 인간 같지 않은 사나운 기세로 달려드는 데 비해 무당언니는 명백히 지쳐 가고 있었다. 이대로는 안 된다. 뭐라도 떠올려야 했다. 생각해라, 생각해…….

아이디어 하나가 머리를 스치고 갔다. 다급히 점집으로 달려가서 안에 있는 창고로 향했다. 쌓여 있는 상자를 들쑤시고 뒤엎었다. 이쯤에 있을 텐데. 가장 구석에 있는 상자를 개봉하자 찾던 것이 보였다. 비닐 포장을 우악스럽게 찢어 버렸다.

작고 검은 것들이 후두둑 바닥에 떨어졌다. 양초였다.

토무당의 계정에 다시 접속했을 때 확인했던 메시지 중 이상한 게 하나 있었다. 양초를 피웠더니 친구가 몸부림을 치며 괴로워하다 정신을 잃었다는 내용이었다. 그냥 넘기려다가 기이하다 싶어 어떻게 되었는지 물어보았다. 그러자 금세 다음과 같은 답장이 도착했다.

다행히 며칠 지나고 친구가 깨어났어요. 근데 친구 성격이 이상해져서 돌아오라고 소원을 빌었다고 말씀드렸잖아요.
깨어난 친구가 정말 원래대로 돌아왔더라고요.
이제 저한테 집착도 안 하고 성격도 다시 착해졌어요.
아마 소원 성취 키트 덕분이 아닐까요.

우연이라고 생각했다. 잘 해결되었으니 대수롭지 않게 넘기려 했다. 그런데 불쑥불쑥 의문이 떠올랐더랬다. 사람이 바뀐 친구, 집착, 양초, 다시 돌아온 성격. 어쩌면 친구한테 악귀가 씌었는데 양초 덕에 퇴마가 된 것은 아니었을까.

확인해 볼 시간이 없었다. 당장 무엇이라도 해야 했다. 바닥에 깔아 둔 양초에 싸그리 불을 붙였다. 싸구려 향료 냄새가 창고를 가득 메워 머리가 어지러웠다. 이 정도면 충분할 것이다.

밖으로 나가 상황을 확인했다. 둘은 여전히 몸싸움을 벌이고 있었지만 무당언니가 현저히 힘에서 밀리고 있었다. 그때, 바닥에 있는 턱을 보지 못하고 무당언니가 뒤로 넘어졌다. 백화는 넘어진 무당언니의 몸통을 연신 발로 찼다. 앓는 소리를 내며 웅크리는 무당언니. 백화는 분이 풀리지 않는 듯 소리를 지르며 무당언니의 팔을 짓밟았다.

주위를 돌아보았다. 차량 통행을 막는 주황색 고깔이 보였다. 두 손으로 집어 들어 백화에게 던졌다. 머리에 명중한 덕분에 내게 시선을 끌 수 있었다.

"……하용 씨가 어떻게 나한테 그래요."

백화가 무엇이라 중얼거렸지만 무시한 채 손에 잡히는 것을 모두 집어 던졌다. 옆에 있는 다른 고깔과 길바닥에 있는 돌멩이, 빈 음료 캔이 난잡하게 날아갔다.

"어떻게 나한테!"

백화가 소리를 지르며 내게 달려왔다. 지금이다! 나는 빠르게 실내로 들어가 창고에 숨었다. 백화가 출입문을 부수고 들어오는 소리가 들렸다. 창고에 가까워지고 있었다. 문이 벌컥 열렸다. 작은 방 안에 갇혀 있던 향과 연기가 빠르게 문틈으로 새어 나갔다.

숨을 들이쉰 백화는 목을 붙잡으며 주저앉았다. 적중했다. 양초가 악귀에게 효과가 있었다. 바닥에 쓰러져 벌레처럼 발버둥치던 백화는 그러다 한순간 몸을 일으켜 내게 달려들었다. 겨우 피했으나 발길질에 땅에 있던 양초가 넘어져 박스에 불이 옮겨붙었다. 순식간에 거세진 불은 박스에 있던 온갖 물건으로, 커튼으로 퍼져 나갔다. 창고를 벗어나야 했지만, 백화가 몸부림을 치고 있어 쉽지 않았다.

그때, 무당언니가 창고에 도착했다. 불길이 퍼진 상황을 보고 많이 놀란 표정이었지만, 곧바로 백화의 상체를 잡고 밖으로 끌었다. 나 역시 불을 피해 밖으로 도망쳤다.

"놔, 놓으라고!"

무당언니는 몸부림치는 백화의 목을 뒤에서 감싸 졸랐다. 백화의 얼굴 부분부분이 검붉게 부풀어 올랐다. 조금이라도 건드리면 터질 것 같았다. 눈동자뿐만 아니라 흰자위까지 충혈되어 붉었다. 곧 숨이 넘어갈 것 같다는 생각이 들었을 때, 백화가 마지막으로 포효를 하듯 소리를 질렀다. 그 틈을 타 주머니에서 부적을 꺼내 백화의 입안 깊숙이 넣더니, 턱과 정수리를 강하게 조였다. 백화는 혼미한 채로도 마지막 힘을 쓰고 있었다. 몸을 버둥거리고, 미처 구속하지 못한 팔로 무당언니를 타격했다.

"삼켜!"

무당언니는 맞으면서도 몸을 일으켜, 백화의 목구멍에 부적 하나를 더 쑤셔 넣었다. 숨이 넘어갈 것처럼 켁켁대던 백화의 몸부림이 멈췄다. 눈을 크게 뜬 채 손가락만 바들바들 떨 뿐이었다. 그러고는 정적이 흘렀다. 숨소리마저 거의 들리지 않아 상태를 확인하려 가까이 다가간 순간, 백화의 입에서 무엇인가 튀어나왔다. 구슬이었다. 이제껏 본 것 중에서 가장 크고 영롱한 빛깔의 구슬이 바닥을 굴러갔다.

동시에 천장에 있던 스프링클러에서 물이 쏟아지기 시작했다. 거센 물줄기가 멈추지 않고 쏟아져 우리의 몸을 식혔다. 지쳤는지 옆으로 털썩 쓰러지는 무당언니. 나는 홀로 서서 떨어지는 물을 맞으며, 긴 싸움의 끝을 직감했다.

에필로그

　창고가 불에 탔다. 쌓아 두었던 잡화와 커튼이 모조리 녹아 버리고 벽지는 손을 대기만 해도 떨어져 나갈 정도로 까맣게 그을었다. 인생 처음 겪는 화재였기에 불길을 처음 보았을 때는 큰 충격을 받았다. 눈앞에서 치솟는 화염과 뿜어져 나오는 열기가 금방이라도 나를 삼켜 버릴 괴물처럼 느껴졌기 때문이었다.

　하지만 불길은 곧 잡혔고 그로 인한 결과는 막상 따져 보니 심각하지 않았다. 창고에 쌓아 둔 물품은 중요치 않은 것이 대부분, 커튼은 새로 사고 벽은 도배를 하면 그만이다. 다행이었다.

　사실 다행이 아니었다. 진짜 문제는 따로 있었으니, 바로 '물'이었다. 불이 꺼지고 나서도 한참을 작동한 스프링클러는 점집에 있는 모든 것들을 세찬 물길로 적셨다. 아니, '적셨다'는 표현은 이 상황에 알맞지 않다. '수장시켰다'라고 표현해야 나의 심정이 조금이라도 와닿을 것이다. 나의 아이맥, 무당언니의 노트북, TV, 에어컨, 공기청정기 등이 침수되어 수리할 수도 없는 고물 덩어리가 되었다. 그뿐 아니라 소파는 물을 잔뜩 머금어 아무리 닦아도 쉰내가 났고, 벽지는 젖어서 곰팡이가 피기 직전에, 바닥은 물이 흥건해 걷기도 힘든 상태가 되었다. 불이 크게 번지지 않은 것은 정말 다행이지만…… 물바다를 보며 나오는 한숨은 막을 길이 없었다.

무당언니와 며칠 동안 바닥을 쓸고 닦았다. 처음에는 답이 없어 보였지만 한참을 치우니 그럭저럭 봐 줄 만할 정도로 깔끔한 상태가 되었다. 물론 사용하지 못하게 된 가구와 전자제품을 모두 버렸으니 깨끗함을 넘어 단순하다고 해야 할 수준이었지만.

마무리 정리를 하는 오늘, 한 팔로 불편하게 쓰레기를 그러모으는 무당언니가 눈에 들어왔다. 백화와 싸우다가 왼쪽 손목뼈에 금이 가서 깁스를 하게 되었기 때문이다. 그 모습을 보고 있자니 마음이 묵직하게 아파 왔다. 결국 무당언니에게 전부 털어놓았다. 최근 일어났던 안 좋은 일은 모두 백화가 나 때문에 벌인 것이라는 사실을 말이다.

긴 이야기를 듣는 동안, 무당언니는 걸레로 바닥을 묵묵히 닦을 뿐 반응이 없었다. 긴장이 되었다. 내게 무슨 말을 해도 받아들일 생각이었다. 마침내 무당언니가 고개를 들고 입을 열었다.

"그래."

끝이었다. 더 할 말이 없느냐고 되물었다. 그러자 들려오는 답은 간결했다.

"어쩌겠어."

그렇게 덧붙이더니 다 닦았으면 쓰레기를 버리라며 내 품에 쓰레기봉투를 한 아름 안겨 주는 무당언니. 나는 아직도 이 사람을 잘 모르는 것 같다.

* * *

퇴마를 당한 백화는 한참 동안 정신이 돌아오지 않았다. 어쩔 수 없이 가까운 병원 응급실에 데려다주고 나서 하루가 꼬박 지난 후에야 깨어났다는 연락을 받을 수 있었다. 무당언니와 함께 병원을 찾아가자 몇 가지 정보를 들을 수 있었다. 백화의 원래 이름은 백화영, 나이는 34세. 놀라운 사실은 그가 최근 5년간 있었던 일을 전혀 기억하지 못한다는 것이었다. 떠올릴 수 있는 기억이라고는 5년 전, 즉 가족 없이 서울에 홀로 살며 아르바이트를 전전하며 살아갔던 일상이 전부라고 했다. 백화는 병원에 데려다준 우리에게 그동안 어떻게 되었는지 아느냐며 절실한 눈빛으로 물었지만 우리는 답할 수 없었다. 지독한 악귀에 들렸다는 말을 할 수도 없을뿐더러 그 외에 아는 정보도 없었기 때문이다.

난처한 상황이 이어지던 중, 떠들썩한 소리가 들렸다. 젊은 여자 한 명이 병실로 뛰어 들어와 백화를 껴안았고 따라 들어온 남자는 "이게 무슨 일이냐."는 말만 반복했다. 이야기를 들어 보니 백화의 오랜 친구인데 몇 년 전 일방적으로 연락을 끊겨 걱정하던 중, 오늘 병원에 입원했다는 전화를 받고 찾아왔다고 한다. 다행히 악귀에 들려있을 때도 원래 주인의 연락처는 남아 있던 모양이었다. 얼떨떨하면서도 안도하는 백화와 눈물 지으며 반가워하는 남녀. 우리는 그들을 두고 한결 가벼워진 마음으로 병원을 나올 수 있었다.

한편으로 무당언니를 향했던 광기 어린 비난은 사그라들고 있었다. 한나의 증언으로 폭행 혐의에서 벗어나서이기도 하지만, 가장 큰 이유는 그저 시간이 흘렀기 때문일 것이다. 사람들의 관심은 혼전임신 사고를 친 아이돌 출신 배우에게 옮겨 갔다. 씁쓸한 한편으로 다행이라는 마음을 숨길 수 없었다. 한때는 이 고통이 영영 끝나지 않을 것처럼 느껴졌으니까.

상당히 미미한 영향이지만 다른 이유도 있기는 했다. 며칠 전, 어떤 동영상이 올라왔다.

인간이 아닌 존재를 보다. '차에 치이고 살아나는 괴력의 여자!'

그것도 당나귀귀 채널에 말이다. 화면이 흔들려 알아보기 힘들었지만 영상에는 백화가 차에 치이고 일어나 달려오는 장면이 담겨 있었다. 그 뒤에는 자신이 이 현상을 직접 목격했으며 화면 속 여자가 귀신이라고 주장하는 내용이 이어졌다. 이후 올라온 동영상 모두 비슷한 내용이었다. 백화에게 몇 대 얻어맞고 강렬한 충격을 받은 나머지 공포 유튜버로 전향한 모양이었다.

댓글창의 90퍼센트는 '헛소리하지 마라', '무당언니한테 한 대 맞았냐'는 내용이었지만 10퍼센트는 흥미를 가지는 기색이었다. 몇몇은 무당언니가 종종 언급했던 '악귀'와 연관성을 찾고 놀라워하기도 했다. 덕분에 아주 조금이지만 옛날 동영상의 조회수도 오르고 악귀의 존재를 믿는 사람들도 늘어났다. 좋은 일이다.

그 밖에는 모두 안 좋은 일뿐이지만…… 사무실은 물난리에 브랜드 평판은 나락, 유튜브는 재개할 수 있을지 모르는 불투명한 상황. 걱정이 되었다. 나는 여기에 계속 있을 수 있을까? 무당언니가 앞으로도 내게 월급을 줄 수 있을까?

어물쩍 돌아와 청소를 하고 있긴 하지만 그것도 오늘부로 마무리해야 했다. 현재 시각은 5시 50분. 퇴근할 시간이 가까워지자 슬슬 불안에 휩싸였다. 그때, 무당언니가 다가왔다.

"내일 안 나와도 돼."

우려했던 일이 벌어졌다. 이런 안 좋은 상황에 나까지 데려가기를 바라는 것은 역시 욕심이었나 보다. 알고 있으면서도 충격에 입이 떨어지지 않았다.

"당분간 재택근무해. 사무실이 이래서야."

재택……. 생각지도 못했다. 재택근무를 시켜 줄 줄이야. 진작 좀 시켜 주지……. 그런 생각들을 감추며 나는 '알았다'고 밝게 답했다.

* * *

'내일 (메신저로) 보자.'는 인사를 나누고 돌아가는 길, 안도감에 긴 한숨을 뱉었다. 여전히 커리어는 엉망진창에 규모가 크지도 복지가 좋지도 않고, 한번은 진지하게 그만두려고 하기까지 했던 직장이다. 하지만 오늘만은 이곳에 남을 수 있어 다행이라고, 그렇게 생각했다.

〈끝〉

작가의 말

　이 소설집의 첫 에피소드, 「벽간 소음 상호 결별부」를 쓸 때가 떠오른다. 옆집의 소음을 참으며 잠을 청하던 날 떠오른 아이디어를 바탕으로 출퇴근길에 글을 쓰고, 이어지는 이야기인 「직장 상사 악령 퇴치부」를 쓴 뒤 운 좋게 출판 기회를 얻게 되어 책을 쓰기 시작했던 때. 그때로부터 대략 4년이라는 시간이 흘렀다. 나는 계속 회사에 다니며 글을 썼다. 그동안 몇 줄의 메모는 소설이 되어 쌓였고, 나는 회사를 한 번 옮겼고, 어느새 신입 사원에서 4년 차 직장인이 되었다. 이 과정이 그리 녹록지만은 않았다. 늘 시간에 쫓겼고, 내 부족함을 마주했고, 좋아하고 즐기는 것들을 점점 잃어 갔다. 비단 내 적정량을 초과해 바삐 생활했기 때문만은 아니라 그런 시기라는 것을, 비슷한 괴로움을 겪고 있는 주위 사람들을 보며 깨달을 수 있었다. 그럼에도 계속 글을 썼다. 아이러니하게도 내가 이 시기를 버틸 수 있던 가장 큰 원동력은, 이 책을 읽는 사람들이 즐거웠으면 하는 소망이었기 때문이다.

나는 이야기에 빚진 게 많다. 어린 시절부터 항상 보고 읽고 이야기를 떠올렸으며 도피가 필요할 때면 언제나 이야기에 매달렸다. 내가 그러했듯 다른 이들에게도 이 책이 탈출구가 되어 잠시라도 웃을 수 있게 한다면, 그것만으로 내 바람은 다 이룬 것이라 생각한다. 그러니 부디 재밌게 읽어 주셨으면 좋겠다.

고마운 사람들이 많다. 자료 조사 도와주신 영진 님, 기섭님, 지민언니. 이 책을 함께 만들어 주신 황금가지 출판사 관계자 여러분, 항상 응원해 준 친구들, 힘이 되는 가족들. 그리고 누구보다 가장 좋아했을 아빠.

모두 감사합니다.

직장 상사 악령 퇴치부

1판 1쇄 펴냄 2024년 2월 15일
1판 6쇄 펴냄 2024년 11월 19일

지은이 | 이사구
발행인 | 박근섭
편집인 | 김준혁
책임편집 | 장은진
펴낸곳 | 황금가지

출판등록 | 2009. 10. 8 (제2009-000273호)
주소 | 06027 서울 강남구 도산대로 1길 62 강남출판문화센터 5층
전화 | **영업부** 515-2000 **편집부** 3446-8774 **팩시밀리** 515-2007
홈페이지 | www.goldenbough.co.kr

도서 파본 등의 이유로 반송이 필요할 경우에는 구매처에서 교환하시고
출판사 교환이 필요할 경우에는 아래 주소로 반송 사유를 적어 도서와 함께 보내주세요.
06027 서울 강남구 도산대로 1길 62 강남출판문화센터 6층 민음인 마케팅부

㈜민음인은 민음사 출판 그룹의 자회사입니다.
황금가지는 ㈜민음인의 픽션 전문 출간 브랜드입니다.